무상검

無常劍

무상검 2

일묘 新무협 판타지 소설

초판 1쇄 찍은 날 § 2002년 6월 27일
초판 1쇄 펴낸 날 § 2002년 7월 5일

지은이 § 일묘
펴낸이 § 서경석

편집장 § 문혜영
편집책임 § 장상수
편집 § 박영주 · 김희정 · 권민정 · 이종민
마케팅 § 정필 · 강양원 · 김규진 · 안진원

펴낸곳 § 도서출판 청어람
등록번호 § 제1081-1-89호
등록일자 § 1999. 5. 31
어람번호 § 제2-0107호

주소 § 경기도 부천시 원미구 심곡1동 350-1 남성B/D 3F (우) 420-011
전화 § 032-656-4452   팩스 § 032-656-4453
E-mail § eoram99@chollian.net

값 7,500원

ISBN 89-5505-395-9 (SET)
ISBN 89-5505-397-5 04810

일묘 新무협 판타지

FANTASTIC ORIENTAL HEROES

무사검

無常劍

2 ◆파문(破門)

도서출판 청어람

◆목

차

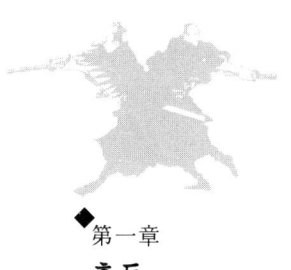

◆第一章
혼돈

"아문!"

유검은 깜짝 놀라 벌떡 일어났다.

"네가 어떻게 여기에……?"

여문은 슬며시 고개를 돌리며 냉담하게 말했다.

"무척 다정하시군요."

그 말에 놀라운 가운데서도 무척이나 반가워하던 유검은 멈칫거렸다.

'다정?'

유검은 고개 돌린 여문의 태도에 자신도 모르게 화를 돌아보았다.

밀실 안의 두 남녀, 그리고 조금 전의 일을 모두 보았다면?

충분히 오해를 하고도 남을 만한 상황이었다.

유검은 위기감을 느끼며 다급히 입을 열었다.

"잠깐! 오해하지 마라. 이 여자 아이는……."

여문은 퉁명스레 말을 가로챘다.

"사부에게 모두 들었어요."

"사부에게?"

유검은 긴장이 풀리며 안도의 한숨을 내쉬었다.

'그래도 사부는 사부구나. 미리 자초지종을 말해 놓다니.'

여문은 멀뚱히 서 있는 유검을 밀치고 화에게로 갔다. 그녀의 손에는 새 옷이 들려 있었다.

유검이 덮어주었던 상의를 옆으로 던져 버리고 화의 옷고름에 손을 대었다. 옷을 벗기려다 힐끔 유검에게로 고개를 돌려 차갑게 말했다.

"계속 보고 있을 거예요?"

"아……!"

유검은 황급히 몸을 돌렸다.

부시럭거리며 옷 벗기는 소리가 들려왔다.

여문의 냉담한 태도에 유검은 입맛이 썼다.

'역시 오해를 하고 있는 걸까? 제대로 생각해 보면 사부가 나를 위해 친절히 말해 줄 리가 없는데…….'

유검은 아무래도 한마디 해둬야겠다 싶어 입을 열었다.

"흠흠, 사부가 어떻게 말했는지는 몰라도 오해하지 말아라. 나는……."

"뭘 오해하는데요?"

"그러니까……."

막상 대답하려니 어떻게 말해야 될지 몰라 유검은 머뭇거렸다.

"바보."

"……."

바보라는 그 말은 왠지 모르게 묘한 설득력이 있었다. 하지만 유검은 자신이 왜 바보인지 그 까닭을 알 수 없었다.

옷 갈아입히는 소리가 그쳤다. 이어 여문의 싸늘한 목소리가 들려왔다.

"허리를 굽혀요."

"응?"

얼떨결에 허리를 굽히는데 등이 묵직해졌다. 여문이 화를 일으켜 세워 유검의 등에 맡긴 것이다.

"절 따라오세요."

여문은 화섭자에 불을 켜고는 동굴 안으로 성큼성큼 걸어 들어갔다.

어두운 동굴 안이었지만 여문의 공력으론 굳이 불이 필요하지 않았을 것이다. 아마도 자신을 위해 화섭자에 불을 붙인 모양이었다.

유검은 내심 불안했다.

'질투해서 화를 낸 것 아니었나? 그런데 왜 나보고 업으라는 걸까?'

화를 업은 채 여문의 뒤를 따라가며 유검은 내심 고개를 갸웃거릴 수밖에 없었다.

백마사로 통하고 있는 이 동굴은 제법 길었다. 가는 내내 여문은 한 번도 뒤를 돌아보지 않았다.

아무래도 어색한 분위기라 유검이 먼저 입을 열었다.

"아문……."

여문의 대꾸는 입을 열자마자 바로 날아왔다.

"어릴 적 아명은 부르지 말아요! 제가 언제까지나 어린아이인 줄 아세요?"

"그, 그래. 문매로 부르마."

"왜 불렀죠?"

여문은 대꾸하는 와중에서도 부지런히 걷고 있을 뿐 여전히 뒤를 돌아보지 않았다.

유검은 머뭇거리다 미리 준비해 두었던 말을 간신히 꺼내었다.

"음… 그러니까 강호의 협객으로서 당연히 위기에 처한 가련한 소녀를 구해낸 것이다. 그렇게 이해해 주면 안 될까?"

"누가 뭐랬나요?"

"그, 그러니까……."

더 이상 할 말이 없었다.

'왜 저렇게 화를 내는 것일까?'

"바보."

여문이 조그맣게 중얼거리는 소리가 들려왔다.

유검은 내심 한숨이 나왔다.

생각해 보면 여문이 화를 낼 까닭은 전혀 없었다. 여문은 어디까지나 어엿한 약혼자가 있는 몸, 자신이 누구와 인연을 맺든 아무 상관 할 바 아닌 것이다. 그렇다고 자신이 강호의 도의에 어긋난 짓을 한 것도 아니다. 아무리 생각해 봐도 자신이 화풀이당할 이유는 어디에도 없었다.

그런데 이상한 것이, 여문이 화를 내는 게 아주 당연한 것처럼 느껴졌다. 그리고 그것이 별로 기분 나쁘지 않았다.

상당히 걸어 들어왔는지 가산의 폭포 소리는 들리지 않았고 동굴 안에는 두 사람의 발걸음 소리만이 울려 퍼지고 있었다.

똑— 또옥—

'발걸음 소리가 왠지…… 아, 물 떨어지는 소리였군.'

동굴 안에는 습기가 차 있으니 물방울이 맺혀 떨어진다고 한들 이상할 것은 없다. 그런데도 어쩐지 가슴 한 켠에서 알 수 없는 불안감이 스쳤다.

'똑 하나, 또옥 둘, 또오… 오옥 셋, 또옥 넷…….'

물방울 떨어지는 것을 헤아려 보다 문득 깨달았다. 분명 물방울 떨어지는 소리 하나가 도중에서 사라졌다. 그것이 의미하는 것은?

방향은 여문이 앞서 걸어가고 있는 앞쪽, 유검은 바로 뛰어나가 그녀의 앞을 막아섰다.

"아문, 비켜!"

나지막하게 소리치며 허리를 낮춰 화를 내려놓았다. 그리고 일어서면서 허리춤의 한천검을 뽑아 들었다.

여문은 유검의 태도가 심상치 않다고 느꼈는지 아무 말 없이 뒤로 물러서며 화섭자의 불을 껐다.

유검은 긴장한 표정으로 뚫어져라 앞을 주시했다. 곧 어둠에 익숙하지 않음을 깨닫고 아예 눈을 감아버리고 귀로 상대의 기척을 쫓았다.

희미한 움직임이 느껴졌다.

그곳을 향해 빠르게 다가서며 검을 뽑아 드는 순간 찌익 하는 소리와 함께 조그만 동물이 발 밑을 스치고 지나갔다.

"휴, 쥐였나?"

괜히 긴장했다는 생각에 힘이 빠졌다.

"끼아아악!"

여문이 뒤늦게 비명을 질렀다.

'이런이런… 쥐를 무서워하는 건 여전하군.'

유검은 웃음이 나오려는 것을 참고 말했다.

"아문, 괜찮아, 괜찮아. 쥐가 널 해치는 것도 아닌데 뭘 그렇게 무서워하는 거냐?"

확 하고 화섭자의 불이 켜졌다.

여문을 돌아보던 유검은 순간 얼어붙어 버렸다.

"오랜만이구나, 애송이 녀석!"

한 괴인이 여문의 등 뒤에서 흰 웃음을 드러내고 있었다. 여문의 목에 비수를 가져다 댄 채였다.

"독심호리!"

유검은 자신도 모르게 침음성을 흘리고 말았다.

화섭자를 들고 있는 여문의 얼굴은 창백했다.

독심호리는 여전히 흰 웃음을 지은 채 빈정거리는 투로 말했다.

"애송이 녀석, 얌전히 검을 내려놓거라. 그렇지 않으면……."

비수가 여문의 목을 살짝 파고들었다. 흰 목에 빨간 선이 가로로 그어지며 주르륵 핏줄기가 흘러내렸다.

"그, 그만둬!"

"흥, 검부터 내려놓아라."

유검의 화난 외침에 독심호리는 태연히 대꾸했다.

여문은 입이 얼어붙었는지 아무 소리도 내지 못하고 다만 전신을 가늘게 떨고 있었다. 그런 그녀의 모습에 유검은 정신이 아득해졌다.

'이런 바보! 사부는 독심호리의 뒤를 쫓아 여기를 발견했다. 그렇다면 이런 상황 정도는 미리 대비했어야 옳은 게 아니냔 말이다!'

한천검을 바닥에 내려놓으며 자신의 멍청함에 이빨을 부드득 가는 유검이었다.

"사형."

여문이 입을 열었다.

유검이 흠칫하며 올려다보자 그녀는 슬픈 눈을 하고 있었다.

"바보예요?"

그녀는 한번 입을 열기 시작하자 엎질러진 물처럼 주르르 말을 쏟아 내었다.

"생각해 봐요. 검을 내려놓는다고 해서 독심호리가 우리를 살려줄 거라는 보장은 어디 있죠?"

"이년이 무슨 소리를 하는 거냐? 입을 다물지 않는다면 당장 죽여 버릴 테다!"

독심호리의 우악스런 위협에도 여문은 말을 멈추지 않았다.

"지금 강호인들은 현재 사형이 한천검을 가지고 있는 것으로 알고 있어요. 이자가 한천검을 되찾고 나서 자신이 그 검을 가지고 있다는 비밀을 지키고 싶지 않을까요? 살인멸구하려고 할 게 뻔하잖아요!"

"시끄러워! 정말 죽고 싶나?"

"사형, 사형은 언젠가 내게 약속했어요. 기억해요?"

유검은 길게 한숨지으며 투덜거렸다.

"아문, 잔소리는 그만 해. 귀가 따갑단 말이다."

유검은 천천히 몸을 일으켰다. 한천검을 거머쥔 채였다. 그리고 어 느샌가 골무는 벗어버렸는지 몸이 떨리는 검명과 함께 휘황한 빛무리 가 한천검의 검신을 타고 흐르고 있었다.

우우웅!

"서, 설마 검강(劍罡)?"

독심호리는 그 광경에 가슴이 떨릴 정도로 놀랐다. 전에 겨루었을 때 뭔가 심상치 않는 놈이라 생각은 했었지만 이 정도일 줄은 전혀 예상 못했던 것이다.

그는 얼굴을 일그러뜨리며 씹어뱉듯이 말했다.

"허튼수작 말아라! 네놈은 이년의 시체를 보고 싶지는 않겠지? 당장 검을 내려놓지 않는다면 평생 후회할 것이다!"

유검은 독심호리의 말은 들은 척도 하지 않았다.

안색을 굳힌 채 한천검으로 여문의 가슴을 겨누며 딱딱하게 말했다.

"아문, 눈을 감아라. 저자에게 당하기 전에 내가 먼저 너의 목숨을 거두겠다."

"거, 거짓말! 설마 하니……."

독심호리의 말이 끝나기도 전에 유검은 거침없이 검을 휘둘렀다. 독심호리와 여문의 목을 함께 날려 버릴 듯한 기세였다. 그 태도에는 일말의 주저함도 없었다.

"제기랄 놈!"

빛의 궤적이 흰 선을 이루며 다가오는 모습에 독심호리는 여문을 한 손으로 끌어안은 채로 최대한 뒤로 몸을 날렸다.

검끝이 여문의 코앞을 스치며 지나갔고 흩날리는 머리카락들이 잘려 허공에 나풀거렸다. 그리고 여문이 들고 있던 화섭자도 검에 잘려져 바닥으로 떨어져 내렸다.

독심호리의 반응이 조금만 늦었어도 최소한 여문의 목은 날아갔을 것이다.

'이놈! 진짜로 죽이려 하다니! 피도 눈물도 없는 놈 같으니라고!'

더 이상 생각할 겨를이 없었다. 휘둘러졌던 검이 이번에는 여문의 심장을 노리고 일직선으로 찔러오고 있었다.

독심호리는 와락 여문을 밀쳐 내었다. 이제 그녀는 인질로서의 가치가 없었다. 오히려 피하려 하는 데 거치적거릴 뿐인 것이다.

그래서 그녀를 검의 먹이로 주며 약간의 시간을 벌어 암기를 내던질 생각이었다.

품속으로 손을 집어넣는 순간 그는 보았다.

찔러오는 검의 손잡이 부근이 돌연 위로 솟구쳤고 넘어지던 여문이 몸을 옆으로 비틀며 그 사이 공간으로 몸을 피하고 있었다.

눈으로 쫓기 힘들 정도로 순식간에 일어난 일이었다.

독심호리는 순간 깨달았다.

미리 짜놓고 연습해 보지 않았다면 저렇게 희한하게 피하기는 힘들다는 것을.

"날 속이다니!"

화가 치밀어 올랐는지 독심호리의 이마 위로 힘줄이 불끈 튀어나왔다.

그의 손에서 살기를 담은 암기가 뿌려졌다. 소털처럼 가는 수십여 개의 침들이 한천검에서 뿜어져 나오는 빛에 반짝거리며 소리도 없이 날아갔다.

유검은 여유있게 한 손으로 넘어지고 있는 여문의 몸을 부축하면서 아무렇게나 검을 휘둘렀다.

나선형의 하얀 막이 생기더니 침은 더 이상 전진하지 못하고 회오리 바람에 휘말려 위로 솟구쳐 버렸다.

유검은 그녀를 일으켜 세우며 빙긋 웃었다.

"속은 놈이 바보 아닌가?"

바닥에 떨어져 있던 화섭자는 마지막 불길을 토해내고는 꺼져 버렸다.

한천검을 감싸고 있는 휘황한 빛무리들이 눈을 찌른다.

독심호리는 내심 이빨을 갈면서 씹어뱉듯이 중얼거렸다.

"네놈, 반드시 후회하게 해주마!"

"지금?"

"…나중에."

유검의 반문에 독심호리는 그렇게 대답하고는 품속에서 엄지손톱 크기의 동그란 철구를 꺼내어 바닥으로 던졌다.

펑!

하얀 연기가 일었다.

독심호리는 몸을 날리며 소리쳤다.

"애송이 녀석, 다음에는 반드시… 헉!"

여전히 빛을 뿌리고 있는 한천검의 검봉이 어느새 그의 목젖에 닿아 있었다.

유검은 웃으며 말했다.

"도망칠 때 한마디씩 하는 버릇부터 고치는 게 어떨까요? 쉽게 종적이 노출되어 버리니 철연탄(鐵煙彈)을 던진 보람이 없지 않습니까."

"으……!"

독심호리는 얼굴을 일그러뜨렸다.

유검이 검을 슬쩍 떨치자 검풍이 일며 연기를 흩뜨려 버렸다. 독심호리의 머리카락이 풀리며 바람에 나부꼈다.

"자, 이제 진지한 이야기를 나눠봅시다."

유검의 말에 독심호리는 전신을 부르르 떨더니 돌연 팔짱을 끼고 털썩 주저앉아 버렸다.

"제기랄, 죽여라! 네놈도 무인이라면 더 이상 모욕 주지 말고 단숨에 나를 죽여다오!"

두 눈을 부릅뜨고 발악하듯 그렇게 외쳤다.

"흠……."

유검은 화섭자에 불을 붙이고는 검을 거두었다. 그리고 그와 마주하며 쪼그리고 앉았다.

그의 얼굴을 말똥말똥 들여다보며 중얼거렸다.

"역시 이상해."

독심호리는 아예 눈을 감고 들은 척도 하지 않았다.

유검은 고개를 갸웃거리다 그에게 단도직입적으로 말했다.

"솔직히 털어놓으십시오."

독심호리는 무슨 소리냐는 듯 한쪽 눈을 힐끔 뜨며 되물었다.

"무슨 허튼소리냐?"

유검은 확신에 찬 어조로 딱 잘라 말했다.

"이런 짓 사부가 시켰죠? 뭐, 사부가 모든 각본을 다 짠 것 같지는 않지만……."

"젠장, 무, 무슨 엉뚱한 소리를……."

독심호리가 당황해하는 모습에 유검은 '역시!'라고 중얼거리며 고개를 끄덕였다.

"나는 사부가 당신의 종적을 놓쳤다는 것부터가 본래부터 미심쩍었지요."

"흥, 꽤나 나를 무시하는군."

"그럼 이것부터 대답해 봐요. 우리가 오는 줄 어떻게 알고 여기서 기다린 거죠?"

"그야……."

유검은 미리 딱 잘라 말했다.

"우연히라는 것은 말도 안 됩니다. 미리 알고 있지 않았다면 이런 급습이 가능할 리가 없으니까요. 아니……."

유검은 힐끔 여문을 돌아보며 말을 이었다.

"생각해 보니 저 녀석도 연극에 가담했겠군."

여문은 모른 척 슬쩍 시선을 돌렸다.

유검은 길게 한숨을 쉬며 말했다.

"휴, 사부가 무슨 금제를 펼쳐 놓았다고 해도 믿지 마세요. 거짓말인 경우가 다반사니까요."

독심호리도 들통이 났다고 생각했는지 포기한 기색이었는데 그 말에 잔뜩 미간을 찌푸렸다.

"설마 그럴 리야……."

유검은 고개를 저으며 말을 이었다.

"순진하게 속으면 안 됩니다. 나도 무지 당했거든요. 그러니까 주로 잘 쓰는 수법이 뭐냐면 아무 혈이나 눌러놓고는 몇 시진 내로 풀어주지 않으면 삼 일 밤낮을 괴로워하다가 미쳐 버리고 만다는 식이죠."

조금 소리를 낮춰 음산한 어조로 말을 이었다.

"뭐, 말만으로는 믿기 힘드니까 처음에 분근착골(分筋錯骨)하고 비슷한 수법을 펼쳐서 맛을 보여주곤 하지요."

독심호리는 반신반의하는 기색이었다.

"아니면 이런 것도 있어요. 코딱지를 비벼서 그 위에 몸의 때를 묻혀서는 환약 비슷하게 만들죠. 이것을 강제로 먹여놓고서는 며칠 내로 해독약을 먹지 않는다면 보름에 걸쳐 피고름이 되어간다는 식도 곧 잘……."

"코딱지? 때? 으으……."

독심호리의 얼굴이 엉망으로 일그러졌다.

유검은 모두 이해한다는 듯 측은한 눈길로 그를 바라보며 혀를 찼다.

"두 수법 모두에 당했군요. 쯔쯧."

독심호리는 벌떡 일어섰다.

"이놈의 늙은이를 당장! 으아아아악!"

그는 노여움에 찬 괴성을 지르며 달려갔다.

"늙은이? 웬 늙은이?"

유검은 고개를 갸웃거리다 곧 해답을 찾았다.

"아, 노인으로 변장한 모양이군. 허연 수염까지 달고서 무슨 전대 기인이라고 속였을 게 뻔해!"

유검은 천천히 몸을 일으켜서 여전히 잠을 자고 있는 화에게로 갔다.

"하여간 사부도 무슨 생각인 건지 원……."

그녀를 들쳐 업으면서 여문에게 계속 투덜거렸다.

"너도 말야, 왜 사부가 시키는 대로 하는 거야? 이런 위험한 장난은 미리 말렸어야지! 저자가 나중에 너를 밀쳐 내고 암기를 던진 건 진짜였어. 네가 정말로 위험해졌을지도 몰랐단 말이다."

여문은 화섭자를 휙 빼앗아 들고서는 아무런 대꾸도 없이 발걸음을 옮겼다.

유검은 그녀의 뒤를 따라가다 곧 한 가지 의문을 떠올렸다.

"그런데 사부가 하릴없이 왜 이런 일을 꾸민 걸까?"

여문이 돌연 발끈하더니 뒤돌아서서 소리쳤다.

"내가 그걸 어떻게 알아요!"

그녀의 얼굴은 발갛게 달아올라 있었다.

"아, 네게 물은 게 아니라 그냥 이상해서……."

"바보."

여문은 쌩하니 찬바람을 일으키며 몸을 돌려 버렸다.

목까지 벌게져 있는 여문의 뒷모습을 멍하니 바라보며 유검은 무슨 영문인지 몰라 머리만 긁적거렸다.

묵묵히 그녀의 뒤를 따라 걷다가 문득 떠오르는 생각이 있었다.

만약 독심호리의 연극을 깨닫지 못했다면?

아무도 지켜보는 이 없는 동굴 안에서 두 남녀는 이 위기를 힘을 합쳐 넘긴다. 그것도 예전 둘만의 추억이 담겨 있는 수법으로. 그리고 나면……

'이런, 사부는 대체 무슨 생각인 거야? 여문에게는 약혼자가 있는데…….'

그러다 또 한 가지 사실을 깨달았다.

여문이 독심호리에게 잡혔을 때 기억하냐고 되물은 것, 그것은 예전 둘 사이에 장난 삼아 만들어본 수법 중 하나였다. 그것을 사부가 알고 있을 리 없다.

그렇다면 이번 연극에는 여문의 의지가 담겨 있다는 이야기였다.

그것을 자신이 다 까발려 버린 것이다.

'이런, 나도 참 멍청하군.'

유검은 자책하며 묵묵히 여문의 뒤를 따라 걸어갔다.

동굴 속의 습기 때문인지 전신이 끈적거리는 느낌이었다. 등 뒤에서 색색거리는 화의 고른 숨소리만이 들려왔다.

유검은 마음이 혼돈스러웠다.

이번 연극에 여문의 의지가 담겨 있다는 것은 그녀가 직접 자신에게 고백을 한 것이나 다름없는 것이다.

유검은 뭔가 그녀에게 답해주지 않으면 안 될 것 같았다. 하지만 뭐라고 말을 해야 한단 말인가?

화 덕분에 한 며칠 여문을 생각하는 괴로움을 떨쳐 버릴 수는 있었지만 다시금 그녀를 만나보니 감정이 제대로 정리된 것은 아니었다.

여문의 뒷모습을 바라보노라니 불현듯 생면부지의 타인을 보는 것처럼 그 모습이 참으로 생경하고 낯설게 느껴졌다.

그것은 누구의 의지인가?

저벅저벅.

앞서 걸어가는 여문의 발걸음은 영원히 이어질 듯하였다. 몇 겁의 세월이 지난다 한들 자신과 그 거리는 절대 좁혀지지 않을 것 같았다.

그리고 아무리 소리쳐 불러도 그녀는 절대 뒤돌아보지 않을 것 같았다.

"아문……!"

유검은 자신도 모르게 그녀를 부르고 말았다.

여문은 걸음을 멈추었다. 뒤돌아서지는 않았지만 유검의 말을 기다리고 있는 것이 틀림없었다.

유검은 초조해졌다.

뭐라고 해야 할까? 무슨 말을 해야 할까?

나의 의지는 무엇인가?

나는 언제까지 스스로를 속이며 살아야만 하는 것일까?

나는 과연 웃으며 여문을 떠나보낼 수 있는가?

나는…….

나로 시작되는 수없이 많은 질문들이 의식 위로 떠올랐다 사라졌다.

종내 모든 생각들이 뒤엉켜 버리더니 덧없이 사라져 버리고 말았다.

머리 속이 텅 비어버린 것처럼 아무런 생각도 떠오르지 않았다. 오직 여문이 뒤돌아보지 않아 다행이라는 생각만 들었다. 지금 자신의 얼굴을 그녀에게 보이고 싶지는 않았기에.

"미안해요."

꿈속에서 들려오는 듯한 여문의 목소리가 그의 의식을 깨웠다.

"사형과 추억을 만들고 싶었어요. 언제까지고 깨지 않는 꿈같은……."

유검은 웃었다.

이런 어둠침침한 동굴 안에서 나올 만한 이야기는 아니지 않은가.

"그래, 괜찮은 추억이 될 것 같으냐?"

여문은 답하지 않았다.

그녀는 들고 있던 화섭자를 꺼버렸다. 곧 어둠이 밀려왔다.

천천히 그녀가 다가오는 기척이 느껴졌다.

머리카락이 코끝을 스쳤다. 서늘한 손바닥이 두 뺨을 어루만지더니 곧 목을 휘어감았다.

이어 차갑고 부드러운 감촉이 입술에 닿았다.

유검은 아무 말도 하지 않았다. 더 이상 바보가 되는 것은 곤란하니까.

'이번이 두 번째인가?

아니, 마지막이라고 해야 옳을 것이다.

마지막이란 말은 참으로 이상한 것이, 아무렇지도 않을 것 같았던 일상적인 것들을 특별하게 느껴지도록 만드는 힘을 가졌다.

여문과 함께 웃고 떠들썩하게 장난치던 그런 모습들이 눈앞을 스쳤다. 매일 아침 늦잠을 잘 때면 지겹게 들려오던 잔소리가 귓가를 울렸다.

이런 일상적인 것들도 마지막이라는 말을 집어넣게 되면 이상하게도 그리워지는 것이다.

'그런 게 추억이란 걸까?'

그리고 그것은 가슴을 저미게 만드는 힘도 가지고 있었다.

차가운 입맞춤은 끝이 나고 둘은 서로 아무 말 없이 동굴 밖으로 걸어갔다.

무성한 나뭇잎으로 가려진 입구를 벗어나니 고요한 산사(山寺)의 모습 속에 차가운 달빛이 둘을 맞아주었다. 유람객들은 모두 되돌아갔는지 조용하기 이를 데 없었다.

여문을 따라 야채 밭을 지나 조그만 방으로 들어섰다.

화를 눕히고 나서 여문에게 물었다.

"사부는?"

"아마 숨박꼭질 중이겠죠."

"우리보고 기다리라고 하던?"

"숨어 있으래요, 당분간."

"숨어?"

"본 파에서 드디어 무림공적이 나오고 말았다라고 진지하게 말씀하시던걸요."

"설마 그걸 믿는 건 아니겠지?"

"그리고 경공술이나 새로 만들어 익혀두라며 신신당부하시더군요. 도망 다니려면 반드시 필요할 테니까."

"……."

유검은 더 이상 꺼낼 말이 없어 묵묵히 있었다. 어색한 듯한, 무료한 듯한 침묵이 내려앉았다.

유검은 둘 곳 잃은 시선을 얌전히 잠들어 있는 화에게로 돌렸다.

'그나저나 마교에서 이 녀석을 노리는 이유는 무얼까?'

여기까지 오도록 잠이 깨지 않은 것을 보니 어지간히 깊이 잠들어 있나 보다.

마교라…….

호패천과 한바탕 싸움까지 벌였는데도 불구하고 이상하게도 별로 실감이 나지 않는 이름이었다. 그리고 그다지 큰 악감정이 느껴지지도 않았다.

삼십 년 전만 하더라도 그 이름을 꺼내기만 하면 사람들의 안색이 변할 정도라 했다지만 아무래도 자신이 태어나기 전의 일인지라 피부에 와 닿지 않는 이름인 것이다.

하지만 그들이 일으킨 혈겁으로 강호에 피가 강을 이루어 흘러내렸다 했으니 오늘의 일이 무림에 알려지면 한바탕 커다란 분란이 벌어질 게 뻔했다.

"으음……."

돌연 화가 괴로운 듯 신음 소리를 내뱉었다. 아직 깨지 않은 듯 두 눈은 감겨 있었는데 마치 온몸이 밧줄로 묶여 있어 그것을 힘겹게 풀려고 하는 듯한 몸부림을 치고 있었다.

"악몽이라도 꾸는 걸까?"

옆에서 여문이 화의 손을 잡아주었다. 화는 평온한 안색을 다시 되찾았다.

"잠을 푹 자고 나면 좀 낫겠지, 아마도……."

유검도 파도처럼 피로가 몰려왔다. 역시 잠을 자두는 것이 나을 것 같다.

펄럭~

여문이 일어서더니 이부자리를 펼쳤다.

"아, 고마워."

유검은 쓰러지듯 이부자리 위로 몸을 눕혔다. 천천히 꿈속으로 들어가려다 뭔가 이상한 생각이 들었다.

'아, 이게 아니지, 참.'

여자 두 명과 같은 방에서 잠을 잘 수야 없는 법. 몸을 일으키니 과연 여문이 뚱한 시선을 보내고 있었다.

머리를 긁적거리며 그녀가 가리키는 옆방으로 옮기려는데.

부지직!

돌연 천장이 무너지더니 낯익은 얼굴이 나타났다.

"여! 분위기 좋은데 그래?"

"사부님도 재미 좋으신 것 같군요."

"흐음, 뭐 나쁘다고는… 아, 잠시만."

현풍의 모습이 사라져 버렸다.

쿠웅!

뒤이어 강맹한 권풍이 그 자리에 내리꽂혔다. 둔중한 굉음 소리가 나는 것이 마치 바윗덩어리가 떨어진 듯했다.

유검은 바람에 휘말려 주춤 뒤로 물러서는데 덩치 큰 인영이 소리도 없이 그 자리에 나타나 있었다.

"젠장! 미꾸라지 같은 놈!"

잔뜩 약이 올라 있는 호패천이었다.

현풍의 뒤를 쫓아 경공술을 펼쳤는지 그의 모습이 흐릿해져 갔다. 하지만 잔상이 채 사라지기도 전에 그 모습이 다시 뚜렷해졌다.

"네놈이군!"

일갈성을 내지르며 두 눈을 부릅뜨고 쏘아보는 모습이 그새 유검을 알아본 모양이었다.

"예, 접니다."

유검은 멀뚱히 그를 살펴보면서 검지의 골무를 벗었다. 그리고 한천검을 쥐어가는데 호패천의 모습이 다시 흐릿해져 가고 있었다.

'아차!'

그가 노리는 것이 화라는 사실을 깨닫고는 재빨리 몸을 돌렸다.

역시 호패천은 잠들어 있는 화를 알아본 것이다. 그녀를 낚아채려 두 손을 뻗어내고 있었다.

하지만 그가 미처 손 닿을 만한 곳으로 접근하기도 전에 허공에 불쑥 한 자루의 검이 나타나더니 가로막았다.

현풍이었다.

호패천은 그에 의해 가로막히자 울분을 토해내었다.

"이 호랑말코 같은 녀석! 네놈부터 박살 내주마!"

현풍은 시무룩해 있는 여문의 표정을 보고 혀를 찼다.

"쯔쯧, 걱정이 돼서 와보니 역시나군."

호패천이 뿜어내는 권력을 막으면서 주절주절 중얼거리는데 위태위태해 보이는데도 그의 표정은 태연하기 이를 데 없었다.

차창, 따따땅!

검과 주먹이 마주치는데 콩 볶는 듯한 쇳소리가 들려왔다.

유검은 퉁명스레 말했다.

"남녀 간의 일에 주책없이 끼어들지 마십시오."

우우웅!

한천검을 쥐자 예의 익숙한 검명과 함께 빛이 생겨났다.

"도와드릴까요?"

미처 대답을 듣기도 전에 현풍은 이미 밖으로 사라져 버렸고 호패천도 그 뒤를 이었다.

뒤늦게 몰려오는 권풍은 유검이 휘두르는 검에 의해 토막나서 산들바람이 되어버렸다.

바람은 방 안을 휘감더니 마지막 몸부림처럼 머리카락과 옷자락을 잡아당기고는 서서히 가라앉았다.

휘말려 올라간 여문의 치맛자락도 천천히 가라앉자 유검도 시선을 돌렸다.

"별 걱정은 하지 않아도 될 듯하지만……."

유검은 머쓱한 표정으로 검을 가슴에 품고 방구석에 가서 기대어앉았다.

"아무래도 내가 여기 있어야 할 것 같다."

여문은 어지럽혀진 방 안을 둘러보다 뻥 뚫린 천장으로 눈길을 돌렸다.

"사부와 사형의 공통점이 뭔지 아세요?"

"음?"

여문은 천천히 유검에게로 다가서더니 치맛자락을 위로 걷어 올렸다.

"오잉?"

유검의 두 눈이 동그래지며 절로 시선이 아래로 향하는데.

꽁!

여문이 그사이 빈틈을 노리고 머리에 꿀밤을 먹였다.

"미녀가 둘이나 있는데 잘도 지키겠네요."

유검은 머쓱해하였고 여문은 깔깔대며 웃었다.

"이 녀석! 감히 하늘 같은 사형을 놀리다니!"

벌떡 일어서며 보복을 위해 꿀밤을 때리려는데 여문은 가볍게 호선을 그리는 손바닥으로 밀어내며 옆으로 피해 버렸다.

"나날이 무공이 퇴보하는군요, 사형. 대단해요, 대단해!"

"이런, 사정을 봐준 것에 감사해하지는 못할망정!"

빗자루를 쓸듯이 그녀의 다리를 차가며 손목을 낚아채 갔다.

"숙녀의 손을 잡으려 하다니! 부끄러운 줄 아세요!"

"훗, 잘도 숙녀라는 말이 나오는군. 받아라!"

둘은 비무라도 벌이듯 한바탕 손발을 휘두르며 싸웠다. 얼마나 열심히 싸웠는지 숨이 차오르고 땀이 흘러내렸다.

벽에 기대어 유검은 거친 숨을 몰아쉬며 말했다.

"헉헉… 많이 늘었구나."

여문도 그 옆에 기대앉으며 코웃음으로 대꾸했다.

"쳇, 당연하죠. 내 꿈이 뭔지 아세요?"

"뭐지?"

"흥, 앞으로 천하제일검……."

"천하제일검이 꿈이라고? 대단한걸?"

"…의 아내가 되는 거요."

그 말에 유검은 흠칫하다 웃었다.

"이런이런, 그렇게까지 내 아내가 되고 싶은 거냐?"

"쳇, 착각 마세요. 나는 단지 천하제일검의 아내가 돼서 뽐내며 강호를 유람하고 싶은 것뿐이라구요. 내가 언제 사형과……."

"잉? 내가 천하제일검이 되지 못할 것 같으냐?"

여문은 별빛이 새어 들어오는 천장으로 시선을 돌리며 답했다.

"아마… 마음만 먹는다면 가능하겠죠."

유검도 같이 구멍 뚫린 천장으로 시선을 돌렸다.

"마음만 먹는다면이라…… 그것참, 나를 꽤나 높이 평가해 주는구나."

별빛이 고와 둘은 한동안 멍하니 올려다보았다.

"사형."

여문은 조용히 유검을 불렀다.

"십 년 후… 오늘 이날이 생각날까요?"

유검의 눈가에 웃음이 매달렸다.

"당연히!"

둘의 시선은 서로에게 향했다. 둘 모두 웃고 있었다.

여문은 벌떡 일어서더니 말했다.

"사형, 멋지지 않아요?"

"뭐가?"

"천하제일검이 되는 것 말이에요. 천하에서 모여든 군웅들 앞에서 검을 뽑아 드는 거예요. 그리고는 외치죠. 모두 나의 명을 받아라!"

유검은 실소가 나왔다.

"하하, 천하제일검이 무슨 황제라도 된다더냐?"

"흥, 천하제일검인데 누가 감히 그 명을 거역하겠어요? 그렇지 않아요? 누가 '난 명을 받지 않겠다!' 그러면 이렇게 외치는 거예요. '네놈이 감히! 좋아, 나의 일검을 견딘다면 용서해 주지!' 그리고는 일초에 그를 물리쳐 버리고 말죠. 그럼 상대방은 무릎을 꿇고 탄복해 외치는 거예요. '과연 천하제일검! 그대의 명을 받들겠소!' 어때요? 멋지죠?"

"그래, 정말로 멋진걸?"

"그리고 나는 천하제일검을 턱 끝으로 부리는 거죠. 그럼 나야말로 진정한 천하제일검 아니겠어요? 아하하하……!"

여문은 상상만 해도 통쾌한지 배꼽을 잡고 웃었다.

그날 밤 호패천은 더 이상 나타나지 않았다.

◆第二章

내 이름은 진삼원

내 이름은 진심원

후한(後漢) 시대 불교 전래 후 최초로 세워진 사원이 백마사(白馬寺)였다. 백마사라는 이름은 인도에 파견한 일행이 백마(白馬)에 경전을 싣고 돌아온 것에서 유래되었다고 한다.

뿌연 새벽 안개 속에 새벽 공양을 마친 스님들의 발걸음이 부산했다. 사미승의 빗질과 게으름을 야단치는 중년승의 호통 소리가 새벽의 정적을 깨운다. 진시(辰時)가 지나고 나면 몰려들 유람객들을 맞이하기 위함일 것이다.

절의 입구 쪽에서는 향 파는 할머니들이 벌써부터 자리를 잡기 시작한다.

입구 양쪽에는 송(宋)나라 때 만들어진 두 마리의 백마상(白馬像)이 서 있는데 안으로 들어서면 정면에는 천왕전(天王殿)이 서 있고, 그 뒤로 대불전(大佛殿), 대웅전(大雄殿) 등의 건물이 늘어서 있었다.

다시 동쪽 대나무 숲 사이로 난 오솔길을 따라 반 각 정도를 걸으면 팔 장 높이의 수려한 십삼층 석탑이 나오는데, 바로 그 유명한 제운탑(齊雲塔)이다. 탑의 앞에서 손뼉을 치면 개구리 울음소리를 닮은 메아리가 되돌아온다고 하여 평소 유람객들이 즐겨 찾는 곳 중의 하나였다.

날이 밝으면 호기심에 찬 유람객들의 탄성으로 부산스러워지겠지만 지금은 뿌연 새벽 안개 속에 사각사각거리는 사미승들의 빗질 소리만이 고요하게 들려오고 있었다.

유검은 제운탑이 내려다보이는 언덕 위에서 백마사의 새벽 정경을 구경하고 있었다.

잠을 자기에는 어중간한 시각이었기에 날이 밝아오자 산책이라도 할 겸 해서 밖으로 나왔다. 인적없는 곳으로 정처없이 발걸음을 옮기다 보니 이곳까지 온 것이다.

먼 산 너머로 해가 떠오르기 시작하자 서서히 안개는 옅어져 갔다.

멍하니 그 모습을 바라보던 유검의 머리 속에는 어젯밤 여문이 말했던 한 가지 단어가 계속해서 머무르고 있었다.

천하제일검.

그다지 크게 의미를 둘 만한 목표는 아니라고 생각했다.

차라리 그보다는 도저히 뛰어넘을 수 없는 극한 경지의 검을 추구함이 옳을 것이다.

달리 보자면 묵묵히 자신의 삶에 최선을 다하는 이의 정성이 보다 큰 검의(劍義)요, 자신의 그릇된 점을 반성하며 엄격히 단도리함이 보다 단련된 검초(劍招)가 아니겠는가.

그렇게 보다 치열하게 세상을 알기 위한 방편이 바로 검이다.

아니, 방편이라는 말은 옳지 않았다.

검을 통해 세상을 바라보고 느끼니 눈이요, 코요, 입이다. 그렇게 검은 자신의 모든 것, 그래서 검은 유검에게 유일무이한 친구였다.

그러니 천하제일검이니 하는 따위의 허명은 원해본 적도 없거니와 되고자 생각해 본 적도 없었다.

남과 싸우는 것을 별로 좋아하지 않았고 무언가를 얻기 위해 집착하는 것도 싫었다. 다만 검을 휘두르는 것이 좋아서 그 순간만큼은 온 세상에서 홀로 자유를 얻은 듯한 그 느낌 때문에 검을 즐길 뿐이었다.

그런데…….

유검은 떨리고 있는 자신의 오른손을 꽉 거머쥐었다. 떨림은 여문에게서 그 말을 들은 이후로 멈추지 않고 있었다.

마음은 평안하다.

불 같은 호승지심(好勝之心)이 이는 것도 아니고 심처에서 솟아오르는 감정의 폭발도 없다.

그런데도 멈추지 못하는 이 떨림은 무엇일까?

머리 속으로 몇몇의 얼굴들이 스쳐 지나갔다.

낙양으로 오는 도중 만났던 흑의청년.

소림의 땡초 광무.

기이하게 무공이 높은 사부 현풍.

언젠가는 거대한 고목이 되리라 생각되는 남궁무룡.

무식하리만치 강했던 호패천…….

아니다. 아니었다.

그 어떤 얼굴도 이런 떨림을 일으키게 하지는 못한다.

그들이 약해서도 아니었고 강해서도 아니었다.

그들과 겨뤄보고 싶지 않은 것은 아니었지만 이런 떨림과는 무관했다.

도대체 이 떨림은 어디서 오는 것일까?

어쩌면 자신도 알지 못하는 또 다른 의지가 있는 것은 아닐까? 어쩌면 자신은 세상을 속이고 스스로도 속이고 있는 것은 아닐까?

'너무 지나친 비약이군.'

유검은 상념을 떨치며 자리에서 일어났다.

아침 공기는 상쾌했다. 낮이 되면 후텁지근하게 변해 버리겠지만.

슬슬 아침이라도 먹으러 갈까 생각하며 걸음을 옮기다 고개를 갸웃거렸다.

"그런데… 지금 천하제일검은 누구지?"

*   *   *

신농산장에서 귀빈을 접대하기 위해 마련된 후원의 접객실.

돌연 그곳에 고함 소리가 울려 퍼졌다.

"도대체 왜, 왜 안 된다는 겁니까?"

고맹이 흥분해서 외쳤지만 매대선생은 담담히 차 향기를 음미할 뿐이었다.

고맹은 꽝 하고 탁자를 내려쳤다.

자단목으로 만들어진 특제품이라 그의 주먹에 부서지지는 않았다.

"당장 그 아이를 찾아서 무림맹으로 데리고 가야 합니다! 데리고 온 아이들은 모조리 병신이 되어 있고, 호패천이 언제 마교의 무리들을 이끌고 쳐들어올지 모르는데 왜 이렇게 느긋하게 기다리고만 있잔 말입니까?"

"그거 비싼 겁니다."

옆에서 조 장주가 안색을 굳히며 한마디 했다.

다시 탁자를 내려치려던 고맹은 얼굴을 일그러뜨렸지만 자신의 은자 사정을 생각해서 주먹을 거두었다.

고맹은 부르르 주먹을 떨면서 다시 부르짖었다.

"하여간에 그 꼬마 계집아이를 찾아서 본 맹으로 데리고 갑시다! 무슨 이유로 노리는지는 몰라도 엄청난 음모가 숨어 있을 게 분명하지 않습니까?"

매대선생은 차를 한 모금 입에 물고 느긋이 목을 축인 후 태연한 표정으로 말했다.

"괜찮네. 일단 그가 온다니까."

"그? 겨우 한두 명이 온다고 해결될 상황입니까, 지금이? 현명하신 장로님께서 오늘따라 왜 이리 답답한 말씀만 하시는지 모르겠군요!"

"허어, 이런이런! 말귀를 못 알아듣는구먼. '그'가 온다고 하지를 않나."

고맹은 워낙 태연한 매대선생의 태도에 기세가 꺾여 조용히 되물었다.

"그… 라뇨?"

"당금 천하제일인이자 맹주님의 막내동생인 일검구주섬(一劍九州閃) 진삼원(震三元) 말일세."

고맹의 두 눈이 동그래졌다.

"부, 북해로 가셨다고 들었는데 언제……."

"흠, 원하던 것을 얻은 모양인 게지. 무림맹으로 돌아가기 전에 색시감 찾는다고 천하를 떠돌고 있었는데, 마침 근처를 지나던 모양일세. 순찰조원이 발견한 모양이야."

고맹은 다급히 물었다.

"지금 어디 계십니까? 당장 모셔와야……!"

매대선생은 고개를 절레절레 저었다.

"글쎄… 워낙 부평초 같은 놈이라……. 하여간 오늘 내로 온다 하였으니 약속은 지키겠지."

그리고 조 장주에게 찻잔을 들어 보이며 감탄한 표정을 지었다.

"꽤 맛있는 철관음입니다. 철관음을 지칭하기를 천진미(天眞味:아무런 티 없이 맑고 순백무후하여 손정하다)에 성묘향(聖妙香:성스러우며 신묘한 향기는 마음의 번뇌를 사라지게 한다)이라 한다더니 과연 그렇군요. 허허……."

조 장주는 그제야 굳은 안색을 풀고 너털웃음을 지어 보였다.

"비싼 거니까요. 허허허."

*   *   *

백마사로 들어서는 입구.

"살다살다 향 값을 깎으려는 놈은 처음일세. 좋아, 인심 썼다. 서 푼에 해주마."

어여 가져가라는 듯 한 묶음의 향을 내놓는 할머니. 그동안 겪어온 인생의 역고를 상징하듯 이마에는 주름살이 가득했다.

"하, 한 푼만 더……."

쪼그리고 앉아 긴장한 듯 마른침을 꿀꺽 삼키며 그렇게 향 값을 흥정하고 있는 이는 상당한 덩치를 가지고 있었는데 풀어헤친 머리, 누더기가 되어 있는 장포, 한눈에 보더라도 상거지 꼴이었다.

"이놈아, 그 따위 심보로 부처님께 공양드리다간 벌받어!"

할머니는 화가 난 듯 버럭 소리를 질렀다. 다섯 푼에서 한 푼도 깎아줄 수 없다는 것을 계속 저 소리에 조금씩 양보해서 서 푼에 내어주겠다는데도 또 저 소리를 해대는 것이다.

"하, 한 푼만 더……."

사내는 부처님의 진노까지 들먹이며 부르짖는 할머니의 외침에도 아랑곳 않고 두 눈을 부릅뜬 채 손가락 하나를 치켜세우며 또다시 그렇게 말했다.

할머니는 발작 직전에 이르렀고 왕년의 악바리가 돌아왔다며 쌍심지를 켜는데.

"여기 있어요. 이걸로 됐죠?"

그 말과 함께 다섯 푼의 동전을 내놓는 하얀 손바닥이 있었다. 여문이었다.

할머니는 짐짓 못 이기는 척 동전을 집어 드는데 사내가 그것을 낚아챘다.

"난 거지가 아니다."

여문은 짧게 한숨을 내쉬었다.

"향을 왜 사려는 거죠?"

"내 손에 죽은 놈들을 위해."

"인심도 좋으시군."

여문은 조그만 돌멩이를 주워 들더니 그에게 물었다.

"혹시 이 돌을 부술 수 있나요?"

사내가 힘을 주자 돌멩이는 가루가 되어버렸다.

"됐어요. 구경 값으로 적진 않죠?"

여문은 미련없이 뒤돌아서서 가버렸다.

멍하니 그녀의 뒷모습을 쫓는 사내의 두 눈이 돌연 번쩍 뜨였다.

두 푼만 내려놓고 향을 집어가는 사내의 등 뒤에 대고 할머니는 악을 썼다.

"이놈아! 세상을 그렇게 사는 게 아닌겨!"

사내가 경내로 들어서자 접대를 맡고 있던 중년승은 인상을 찌푸렸다. 얌전히 구경만 하고 가면 몰라도 혹시나 무슨 패악질이라도 벌일까 염려가 되는 것이다.

중년승은 사내에게 다가갔다.

"아미타불, 시주께서는……."

여문의 뒤를 쫓던 사내는 시야가 가려지자 와락 그를 밀쳐 버렸다. 중년승은 주르륵 이 장이나 뒤로 미끌어졌는데 여전히 합장하던 그 자세대로였다.

넘어뜨리든가 혹은 날려 버린다면 몰라도 무공도 모르는 그를 그런 식으로 밀쳐 내기란 쉽지 않은 일인데도 사내는 별일 아닌 것처럼 해내었다.

중년승이 얼떨떨해 있는 동안 사내의 모습은 이미 사라져 버렸다.

대웅전의 뒤, 사내는 여문을 시야에서 놓치고 주위를 두리번거렸다. 별 인적이 없었다. 다만 연못을 가로지르는 석문교 아래 멍한 표정의 한 청년이 하늘을 올려다보고 앉아 있었다. 유검이었다.

사내는 유검에게로 다가갔다.

유검은 누가 나타나든 말든 전혀 신경도 쓰지 않고 하늘만 바라보고 있었다.

사내는 묻기 전에 도대체 무엇을 보고 있는가 궁금해서 같이 하늘을 올려다보았다. 공양을 드리러 오던 처녀 두 명이 막 다리를 건너려 하고 있었다.

지켜보던 사내의 얼굴이 점차 시뻘겋게 물들어갔다. 하지만 절대 고개를 내리지는 않았다.

유검은 힐끔 사내를 돌아보고는 그 자리를 떠났다.

"문제가 있군."

열 걸음을 벗어나기도 전에 등 뒤에서 여인의 날카로운 비명 소리가 울려 퍼지는 것을 들을 수 있었다.

"나는……."

입을 여는 사내 앞으로 불쑥 만두 하나가 내밀어졌다. 방금 만들어진 것인지 따뜻한 김이 모락모락 피어 오르고 있었다.

사내는 군침을 꿀꺽 삼켰다.

"뭘 묻고 싶다고요?"

유검의 질문에 사내는 가만히 있었다. 먹는 것과 말하는 것을 동시에 할 수는 없었던 것이다. 사내는 잠시 고민을 하다 일단 선심을 써서 만두를 먹어주는 쪽을 선택했다. 남의 호의를 거절하는 것은 강호협객의 도리가 아닌 것이다.

어른 주먹만한 만두를 다 먹고 난 뒤 말을 꺼내려니 유검은 벌써 자기 몫은 먹어치우고 부엌에 나 있는 창문 틈으로 길다란 대나무를 또다시 집어넣고 있었다.

식사를 준비하는 아줌마들이 잠시 다른 곳으로 눈길을 돌리는 순간 대나무 끝에 달린 고리로 커다란 가마솥에서 만두 하나를 낚아 올렸다.

만두는 잉어처럼 뛰어 올라 정확히 유검이 있는 방향으로 날아왔다. 유검은 그것을 익숙하게 낚아챘다.

그 모습에 사내는 눈빛을 반짝였다.

"그 금나술(擒拿術)은 무당파의 것이군."

하나만으로는 만족 못한다는 듯 또다시 대나무를 창문 틈으로 집어넣던 유검은 움찔거렸다.

사내에게 물었다.

"무공을 아시는가 보죠?"

"조금……."

"그럼 경공술도 익혔겠군요."

"당연히."

유검은 고개를 끄덕였다.

"좋습니다. 그럼 뛰어요!"

유검이 먼저 냅다 달려나가자 사내는 무슨 영문인지 몰라 미간을 찌푸렸다.

부엌에서 고함 소리가 울려 퍼졌다.

"도둑이야!"

"감히 부처님께 올릴 음식에 손을 대다니! 천벌을 받아라!"

허공에 떠 있는 대나무를 발견하고 뒤늦게 상황을 눈치 챈 아줌마들이 화가 나서 소리친 것이다.

사람들이 웅성거리며 몰려왔을 때 사내의 모습은 이미 보이지 않았고 그 자리에는 만두 하나가 놓여져 있었다.

유검이 달려간 곳은 대나무 숲 중앙에 있는 조그만 공터였다. 새로 깨달은 검초를 펼칠 때 외에는 내공을 쓸 수가 없었기에 그냥 달음박질쳤던 것이고, 단숨에 여기까지 달려오느라 숨이 목구멍까지 차올랐다.

숨을 고르며 천천히 허리를 펴는데 사내가 팔짱을 낀 채 천천히 허공에서 내려오고 있었다. 마치 물속에서 떨어지고 있는 듯 '천천히!'였다.

"대단하구나!"

유검도 그 광경에는 놀라지 않을 수 없었다.

사내는 땅에 착지한 뒤에도 풀 위를 밟고 서 있었는데 풀은 전혀 휘어지지 않았다. 극치에 이른 초상비(草上飛)의 경공이었다.

사내는 미간을 찌푸리며 입을 열었다.

"내 이름은 진삼원이다."

유검은 '그래서요?' 라는 표정으로 멀뚱히 있는데 부스럭거리며 대나무를 헤치고 한 인영이 나타났다. 여문이었다. 가슴에 여러 가지 물건들을 한가득 품은 채였다.

사내는 흠칫했고 유검은 반색했다.

"아, 사가지고 왔구나."

"세상 참 편리해졌어요. 은자를 주니 절 안의 숙소까지 알아서 배달해 주네요."

여문은 여러 가지 물건들을 바닥에 내려놓았다.

콩기름, 들기름, 검은 안료, 중토(重土)를 각각 담은 도자기들과 삼베천, 화선지 뭉치, 붓 등이었다.

"사 오라는 대로 사 오긴 했는데 무엇에 쓰시려는 거죠?"

"무척이나 필요한 거야. 시급을 다투는 일이지."

여문의 질문에 유검은 즐겁게 답했다.

여문이 사내를 발견하고 '아!' 하고 탄성을 지르자 유검이 물었다.

"아는 사람이냐?"

"절 입구에서 향을 사던 사람이에요."

"아, 그렇구나."

그 대답만으로도 충분한지 유검은 납득한 표정으로 고개를 끄덕였다.

유검은 제일 큰 도가니 속에 중토와 콩기름, 들기름을 붓고 검은 안료 등을 넣어 반죽하였다. 곧 걸쭉한 진흙탕 같은 것이 만들어졌다. 그리고 큰 붓을 그곳으로 집어넣어 한참을 돌렸다.

독 안에서 코를 찌르는 지독한 냄새가 풍겨 나왔다.

여문은 코를 감싸고 냄새를 쫓으려는 듯 손을 휘저었다.

"참나, 도대체 뭘 하시는 거예요? 태평도 하시네요."

"잔소리 마! 무림공적이 안 되려면 할 수 없어."

유검은 땀을 뻘뻘 흘리며 자신의 일에 열중하였고 여문은 지켜보다 무료한지 사내에게 말을 걸었다.

"향은 다 피웠나요?"

"아직⋯⋯."

사내는 묵묵히 있다가 다시 여문에게 입을 열었다.

"너의 뒷모습을 계속 지켜보았었다."

유검은 흠칫하며 고개를 들었다.

"설마 한눈에 반했다는 건가?"

사내의 이마 위로 힘줄이 불끈 솟아올랐다. 계속해서 여문에게 말했다.

"너의 걸음걸이를 보고 무당파 사람임을 알았다."

유검과 여문은 그 다음 말이 궁금해서 귀를 기울였다.

하지만 사내는 아무 말 없이 한참 동안 가만히 있었다.

"저… 그래서요?"

여문이 조심스레 묻자 사내는 드디어 입을 열었다.

"내 이름은 진삼원이다."

그리고는 설명이 다 끝났다는 듯 입을 한일 자로 꽉 다물었다.

잠시 썰렁한 바람이 불고 지나갔다.

유검은 멍하니 그의 얼굴을 바라보다 머리를 긁적거렸다. 곧 사내에 대해 신경을 끄고 반죽하던 항아리를 들고서 여문에게 말했다.

"자, 일단 다 만들어진 것 같으니까 돌아가자."

"예, 사형."

"그나저나 여기 주지스님이랑 친구라니 사부도 상당히 발이 넓으신 걸?"

둘은 대나무 숲을 빠져나갔고 진삼원도 미간을 찌푸린 채 거리를 두고 그 뒤를 따라 걸었다.

유검은 힐끔 그를 뒤돌아보고 중얼거렸다.

"따라오는데? 뭘 어쩌자는 걸까?"

"나쁜 사람 같진 않은데…… 뭐, 악의는 있어 보이지 않으니까 별 상관 없지 않아요?"

"그렇다고 화가 숨어 있는 지하 석실까지 데리고 갈 순 없지 않느냐."

여문은 목소리를 낮춰 말했다.

"행색을 보아하니 개방 사람 같기도 한데…… 예전부터 개방은 협의로 이름이 높았잖아요. 사실을 밝히고 도와달라고 하는 건 어때요?"

유검은 힐끔 사내를 훔쳐보았다. 사내는 여전히 무뚝뚝한 얼굴이었는데 뭔가 불만이 있는 듯 잔뜩 미간을 찌푸리고 있었다.

여문은 고개를 갸웃거리며 말을 이었다.

"근데 말이에요, 진삼원이란 이름 낯이 익지 않아요?"

"글쎄?"

"음… 현 무림맹주의 동생이며 일검구주섬이란 외호를 가진 당금 천하제일검의 이름도 진삼원이라고 들은 것 같은데……."

"이름이 길기도 하군. 근데 그렇게 대단한 사람이 왜 저런 꼴로 다니겠냐?"

"하긴 그러네요."

여전히 천장이 뚫려진 숙소로 되돌아오자 유검은 방문을 닫아걸고 이불 속에 삼베 천으로 꽁꽁 감싸 숨겨놓았던 한천검을 꺼내었다.

"뭘 하시게요?"

여문의 질문에 삼베 천을 풀며 유검은 싱긋 웃었다.

"내가 사부에게 한천검을 하사(下賜)받은 건 알지?"

"아, 독심호리에게서 강탈한 것 말인가요?"

유검이 묵묵히 바라보자 여문은 슬쩍 시선을 돌리며 말을 바꾸었다.

"아, 강탈이 아니라 하사받은 한천검이 어때서요?"

유검은 입맛을 다시며 말했다.

"하여간 사부님에게 하.사.받은 이 한천검은 남의 눈에 너무 쉽게 띄어서 말이다. 이것만 보면 사람들이 벌 떼처럼 몰려드니……."

그리고 붓을 들어 한천검의 검집과 손잡이 부분에 걸쭉하고 검은 액체를 바르기 시작했다.

여문은 궁금해하며 물었다.

"검날에도 바를 건가요?"

검을 뽑으려다 유검은 그 말에 흠칫했다.

"그건 조금 이상하겠군."

준비해 온 명주천을 가늘게 만들어 그것으로 검집과 손잡이를 각기 둘둘 말았다. 그리고 검집째로 이리저리 휘둘러 보고 나서 유검은 만족해했다.

"자, 준비는 끝났다."

유검은 방문을 나서며 여문에게 말했다.

"너도 지하 석실로 들어가 있거라."

밖으로 나가보니 진삼원이라 이름을 밝혔던 사내가 향을 피운 채 하늘을 올려다보며 서 있었다. 기이한 광경인데도 절 안이어서 그런지 어울려 보였다.

유검은 주위를 둘러봐도 사내 외에는 인적이 없자 기둥을 타고 지붕 위로 올라갔다.

"이제 기다리면 되는군."

유검은 아직 고약한 냄새가 코를 찌르는 검을 소중히 품속에 안은 채 먼 산을 바라보며 가부좌를 틀고 앉았다.

밖으로 나온 여문은 사내를 발견하고 아무래도 미심쩍다는 듯 그에게 다가가 조심스레 물었다.

"혹시 항주에서 오셨나요?"

항주는 무림맹이 있는 곳, 간접적으로 일검구주섬이 맞는지 물어본 것이다.

사내는 고개를 저었다.

"그럼 어디에서……?"

"북해."

짤막한 사내의 대답에 여문은 실망했다. 하지만 다시 눈빛을 빛내며 물었다.

"혹시… 우리를 도와주시러 온 것 아닌가요?"

사내는 잠시 생각하는 눈빛이더니 고개를 저었다.

"너희들의 사부를 만났다. 그래서 왔다."

영문을 알 수 없는 대답에 여문은 두 눈을 동그랗게 떴다.

"사부님을요? 언제, 어디서요?"

"두 시진 반 각 전 용문석굴 빈양동(賓陽洞) 안에서."

여문은 반색하며 지붕 위의 유검에게 소리쳐 불렀다.

"사형! 이분이 사부님을 만났대요!"

"그런데?"

유검의 반문에 여문이 궁금증을 담은 시선을 돌려 대답을 촉구하자 사내는 또다시 난제에 빠진 듯 곤혹스런 표정이었다.

"사부님께서 뭐라고 말씀하시던가요? 혹시 저희들을 도와주라고……."

여문은 그렇게 묻다 그게 아니라는 사내의 대답을 상기하고는 말끝을 흐렸다.

사내는 여문의 얼굴을 바라보다 곧 시선을 돌리며 무뚝뚝하게 답했다.

"자신의 제자가 절세미녀라고 자랑하더군."

사내는 어리둥절해하며 쳐다보는 유검과 여문의 태도에 곧 자신의 대답이 적절치 못했음을 깨달았다. 실제 그렇게 말한 것은 사실이었지만, 이와 같은 대답은 근본적인 사실이나 의도와는 전혀 상관없는 말이지 않은가. 마치 자신이 절세미녀라 자랑하던 그녀를 만나보기 위해 온 것처럼 보여질 수 있는 대답이었던 것이다.

뭔가 전후의 설명이 필요할 것 같아 입을 열었지만 말을 토해내지는 않았다. 일단의 사정이 있기도 하거니와 무엇보다 변명처럼 보이는 짓은 질색이었기 때문이다.

사내는 눈살을 찌푸리며 약간 언성을 높여 말했다.

"너희들은 무당파, 나는 진삼원, 어째서 더 이상의 설명이 필요한가?"

그다지 높은 소리가 아니었는데도 쩡! 하고 공기가 갈라지는 듯한 느낌이었다.

유검은 어깨를 으쓱였다.

'재미있는 사람이네. 그런데 사부와 절세미녀, 무당파와 진삼원… 도대체 어떤 관계지? 정말로 그 한마디면 모두 설명되는 것인가?'

궁금증을 담아 여문을 바라보니 어리둥절하기는 그녀도 마찬가지인 것 같았다.

그때 어디선가 날카로운 종소리가 들려왔다.

찌르르릉― 찌르르릉―

사내의 시선이 언덕을 향했다. 유검도 거의 동시에 고개를 같은 방향으로 돌렸다.

유검은 천천히 몸을 일으켰고 진삼원은 들고 있던 향을 여문에게 건네주었다.

"부탁한다."

"예?"

유검은 검을 고쳐 쥐었다.

아직 모습은 보이지 않지만 아마도 기다리던 마교의 고수가 찾아온 것이라 생각했다.

분명 호패천은 언제까지고 사부의 뒤만 쫓고 있을 리 없었다. 마교의 수뇌부쯤 되는 자가 그렇게 감정에만 치우쳐 움직일 리가 없으니까. 아마도 혼자 힘으로 화를 납치해 가기 힘들다고 판단하고 사부의 뒤를 쫓아다니는 척 시간을 끌면서 수하들을 보낼 게 틀림없다고 추측했던 것이다.

아침에 여문이 지나가듯 물었다.

화의 아버지나 무림맹에 그녀를 맡기지 않고 왜 귀찮은 일을 자초하느냐고.

'그 녀석에게 청부를 받았으니까.'

라고 대답했지만 당연히 그런 이유는 아니다.

'햇살이 너무 따가워서.'

라는 식으로 대답하는 게 어쩌면 나았을 것이다.

아마도 화가 예쁘지 않거나 혹은 남자였더라면 달리 행동했을지 모른다는 정도가 그나마 진실에 가까울 것이다.

해는 제법 상당한 높이까지 떠올라 따가운 햇살을 뿌려대고 있었다.

유검은 검을 가슴 높이까지 올려 약간 검날을 뽑아보았다.

스스릉——

은빛의 투명한 검날이 눈이 아릴 정도로 반짝였다.

가벼운 긴장감이 전신을 타고 흘렀다.

비무가 아닌 생사대결!

그런 생각 때문일까, 아니면 깨닫기만 했지 아직 제대로 펼쳐 보지 못한 일검에의 욕구 불만 때문일까?

손에 쥐어진 검의 무게가 심장을 짓누른다.

그것은 확실히 살아 있다는 느낌을 가져다 주었다. 흐르는 개울물에 발을 담그고 있다가 문득 물살의 흐름을 느낄 때와 비슷했다.

수만 번 이상 휘둘러 보았던 그 익숙함을 되새기는 것, 그것이 주는 안도감과 예측할 수 없는 대결이 주는 불안감, 그 사이에서 이루어지는 묘한 균형 감각이란 것이 전신을 가볍게 흥분시키고 있었다.

창!

경쾌한 소리와 함께 은빛 투명한 검신이 그 모습을 드러내었다.

유검의 시선이 언덕 위를 향했다.

그의 눈빛에 별다른 투지는 보이지 않았다. 단지 비어 있을 뿐이었는데 화두를 깨달은 선승(禪僧)의 미소와 같은 무상함, 몸을 파는 창녀의 넋두리 같은 허무함, 그 어떤 것과 닮았다 하더라도 상관은 없을 것이다.

두 어깨는 늘어뜨리고 흐르는 바람에 몸을 맡긴 듯했다.

유검의 모습을 본 여문은 짧게 한숨을 토하곤 조용히 미소 지었다.

밝은 햇살에 사형의 모습은 역광을 받아 검은 그림자로 비춰졌지만 어쩐지 만지면 사라질 듯 투명해 보였다.

익숙한 모습.

주화입마당하기 전에 자주 볼 수 있었던 바로 그 모습이었다.

"괜찮군. 자연체라니……."

진삼원이라 이름을 밝힌 사내의 중얼거림에 여문은 당연하다는 듯 밝게 웃었다.

"나의 사형이니까요."

진삼원은 묵묵히 고개를 끄덕이며 말했다.

"상대가 누구든지 간에 저런 눈빛을 가질 수 있다면 어떤 싸움에서든 최소한 지지는 않을 것이다."

진삼원은 다시 유검에게로 시선을 향하며 말을 이었다.

"물론 그 눈빛이 지속될 경우에 한해서지만."

"예?"

언덕 위로 한 사람의 모습이 나타나고 그 모습을 보는 순간 유검의 신형이 잠시 비틀거렸다.

젊은 여인이었다.

오른손에는 조그만 종을, 왼손에는 긴 비단 천을 쥐고 있었는데 틀어 올린 머리에 구름 같은 치맛자락 차림새였다.

휘리리릭―

그녀가 왼손을 떨치니 긴 비단 천은 끝없이 늘어나 정확히 이곳 건물의 기둥을 휘어감았다.

동시에 두 팔을 활짝 편 그녀의 몸이 너울거리듯 날아 올랐다. 긴 소맷자락이 마치 날개라도 되는 듯 펄럭였다.

대단한 경신공부라는 생각보다 날아오는 그 모습이 참으로 아름다위 그녀는 땅을 디디고 살지 않는 천상의 선녀가 아닐까 하는 착각이 들 정도였다.

유검은 변명하듯 중얼거렸다.

"상관없겠지, 본시 강호에 여자는 없는 법이니까."

그리고 천천히 날아오는 그녀를 향해 검을 치켜들었다.

"마교의 인물답게 대담하군. 아무런 대비 없이 바로 공격해 오다니."

하지만 긴 소맷날개를 펄럭이며 떨어져 내리고 있는 그녀는 유검에게 눈길 한 번 주지 않고 그냥 스치고 지나가 버렸다.

여인은 진삼원과 마주한 일 장 거리 앞에 가볍게 착지했다.

"왔구나."

진삼원의 딱딱한 말에 슬쩍 고개를 끄덕이는 그녀의 미모는 마치 옥을 깎아 만든 듯 수려했지만 마치 조각상처럼 전혀 표정의 변화가 없었다. 빙굴에서 흘러나오는 듯한 차가운 냉기(冷氣)가 그녀의 주위를 감싸고 있는 것 같았다. 그 누구의 근접도 불허할 듯한 오만한 분위기도 함께였다.

무감정한 그녀의 시선은 여문이 들고 있는 향으로 향해 있었다.

"의외군요."

맑은 음성이었지만 여전히 감정이 느껴지지 않는 어조였다. 그리고 그 말은 여문의 얼굴로 시선을 옮기면서였기에 어쩐지 무시하고 깔보는 듯한 느낌으로 바뀌었다.

여문은 내심 아름다운 여자구나라며 감탄하고 있었는데 그러한 그녀의 행동에 기분이 상했다.

여문은 딱딱한 말투로 물었다.

"무슨 의미죠?"

여인은 힐끔 진삼원을 돌아보며 물었다.

"자격을 시험해 보겠어요. 괜찮겠죠?"

진삼원은 눈살을 찌푸렸다.

"얼굴만 보기로 했잖느냐?"

여인은 그의 대답은 더 들을 필요가 없다는 듯 여문에게로 고개를 돌리며 말했다.

"명심해 두세요, 막내 삼촌의 부인이 되고자 한다면 최소한 그에 걸맞는 무공이 있어야 한다는 사실을."

"부인?"

전혀 예상치 못한 말에 여문의 두 눈이 크게 떠졌다.

여인은 지니고 있던 조그만 종을 슬쩍 위로 던졌다. 종은 맹렬히 회전하며 정확히 옆에 있던 나뭇가지 끝에 걸렸다.

찌르르릉—

요란한 종소리가 귓전을 울렸다.

여인이 오른손을 떨치자 주위로 긴 비단 천이 하늘하늘 춤을 추듯 너울거리기 시작했다.

"제가 본 가를 대표해서 그 자격을 시험해 보겠어요. 저 종소리가 그칠 때까지 살아 있다면 합격입니다."

"잠깐!"

유검은 여인이 그냥 곁을 스쳐 지나가자 썰렁했지만 그녀의 태도를 보아하니 마교의 인물 같지는 않아 단지 지켜보기만 하고 있었는데 아무래도 시비를 거는 것 같다는 생각이 들어 소리친 것이다.

유검은 지붕 위에서 뛰어내렸다. 겨우 일 장 높이라 경신술을 쓰니

어쩌니 할 것도 없지만 내공이 없으니 몸이 무거워 지면에 닿는 소리
는 둔탁했다.

유검은 어처구니가 없어 여인에게 물었다.

"무슨 소리지? 나의 사매가 왜 그 따위 시험에 응해야 한단 말인
가?"

여인의 두 눈이 가늘어졌다. 무표정한 그녀의 태도에 비한다면 대단
한 감정 표현이 아닐 수 없었다.

"터무니없군요. 그렇다면 그런 시험조차 없이 막내 삼촌의 부인이
되려 했단 말인가요?"

유검은 황당했다.

"그, 그런 말이 아니잖아! 무슨 얼토당토않은……."

"어쨌든 본 가의 전통이에요. 외인은 끼어들지 마세요."

그리고 여문에게로 다시 고개를 돌리며 차갑게 입을 열었다.

"그 어떤 미녀의 청혼에도 눈길 한 번 주지 않던 막내 삼촌이 드디어
결혼을 결심한 것은 소녀의 오랜 바램이 이루어지는 것이며 이는 분명
본 가의 경사, 하나 자격없는 이를 받아들일 수는 없습니다. 그러니 전
심전력을 다할 테니 이해해 주시길."

유검은 사내를 찾았다.

언제 마교의 고수들이 나타날지 모르는 상황에서 이런 엉뚱한 일에
휘말릴 수는 없다.

유검이 미처 입을 열기도 전에 사내의 전음이 들려왔다.

─부디 부탁한다. 워낙 고집 세고 억센 녀석이라… 네 사부에게 도
움을 청했고 허락은 받았다.

사부라는 말에 유검은 한숨부터 쉬었다.

"휴……."

그러니까 저 사내는 집안에서 결혼을 강요받았고 그 회피 수단으로 사매를 이용하려는 모양이라고 생각했다.

'이런 한심한 일을 잘도 허락해 주었군.'

나중에 사부를 만나면 이번에야말로 단단히 따져야겠다고 마음먹었다.

어쨌든 싸움을 말리기 위해 사내에게 다가갔다. 여인과는 도무지 말이 통할 것 같지 않았으니까.

돌연 짤막하고 날카로운 비명 소리가 울려 퍼졌다.

"아악!"

잠시 눈길을 돌린 사이 여인이 내뻗은 긴 비단 천의 끝이 여문의 가슴을 파고들어 있었다.

그녀의 왼쪽 가슴 부위는 벌겋게 피로 물들어갔다.

워낙 비현실적인 느낌에 유검은 그 장면이 의미하는 바를 잠시 이해할 수가 없었다.

그냥 멍하니 쓰러지고 있는 그녀를 향해 걸어갔다. 다리에 맥이 풀렸는지 후들거려 제대로 걷기도 힘들었다.

여인은 비단 천을 회수하며 무심히 중얼거렸다.

"형편없군요. 단 한 수도 견디지 못하다니, 오르지 못할 나무를 오르려고 한 대가입니다."

찌르르릉─

그녀가 나뭇가지에 던져 놓은 조그만 종은 아직도 계속해서 울리고 있었다.

유검은 떨리는 손으로 여문의 뺨을 어루만졌다.

그녀의 두 눈은 감겨져 있었고 호흡은 느껴지지 않았다.

둥— 둥—

자신의 심장 뛰는 소리에 귀가 멍하고 머리가 욱씬 쑤셨다.

뭐라 말하고 싶은 듯 입술을 달싹거렸지만 도저히 소리가 되어 나오지는 못했다.

도대체 무슨 일이 벌어진 걸까?

일이 어디서부터 잘못되어 이렇게 되어버린 것일까?

귓전에서 울리고 있는 종소리가 천천히 낮아지고 있었다. 세상은 하얗게 변해 있었다.

쩔거덩.

몇 덩이의 은자가 곁에 떨어졌다.

"그 정도면 관 값으로 충분할 겁니다. 언제든지 복수하고 싶다면 무림맹으로 오세요."

워낙 무심하여 방금 여문을 죽인 자의 목소리라고는 도저히 믿겨지지가 않았다.

유검은 천천히 몸을 일으켰다.

"지금… 이면 안 될까?"

텅 비어버린 머리, 일그러져 보이는 세상, 흔들리는 지축, 자신의 입에서 나온 의지가 담겨 있지 않은 그 한마디. 필연적으로 이어질 자신의 행동을 무의식적으로나마 알고 있기에 의지 따위는 음색에 들어 있지 않은 것이다.

더 이상 볼일이 없다는 듯 입술을 굳게 다물고 서 있는 진삼원에게로 가던 여인은 유검의 그 말에 천천히 몸을 돌렸다.

축 늘어진 어깨, 검은 아무렇게나 쥐고 있고 마주 볼 용기도 없는 듯 얼굴은 푹 수그리고 있는 모습.

그녀의 눈가에 조금 귀찮다는 기색이 떠올랐다.

그가 지붕 위에서 뛰어내릴 때 착지하는 둔탁한 소리를 통해 내공조차 지니지 못한 별 볼일 없는 삼류무사로 인식하고 있었기에.

그리고 지금은 보아하니 겨우 감정 따위에 휘둘려 만용을 부리고 있는 것처럼 보였던 것이다.

여인은 고개를 끄덕였다.

"원한다면."

번쩍!

눈이 부셔 잠시 눈살을 찌푸리는데 어느새 빛에 감싸여 있는 한 자루의 검이 오른쪽 뺨을 스치고 놓여져 있었다.

뒤늦게서야 화끈거리는 감각이 찾아왔다.

"아, 아직 준비가 덜 된 모양이군."

유검은 머리를 긁적거리며 검을 거두고 아무 일 없었다는 듯 뒤돌아서서 다시 제자리로 갔다.

자신의 뺨에 손가락을 대어보고 묻어 있는 피를 본 순간 여인의 전신은 가늘게 떨렸다. 조금 전의 일이 실재였음을 자각한 것이다.

밀려오는 오한(惡寒)에 이빨이 딱딱 부딪쳤다.

그녀의 무심한 얼굴에 노기(怒氣)가 떠올랐다.

"무공을 숨기고 있었군요!"

외침과 함께 오른손을 떨치자 비단 천은 맹렬히 회전하며 사방 삼장여를 화사하게 뒤덮었다. 마치 꽃비가 내리는 듯했다.

유검은 비단 천의 끝이 창이 되어 자신에게 쏘아오는 모습을 멍하니 지켜보았다.

"겨우 저런 것 따위에……."

일검을 휘두르자 비단 천은 좌우로 쩌억 갈라져 갔고, 두 번째 휘두르를 때는 이미 바다가 갈라지듯 여인을 향해 일직선의 길이 열려 있었다.

여인이 놀람으로 두 눈을 크게 뜰 무렵 유검의 두 손은 그녀의 어깨를 붙잡아 내공 흐름의 맥을 끊어놓고 있었고 무릎은 그녀의 복부를 차올리고 있었다.

여인은 숨이 막혀 비명조차 지르지 못하고 고통의 결산물인 듯 입으로 맑은 액체를 토해내었다. 그리고 그녀의 몸은 충격으로 삼 척가량 허공으로 떠올랐는데 전신은 새우등처럼 휘어져 있었다.

애써 고통을 참고 상대를 향해 쌍장을 날리려 했지만 이미 그녀의 어깨는 유검의 손에 의해 탈골되어 있었다.

여인은 땅에 떨어지는 순간 발작처럼 오른발을 차올렸다.

우두둑―

비스듬히 내려친 유검의 수도에 정강이 뼈가 부러져 버렸다.

유검의 왼손이 그녀의 머리카락을 움켜쥐었다.

허공에 대롱대롱 매달린 채 유리알처럼 투명해 보이는 유검의 두 눈을 보는 순간 그녀는 그제야 뒤늦게 찾아오는 공포를 느낄 수 있었다.

"끼아아악!"

여인은 마침내 두려운 표정을 지으며 날카로운 비명을 내질렀다. 그리고 감당하기 어려운 공포의 감정에 자신도 모르게 오줌을 지리고 말았다.

"지저분한 계집이군."

퍽!

유검의 주먹이 또다시 그녀의 복부에 꽂혔다. 그리고 머리카락을 쥔 채로 휘두르자 그녀는 개구리처럼 땅에 패대기쳐졌다.

아직도 의식이 남아 있는지 온통 흙먼지가 뒤덮인 채로 그녀는 일어서려고 하였다.

하지만 두 어깨는 탈골이 되고 오른 다리는 부러져 제대로 일어설 수가 없었다. 고통보다 더한 두려움에 그녀는 본능적으로 유검에게서 조금이라도 떨어지고 싶어 기기 시작했다.

하지만 가슴을 파고든 유검의 발끝에 의해 거북이처럼 몸이 뒤집어지고 말았다.

유검은 그녀의 배를 밟아 움직이지 못하게 한 다음 검을 치켜들어 심장을 겨누었다.

"뭐… 마지막으로 하고 싶은 말은?"

이 순간 여인은 설움이 복받쳐 올랐다. 하늘보다 높았던 자존심은 어느샌가 완전히 무너져 있었고 본능적인 공포에 울먹이는 소리로 애원했다.

"사, 살려주세요. 제발……."

"미안해. 그건 힘들겠다."

검은 그녀의 심장을 향해 정확히 내리꽂혔다.

챙!

어디선가 묵직한 철검이 나타나 유검의 검을 쳤다. 그 충격에 유검은 주르르 일 장여를 밀려났다. 내장이 진동되어 내상을 입었는지 입가로 피가 흘러내렸다.

"이제 충분한 것 같다."

유검의 검을 가로막은 이는 진삼원이었다.

그는 의식을 잃고 비참하게 쓰러져 있는 여인의 모습에 씁쓸한 미소를 지었다.

"조금 심하군."

유검은 소매로 입가의 피를 훔치며 그에게로 검을 겨누었다.

"역시 한통속이었나? 상관없겠지."

그의 무공이 심상치 않다는 것은 이미 알고 있었기에 유검은 새로이 깨닫게 된 일검을 떠올리고 있었다.

조금 전과는 비교할 수 없는 강한 오색의 빛이 한천검의 주위를 휘감았다. 하늘과 땅을 진동시키는 용의 울부짖음 같은 검명도 함께였다.

진삼원은 두 눈에 이채(異彩)를 띠었다.

"묘하군. 검강은 아닌 듯한데……."

유검의 신형이 하늘 높이 솟아올랐다.

애당초 고수 간의 대결에서 그렇게 신형을 허공에 띄우는 법은 없었다. 찰나지간에 승부가 결정되는 상황에서 힘을 빌 곳이 없는 허공이란 것은 치명적으로 작용하니까.

하나 유검은 애당초 그런 것 따위는 생각하지 않았다.

오직 펼칠 수 있는 것은 단 한 수라고 생각했다.

그와 마주한 순간 거대한 벽을 마주한 것 같았고, 그냥 서 있는 듯하지만 도저히 뚫고 들어설 만한 허점은 찾을 수 없었다. 정면에서 안 되면 위에서라는 생각으로 신형을 높이 띄웠던 것이다.

바람의 힘을 빌어 몇 촌 옆으로 몸의 중심을 옮긴 뒤 찰나지간 발견한 정수리 쪽의 허점.

검과 하나 되어 필생의 공력으로 부딪쳐 가려는 순간, 돌연 귀에 익은 소리가 들려왔다.

"사형!"

자신도 모르게 소리 나는 쪽으로 눈길을 돌리니 죽은 줄로 알았던 여문이 멀쩡하게 일어서서 자신을 올려다보고 있었다.

하나로 집중되어 있던 유검의 정신이 흐트러졌다. 공력도 따라서 흩어져 버렸고 유검은 그대로 땅으로 추락하고 말았다.

땅에 처박힌 충격에도 불구하고 유검은 벌떡 일어났다.

"어떻게 된 거냐?"

두 눈을 동그랗게 뜬 유검의 물음에 진삼원이 답했다.

"애당초 내 질녀는 네 사매를 죽일 생각까지는 없었다. 관 값이라며 은자를 던져 준 것은 모욕을 줘서 떠나게 할 생각이었던 거지."

유검은 아직도 믿기지 않는다는 듯 멍하니 여문을 바라보았다. 가슴 부위의 아직도 빨갛게 물들어 있는 상처를 보며 중얼거렸다.

"분명히… 분명히……."

진삼원이 유검의 의문에 답했다.

"아, 격중되는 순간 돼지 피를 담은 주머니를 던져 큰 상처를 입은 것처럼 보이게 했다. 그리고 혈도를 짚어 잠시 호흡을 멈추게 만들었지."

유검은 눈살을 찌푸렸다.

"왜 그런 짓을? 설마 내 손을 빌어 저 여자를 죽이려고……?"

진삼원은 고개를 저었다.

"단지 저 녀석의 버릇을 고치고 싶었을 뿐이다. 내가 직접 손을 쓸 수는 없어서……."

유검은 긴장이 풀려 땅에 털썩 주저앉고 말았다. 비참하게 쓰러져 있는 여인의 모습이 눈에 들어왔다. 어쨌거나 저런 꼴로 만든 사람은 자신이 아닌가?

곧 완전히 휘둘렸다는 생각에 화가 치밀어 올라 버럭 소리를 질렀다.

"도대체 왜……?"

여인에게 다가가 크게 다친 곳은 없는지 이리저리 살펴보던 진삼원은 당연하다는 듯 말했다.

"모두 네 사부의 계획이었다."

"사부의?"

"질녀의 문제로 고민을 하고 있는데 네 사부가 방법을 자세히 일러주었다."

유검은 어이가 없어 멍하니 입을 벌리고 말았다.

"그리고 그 계획은 네게 부족한 것을 채워주기 위해서라더군."

진삼원은 여인을 안아 올리며 중얼거렸다.

"조금 심하긴 하지만 어쨌거나 이것으로 조금은 얌전해지겠지."

그리고 여문을 향해 인사하듯 고개를 까닥거렸다.

"향 값은 고맙다. 지옥에 가 있는 마교 놈들도 고마워할 거다."

천천히 걸음을 옮기다 문득 생각난 듯 진삼원은 몸을 돌려 유검에게 말했다.

"그 마지막 일검을 못 봐서 아쉽군. 언제고 견식할 날을 기다리겠다."

유검은 안도감과 허탈감, 그리고 난생처음 사람을, 그것도 여자를 죽이려 한 스스로에 대한 이질감 등으로 혼란스러웠다.

짧게 한숨을 내쉬고 여문에게로 갔다.

"상처는 괜찮으냐?"

여문은 왼팔을 휘둘러 보더니 고개를 끄덕였다.

"괜찮다고 해야겠죠? 아니면 또 어떤 모습으로 변할지 모르니까."

썰렁한 농담에 유검은 웃지 않았다.

"주위나 돌아보아야겠다. 언제 마교 녀석들이 몰려올지 모르니까."

유검이 천천히 걷기 시작하자 여문은 아무 말 없이 뒤를 따랐다.

대웅전 쪽으로 갔을 때 사람들이 모여 웅성거리고 있었다.

"이 사람들은 누구지? 누가 이들을 죽였을까?"

"쳇, 보나마나 이 근처에서 무림인들끼리 싸운 게 분명해. 원 시도 때도 없이 칼을 휘두른다니까."

"이놈들 모두 검은 복면을 쓰고 있는 것을 보면 수상쩍은 놈들인 게 분명해!"

"관아에는 알렸나? 아! 아니지. 쓸데없이 아무나 족쳐서 누명 씌울 테니 알리지 않는 편이 좋아."

사람들은 저마다 한마디씩 떠들고 있었고 스님들은 누구에게 부탁을 받았는지 부지런히 몸을 움직여 그들을 화장할 준비를 하고 있었다.

"휴, 정말 난데없군. 이놈들의 정체는 또 뭐지?"

유검의 투덜거림에 여문은 진삼원이라는 사내의 말이 떠올랐다.

왜 향을 사려는지의 물음에.

"내 손에 죽은 놈들을 위해."

그리고 떠나기 전에 했던 말.

"향 값은 고맙다. 지옥에 가 있는 마교 놈들도 고마워할 거다."

여문이 그 사실을 말해 주자 유검은 못마땅한 듯 얼굴을 찌푸렸다.

"그가 무슨 천신(天神)이라도 되냐? 네 말대로라면 이십여 구의 시체들은 마교에서 보낸 고수들이고, 다른 사람들은 아무도 눈치 채지 못하는 사이에 그가 모두 죽여 버렸다는 건가?"

"잊으셨나요, 그의 이름이 진삼원이라는 것을? 그리고 그의 질녀던 여인은 복수를 하고 싶다면 무림맹으로 오라고 했어요. 천하에 이런 조건을 모두 만족시키는 사람은 하나밖에 없어요."

유검은 머리를 긁적거렸다. 투덜거렸지만 이미 짐작하고 있었던 것이다.

과연 천하제일검 진삼원이라는 이름 하나면 그 어떤 일이 벌어져 있다 한들 이상할 게 없다.

유검은 길게 한숨을 쉬었다.

"달리 말해 나는 무림맹주의 딸을 개 패듯이 두들겨 팼다는 거군. 간악한 누군가의 음모에 휘말려 터무니없는 오해로 비롯된 거지만."

"나중에 무림맹에 잡혀간다면 그렇게 변명하실 건가요?"

"쳇, 간악한 누군가의 음모를 입증시켜야만 하겠지."

둘은 어느새 한적한 소로로 접어들고 있었다.

여문은 조심스레 물었다.

"사부님을 원망하세요?"

유검은 따가운 햇살을 피해 나무 그늘로 들어섰다.

"글쎄……."

나무에 기대앉아 하늘 위로 흘러가는 흰 구름을 바라보며 쓸쓸한 어조로 말했다.

"어쨌든 할 일은 없어진 건가? 화 그 녀석도 안전해졌고 말이다."

여문도 나무 그늘로 들어와 조용히 나무 둥치에 걸터앉았다.

유검이 혼잣말처럼 중얼거렸다.

"흠, 역시 생각해 보니 그 여자는 너무 버릇이 없었어. 틀림없이 어릴 때 너무 귀여움만 받고 자라서일 거다. 때때로 사랑의 매가 필요한 건 사실이야."

말투로 보아 이제 여유가 생겼나 싶어 여문은 웃었다.

"그래도 죽이려 한 건 너무하지 않았나요?"

유검은 어처구니가 없어 항변했다.

"어이, 그건 모두 네가……."

"제가 왜요?"

여문이 두 눈을 동그랗게 뜨고 모른 척 되물어오자 유검은 길게 한숨을 내쉬고 말았다.

"휴, 그만두자."

가끔 불어오는 산들바람이 땀을 식혀주었고 나른함이 몰려왔다.

여문이 조용히 입을 열었다.

"사형이 강호로 나서기 전에 사부님은 걱정이 많으셨어요."

"뭐… 본래 쓸데없는 걱정이 많으신 분이니까."

"사형에게는 치명적인 약점이 있다고……."

"치명적인 약점?"

"그리고 강호에 나와 사형을 만나신 후 이번에 새로이 깨닫게 된 일검은 더할 나위 없이 훌륭하나 여전히 그 약점은 남아 있어 참으로 큰 문제라고 근심하시더군요."

그 말에 유검은 흠칫했다.

"뭐가 문제란 거지?"

"사형의 검은… 정이 너무 많대요. 그래서는 강호에서 오래 살아남지 못한다고……."

"그래서 채워주겠다는 것이 비정(非情)이란 건가? 무림맹주의 딸을 두들겨 패게 만들면서까지? 쳇, 웃기지도 않는군."

여문은 조용히 고개 저으며 말했다.

"제 생각엔 또 다른 배려가 있는 것 같아요."

유검은 딱 잘라 말했다.

"없어."

염불하는 소리와 함께 화장(火葬)하는 연기가 하늘 높이 피어 올랐다.

해가 서산마루에 걸쳐질 무렵 사람들이 찾아왔다. 무림맹의 매대선생과 고맹, 그리고 화의 부친인 하도광 등이었다. 무림맹의 각 지부에서 도착한 고수들도 모두 몰려왔기에 대대적인 인원이었다.

화는 발끈하며 저항했지만 마교에게 노려졌다는 이유 하나로 모든 자유 의지는 박탈당해 버렸다. 유검 역시 그녀가 하도광 등을 따라가는 것을 지켜볼 수밖에 없었다. 강호의 대의를 위해서라는 말에 반박할 거리가 없었던 것이다.

그날 저녁 잘 있으라는 화의 평범한 마지막 인사가 계속해서 잊혀지지 않았다. 타인을 바라보는 듯한 그녀의 시선 때문이었을 것이다.

달빛이 흐려지더니 검은 먹구름이 몰려왔다.

천둥 번개를 동반한 비가 내리기 시작했고 유검은 밤새도록 검무를 추었다.

시원스럽게 술잔을 들이켰다.

"캬~! 역시 비 내리는 것을 구경하면서 마시는 술 맛은 일품일세!"

현풍은 삶은 돼지고기를 뜯으며 구수한 고기 맛에 탄성을 질렀다.

"맛있군, 맛있어. 술도 맛있고 고기도 맛있구나. 이놈하고 숨박꼭질 하느라 꼬박 굶은 탓도 있겠지만 뭔가 특별한 요리 비법이 있는 게 분명해! 자네 아예 숙수(熟手:요리사)가 되어보는 건 어떻겠나? 은자를 많이 벌 걸세. 내 장담하지!"

허름한 주점 안, 현풍은 연신 먹고 마시며 떠들었고 탁자 맞은편에 마주하고 앉아 있는 진삼원은 조용히 고개를 끄덕이고 있었다.

그리고 한쪽 구석에는 호패천이 전신을 밧줄로 꽁꽁 묶인 채 드르렁 코를 골며 자고 있었다.

현풍은 두 덩이의 돼지고기를 모두 해치우고 나서야 어느 정도 배가 부른지 느긋하게 몸을 뒤로 젖혔다. 그리고 그제야 비 오는 날의 정취를 제대로 즐기며 홀짝홀짝 술잔을 기울이기 시작했다.

"흠, 내가 다 먹어버렸군. 이거 미안한걸?"

뒤늦게서야 사과하듯 생색내는 말이었지만 현풍의 얼굴에 전혀 미안한 빛 따위는 떠오르지 않았다.

진삼원은 정중히 포권하며 말했다.

"어르신께 대접하는 것만으로도 제겐 충분히 영광입니다."

현풍은 너털웃음을 지었다.

"녀석, 못 본 새에 꽤나 입술에 기름 칠을 한 모양이구나. 하여간 잘 해주었네. 마음에 들어. 잘했어, 잘했어."

진삼원은 마치 칭찬받은 어린아이처럼 얼굴을 붉히며 어색한 미소를 지었다.

"감사합니다."

추적추적 비는 계속 내리고 있었고 진삼원의 얼굴을 보고 있던 현풍의 눈길이 아련하게 변하며 바깥을 향했다. 예전의 추억을 떠올리는 듯.

"닮았구나."

"예?"

"네 할아버지와 무척이나 닮았어. 그 녀석도 너처럼 칭찬받는 걸 무지 좋아했더랬지. 하하하!"

진삼원은 또다시 얼굴을 붉혔다.

"흐흐… 또 칭찬해 주마. 잘해주었네, 잘해주었어. 얼굴이 어느 정도까지 붉어지나 보자."

진삼원은 귓불까지 붉어진 채 입을 열었다.

"어르신께서 저희 가문에 베푸신 은혜 장강이 마르도록 갚을 길 없는데 겨우 이 정도의 일이야……. 감당하기 어렵습니다. 설령 이번 일로 영아(玲兒)가 죽었다 할지라도 저는 물론 큰형님께서도 전혀 원망하지 않으셨을 겁니다. 어쨌든 질녀도 이로써 조금 얌전해지겠지요."

현풍은 혀를 찼다.

"이런이런, 그 녀석 네가 막지 않았어도 결국 검을 찌르지 못했을 걸세. 애당초 그 녀석은 어떤 상황이 되었든 누굴 죽이거나 할 녀석은 못 돼. 자네처럼 천하에서 으뜸 가는 검객이 되긴 그른 놈이지."

"어, 어르신, 말 붙이기 좋아하는 무리들이 붙여준 허명 따위야… 감당하기 어렵습니다."

현풍은 빙긋 웃었다.

"누가 그런 말투를 가르쳐 주던가? 어색하지 않은 것을 보니 상당히 연습을 많이 한 모양이군."

진삼원은 정곡을 찔린 듯 아무 말도 하지 못했다.

그는 무슨 말을 할까 고민하다 문득 오른손에 시선이 미쳤다. 유검의 일검을 막았을 때 느낀 충격을 떠올리며 입을 열었다.

"상당한 공력이더군요. 과연 어르신의 수제자답다는 생각이 들었습니다."

현풍은 뭔가 어색한 듯 턱수염을 만지작거렸다.

"흠, 이거 팔불출이라는 생각은 들지만… 자네에게 그런 말을 들으니 기분이 좋은걸? 하하하!"

현풍은 다시 천천히 술잔을 기울이며 빗소리를 감상했다.

하늘이 지휘하고 땅이 연주를 한다. 때때로 바람이 나뭇가지를 흔들며 화음을 넣기도 한다.

문득 현풍은 탄식을 토해내었다.

"자네 앞에서 이런 말은 좀 뭐하네만… 유검 그 녀석은……."

잠시 머뭇거리다 어쩔 수 없다는 듯 말을 토해내었다.

"진짜 천고의 기재일세. 검에 한해서만은."

진삼원의 어깨가 미미하게 떨렸다. 뭔가 불복한 듯한 내심의 격동을 참지 못한 듯.

현풍은 고개를 도리도리 저으며 말을 이었다.

"그 녀석… 지금은 겨우 갓 두 번째 단계에 이르러 있을 뿐이지만… 그 시초가 진짜 희한했지."

현풍의 두 눈이 돌연 어린아이처럼 반짝거렸다.

"변혁의 순간 주화입마에 들면서 어처구니없게도 무상검의 경지를 경험해 버린 거야. 믿을 수 있겠나? 몇 갑자의 세월을 살아오며 그토록 갈망해 온 나조차 문턱에 닿지 못했는데 말일세. 믿어지나? 정말로 내 말이 믿어져? 정말로, 정말로……."

나중에는 자리에서 벌떡 일어나 호들갑스럽게 말을 쏟아내다 현풍은 한숨을 쉬며 털썩 주저앉았다.

"휴, 그 녀석, 지금 단계에서 어쩌면 영원히 두 번 다시 그 경지를 경험하지 못할 수도 있고 어쩌면 한순간에 깨달을 수도 있겠지."

혼잣말을 중얼거리며 턱수염을 쓰다듬었다. 그렇게 현풍은 혼자 생각에 잠겨 버렸다.

"그러니까 그 녀석은… 음… 안 돼, 안 돼! 지금 상태론… 녀석을 자극할 만한 수법들은 다 써봤는데… 무슨 더 좋은 방법이 없으려나……."

잠자코 이야기를 들어주고 있던 진삼원의 각진 턱에 불끈 힘줄이 솟아올랐다. 내심 뭔가 결심을 한 듯 이를 꽉 깨문 모양.

힐끔 가늘게 눈을 뜨고 그 모습을 살펴본 현풍은 슬며시 미소 지었다.

'필생의 경쟁자가 필요한 거지, 그 녀석에겐.'

새벽이 되어도 비는 그치지 않았다.

어느덧 검을 멈춘 유검은 검을 축 늘어뜨린 채 거칠게 숨을 몰아쉬고 있었다. 이틀 동안 잠 한숨 못 잔 덕분인지 두 눈은 벌겋게 충혈되어 있었다.

전신에서 뿜어져 나오는 열기에 그의 주위로 하얀 수증기가 뿜어져 나오는 것 같았다.

아침 공양을 알리는 종소리가 울려 퍼지자 유검은 하늘을 올려다보다가 비틀거리며 숙소로 걸어갔다.

뿌연 비안개 사이로 한 사람이 기다리고 있었다.

뭉툭한 철검을 품에 안은 채 봉두난발은 철립으로 가리고 누더기 옷은 새 경장으로 갈아입었지만 태산이 서 있는 듯한 기도와 강철이라도 꿰뚫을 듯 두 눈에서 내뿜는 강한 눈빛만으로도 그가 진삼원임을 알아볼 수 있었다.

유검은 그의 모습을 보지 못한 듯 흐느적거리며 그를 스쳐 지나갔다.

진삼원은 나지막한 어조로 입을 열었다.

"싸워보지 않겠는가?"

유검의 발걸음이 멈췄다.

"강호의 모든 이들이 나를 천하제일검이라 부른다. 그리고 나와 한 번쯤 겨뤄보기를 꿈꾸지."

유검은 천천히 몸을 돌렸다. 진삼원을 바라보는 유검의 시선은 텅 비어 있었다.

진삼원의 눈빛이 강해졌다.

"너는 어떤가?"

쏴아아―

비는 여전히 쏟아져 내리고 있었다.

유검은 뭐라 조그맣게 중얼거렸지만 내리는 빗소리에 파묻혀 버렸다.

진삼원이 되묻기도 전에 유검은 그대로 나무토막처럼 쓰러져 버렸다. 잠이 들어버린 것이다.

"왜죠?"

수풀을 헤치고 여문이 나타났다. 오래전부터 지켜보고 있었던 모양인지 우의(雨衣)도 없이 비에 흠뻑 젖어 있었다. 여문은 쓰러져 있는 유검에게 다가가 그의 축 늘어져 있는 몸을 힘겹게 일으켰다.

"쳇, 정말 못 말린다니까, 사형은."

여문은 다시 물었다.

"왜 사형과 겨루고 싶어하는 거죠?"

진삼원은 미간을 찌푸리다 피식 웃었다.

"바보 같은 소리. 이 녀석은 나의 삼초지적(三招之敵)도 안 된다. 그런 내가 뭐가 아쉬워서……."

여문은 묵묵히 진지한 눈빛으로 그를 지켜보다 고개를 끄덕였다.

"정말로 그러네요. 근데 당대의 천하제일검에게서 삼초지적이라니, 사형도 꽤 인정받고 있는 모양이군요. 고마워요."

진삼원은 유검을 부축한 채 멀어져 가는 여문의 뒷모습을 묵묵히 지켜보았다.

품속의 철검이 검집째 휘둘러졌다. 대기를 가르는 요란한 파공성은 오히려 뒤였다.

베어진 허공, 검이 가리키는 방향으로 길게 수풀이 갈라지고 땅이 패였다.

"저, 접니다, 사숙!"

검이 가리키는 방향, 수풀 속에서 한 인영이 황급히 튀어나왔다. 이십 대 중반 정도 되어 보였는데 여장을 했다면 절세미녀가 되었을 것 같이 화사한 미모를 가진 청년이었다.

그는 패어진 땅을 뒤돌아보며 가슴을 쓸어 내렸다.

"휘유~ 검기도 아니고 그냥 휘둘렀을 뿐인데도 이 정도라니… 만약 스치기라도 했다면 나의 고운 피부가 남아나질 못했을 거야."

몸을 으스스 떨면서 너스레를 떠는 그를 보며 진삼원은 차갑게 물었다.

"무슨 일이냐?"

청년은 어깨를 으쓱였다.

"에구, 몇 년 만에 만난 귀여운 사질(師姪)에게 너무하신 것 아닙니까?"

"무슨 일이냐?"

"아아, 알았어요. 솔직히 고백하죠. 저 사실은 사숙을 몰래 사모하고 있었는데 어떤 외간 남자와 바람을 피우는지 궁금해서… 헉!"

이미 목젖에 닿아 있는 검을 보고 청년은 슬며시 뒷걸음질쳤다.

"쳇, 여전히 농담이 통하지 않네요. 사실은 사매를 그렇게 망가뜨려놓은 인간이 누군지 궁금해서 말이죠. 하하하."

"관심을 끊어라. 그 일은 내 일이다. 그리고 앞으로 거짓말을 할 때는 조금 더 살기를 죽이는 게 좋을 것이다."

할 말은 다 끝났다는 듯 진삼원의 시선이 하늘을 향한다.

"예, 예, 누구 명이라고 거역하겠습니까? 그냥 호기심이란 거지요. 하하하!"

청년은 사람 좋게 웃었지만 이미 그의 오른손에는 한 자루 보검이 들려 있었고 그것은 진삼원의 가슴을 찔러가고 있었다. 허점을 발견했다고 여긴 것일까.

하지만 뒤늦게 휘둘러진 철검에 의해 청년은 황급히 몸을 젖혔고 그 기세를 빌어 계속해서 공중제비를 돌며 십여 장 뒤로 물러서야만 했다.

청년은 못마땅한 듯 중얼거렸다.

"쩝, 이번에도 옷깃조차 스치지 못했군요. 하지만 예전처럼……."

주르륵.

청년은 흘러내리는 바지를 부여잡고 다시 올리느라 뒷말을 잇지 못했다.

몸을 돌려 천천히 걸어가고 있는 진삼원의 등을 바라보며 청년의 얼굴은 딱딱하게 굳어져 있었다.

그는 이를 꽉 깨물며 주문을 외듯 중얼거렸다.

"반드시… 언젠가는……."

청년은 멀어져 가는 진삼원의 등을 쏘아보다 우막에 가리어 그 모습이 보이지 않게 되자 자신의 손에 들고 있던 보검으로 시선을 돌렸다.

언젠가는…….

언젠가는 그가 등을 보이지 않게 되리라.

특히나 자신의 손에 검이 들려 있을 때에는…….

"에잉, 뭐야? 이건 마치 실연당한 거 같잖아?"

철퍼덕.

청년 이호성(李浩星)은 냅다 물구덩이나 다름없는 땅 위에 대자로 누워버렸다.

입을 야금야금 벌려 하늘에서 떨어지고 있는 빗물을 받아 마시다 기분이 좋은 듯 한껏 만족한 미소를 지었다.

그의 고개가 힐끔 돌려졌다.

"그놈은 대체 뭐지? 왜 진 사숙이 관심을 갖는 걸까? 사매도 왠지……."

◆ 第三章
누가 뭐래도

누가 뭐래도

비는 오후 무렵 잠시 그쳤다가 저녁이 되자 다시 내리기 시작했다.

아련하게 멀리서 들려오는 듯한 빗소리에 침대가에서 유검이 깨어나길 기다리던 여문은 깜빡 잠이 들었다. 잠결에 유검이 자신에게 뭔가 중얼거리는 것 같았는데 알아들을 수는 없었다. 자신도 뭐라고 말을 한 것 같은데 어쩐지 눈물이 나올 것 같았다.

. 잠에서 깨어났을 때 자신은 침대에 누워 있었다.

멀리서 먼동이 터 오고 있었다.

"깨어났나, 잠꾸러기 소저?"

그리고 코앞으로 내밀어진 탕약.

"빗속에서 얼마나 있었던 거냐? 쓸데없이 감모(感冒)에나 걸리고 말이다."

유검은 한심하다는 듯 혀를 찼다.

여문은 일어서려는데 머리가 약간 어찔거렸다.

"이런, 조금 더 누워 있거라. 배고프면 말해. 아침 밥은 내가 챙겨올 테니까."

"감모… 는 아닌 것 같은데……."

"잔말 말고 마셔!"

여문은 탕약을 받아 들고 홀짝 맛을 보다 아미를 찌푸렸다.

"너무 써."

"약인데 당연하지. 한 번에 쭉 들이키면 괜찮아."

"나 정말 감모 아닌데……."

"괜찮아, 괜찮아. 병은 미리미리 예방하는 게 제일 중요하니까. 주지스님이 주신 거니까 한 방울도 남기지 마라."

사형이 웬일로 이렇게 자신에게 다정하게 대해주나 싶어 여문은 어리둥절하면서도 행복한 느낌이 들었다.

"예."

약은 썼지만 오히려 달콤한 듯했다.

유검은 비워진 약 그릇을 보고 만족한 듯 고개를 끄덕였다.

"좋아!"

문밖으로 나가다 유검은 크게 재치기를 하고는 콧물을 홀쩍거렸다.

"몸조리 잘해야 한다!"

유검은 뒤돌아서서 다시 진지한 표정으로 여문에게 당부를 하고는 문밖을 나서려는데 발에 뭔가 걸린 듯 비틀거리며 넘어지고 말았다.

일어서면서 다시 기침과 함께 콧물을 홀쩍이는 모습을 보고 여문은 자기가 먹은 것이 누구 약이었는지 짐작이 갔다. 사형은 약이라면 질색했던 것이다.

"우와, 저 싱싱한 야채 좀 봐라. 정말 맛있겠다. 그지?"

유검은 채소밭을 가리키며 감탄하듯 그렇게 말했지만 자신을 겨누고 있는 여문의 몽둥이는 여전히 내려올 줄을 몰랐다.

"…알았다. 먹을게."

유검은 미소를 지웠다. 건네받은 약 그릇을 바라보는 그의 표정은 마치 사약(死藥)이라도 받은 듯했다.

머뭇거리다 약 그릇을 입가로 가져가는 유검의 모습에 여문은 한심하다는 듯 짧게 한숨을 내쉬었다.

"이럴 땐 마치 어린애 같다니까."

잠시 한눈을 판 사이 유검은 지나가는 스님에게 약 그릇을 내밀며 보약(補藥)이니 한번 먹어보라며 권하고 있었다.

"사형!"

쫓고 쫓기는 둘의 숨박꼭질에 백마사의 아침은 소란스러워졌다.

"아미타불……"

노송 옆, 긴 눈썹의 노스님이 자신들을 보고 은은한 미소를 띠고 있는 모습에 둘은 머쓱해하며 달음박질을 멈추었다.

"주지스님!"

"그래, 떠난다더니 준비는 다 마쳤고?"

"예, 그럭저럭. 그동안 폐가 많았습니다."

유검의 대답에 여문은 무슨 말이냐는 듯 그를 돌아보았다.

노스님은 불호를 외우며 유검에게 말했다.

"아미타불……. 괜찮네. 자네 사부에게 시주 받기로 한 것에 비하면야……. 허허허."

그리고는 회자정리니 인연이니 하는 말을 중얼거리며 그 자리를 떠났다.

"무슨 의미죠?"

여문의 질문에 유검은 어깨를 으쓱였다.

"생각해 봐라. 사부는 언제 올지 모르는데 우리가 언제까지고 여기서 폐를 끼칠 수는 없지 않느냐?"

"그야 그렇지만……."

여문이 정작 묻고 싶은 것에 대한 대답은 아니었다.

언제 비가 왔냐는 듯 맑고 화창한 날씨였다. 세상의 모든 탁한 것들이 씻겨져 나간 듯했다.

유검의 시선은 말없이 푸른 하늘 위로 유유히 흘러가는 흰 구름을 쫓았다.

"하산할 때 말이다……."

유검은 천천히 입을 열었다.

"난 세상에 묻히고 싶었다. 그 속에서 나를 새로이 발견하고 싶었던 거지. 그리고 내게 있어 검은 과연 어떤 의미인지를 알고 싶었어. 세상과 부딪치면서. 하지만 다시 새로운 일검을 깨닫고 어느 정도 무공을 되찾고 나니… 새로운 시작이라 여겼지만 아니었어. 오히려 시간을 거슬러 올라가 버린 것 같더군. 그리고 정해져 있는 길 위를 다시 걷는 듯한 느낌이랄까? 밤새도록 검무를 추면서 역시 이대로는 아니다 싶더라. 물론 사부의 만.행.과 '너' 때문에 그런 것만은 아니야. 오래전부터 생각해 왔던 거야. 어떤 이는 글공부를 해서 학자가 되고, 어떤 이는 장사를 해서 돈을 벌고, 어떤 이는 깨우침에 평생을 걸기도 하고, 어떤 이는… 어떤 이는… 그렇게 수없이 많은 인생들, 나는 검 이외에 그 어떤 것도 생각해 본 적도 없었다. 하산할 때는 몰랐지만 이제 생각해 보니 정말로 궁금했던 거지. 내가 검을 버리고 나면 어떤 인생이 펼쳐 질까라는……."

유검은 몸을 빙글 돌리며 밝게 물었다.

"네 생각은 어떠냐? 내가 검을 놓고 나면 어떤 인생을 살 것 같아?"

"바보, 멍청이, 백수 건달, 술주정뱅이, 폐인……. 더 말해 드려요?"

한마디 한마디 나올 때마다 가슴이 뜨끔거렸다.

"아, 아니, 충분해."

유검은 입맛을 다시며 변명을 늘어놓았다.

"오해는 하지 마라. 무공을 버린다든가 하는 이야기가 아니라 지금 처럼 모든 정신을 검에만 쏟지 않고 조금 더 다른 인생을 즐겨볼까라 는 거지."

"그래서 뭘 하고 싶은데요? 또 의원?"

유검은 고개를 저었다.

"몰라. 모르겠어. 이제부터 찾아봐야지."

"……."

"다만… 나도 남들처럼 평범하게 가족을 갖고 싶어. 누군가 차려준 밥을 먹고 일하러 나가고 돌아오면 누군가 따뜻하게 반겨주는 사람이 있는 그런 가족을……."

"집?"

"아, 맞아. 그러려면 집이 있어야 하는구나. 음… 그럼 은자를 먼저 벌어야겠군."

"휴… 은자는 어떻게 벌려구요?"

"후후, 걱정 마라. 남들보다 건강한 이 몸이 있지 않느냐?"

유검은 다시 크게 재채기를 하며 콧물을 훌쩍거렸다.

"과연… 잘해보세요."

여문은 고개를 끄덕이곤 무심히 뒤돌아서서 걸어가 버렸다.

유검은 당황하여 황급히 그녀의 뒤를 따라갔다.

"아문, 잠깐!"

"놓으세요. 왜……?"

"아문!"

여문의 어깨를 잡고 몸을 돌려세운 유검은 흠칫했다. 그녀의 두 눈
에선 맑은 액체가 끊임없이 흘러내리고 있었다.

"보지 마세요."

"아문……."

"보지 말라니까요!"

휙하니 몸을 다시 돌려 버린 여문에게 유검은 말을 걸지 못하고 멍
하니 있었다.

들썩이던 어깨가 잠잠해지는 것을 보니 여문은 감정을 추스른 모양
이었다.

"좋아하는 사람이 생겼나 보죠? 축하해요. 좋은 가정 이루세요."

그 말을 끝내곤 다시 걸어가는 여문.

유검은 그제야 그녀가 오해를 하고 있다는 것을 깨달았다. 자신이
빠뜨린 말이 무엇인지도…….

그래서 소리치고 말았다.

"바보 녀석! 내가 가지고 싶은 가족은 너야!"

유검은 말해 놓고도 너무 낯간지러운 소리를 했다 싶은지 귓불이 화
끈거려 시선을 돌리고 말았다.

"…물론 네가 시집가기 전까지만 가능하겠지만."

여문은 천천히 몸을 돌렸다.

"거짓말쟁이."

"응? 내가 왜?"

돌연 그녀가 와락 자신의 품속으로 뛰어 들어오는 바람에 유검은 말문을 닫고 말았다.

가슴패기가 따뜻해져 오는 것을 보니 또 우는 것 같았다.

"이런 울보 같으니라구. 무림의 여협이 그렇게 울음이 많아서야 쓰나?"

여문은 유검의 장삼에 대고 코를 팽 풀어버렸다.

"거짓말쟁이! 왜… 왜 자꾸만 저를 울리시는 거죠? 검에 맹세를 했잖아요? 절 두 번 다시는 울리지 않겠다고……. 한데 왜 자꾸만……."

날은 맑고 화창했다. 곧 무더워질 것이다.

강한 햇살에 눈이 부실 정도니 눈물이 나온다 하더라도 조금은 덜 이상해 보일 것 같아 다행이라는 생각이 들었다.

울퉁불퉁한 근육이 춤을 춘다. 그와 함께 번득이는 칼날.

무더운 날씨에도 불구하고 한 대한이 부지런히 칼춤을 추고 나니 뒤를 이어 커다란 몸집의 장사가 나와 천 근은 넘을 듯한 바위를 들어 보인다.

구경하러 모인 사람들은 감탄사를 연발하였고 날카로운 눈매의 검객이 나와 예쁜 소녀의 양손과 머리 위에 놓여진 사과를 단숨에 두 조각낼 때 긴장은 최고조가 되었다.

이어 사람 좋게 생긴 뚱보가 나와 무지 싸면서도 만병을 고칠 수 있는 특별한 약에 대해 숨 가쁘게 입을 놀린다. 밤일에 대해 확실한 효과를 볼 수 있는 약도 같이 소개함은 물론이다.

길들여진 원숭이가 재롱을 부리며 던져진 동전들을 주워 모으다 자기에게로 다가오자 유검은 슬며시 자리를 빠져나왔다.

요 며칠 동안 일자리를 구하러 돌아다녀 보았지만 마음에 드는 일자리가 나타나지 않아 조금 의기소침해 있던 참이었다.

"거상(巨商)이 되겠구먼!"

돌연한 소리에 고개를 돌려보니 포목점 옆 담벼락에 쭈그리고 앉아 있는 염소수염의 꾀죄죄해 보이는 늙은이가 눈빛을 빛내며 자신을 쏘아보고 있었다.

"누구시죠?"

염소수염의 늙은이는 조용히 자신의 등 뒤로 세워져 있는 두 개의 깃발을 가리켰다. 비바람에 퇴색되어 흐릿하긴 했지만 알아보는 데 지장을 줄 정도는 아니었다.

상통천문(上通天文) 하달지리(下達地理).
무불통지(無不通知) 만사형통(萬事亨通).

유검은 머리를 긁적거렸다.

"죄송하지만 전 복채가 없어서 이만……."

점쟁이는 버럭 소리를 질렀다.

"누가 복채 따윌 바랬나? 나중에 내 점이 맞다는 것을 깨닫게 되면 그때 내도 늦지 않아!"

워낙 자신있는 말투에 유검이 어리둥절해하는데 점쟁이가 남쪽으로 뻗은 대로(大路)를 가리키며 딱 잘라 말했다.

"이쪽으로 가보게."

"예?"

"지금 당장 이 길을 따라 쭈욱 가보란 말일세. 자네가 첫 번째로 사업의 성공을 거머쥘 대운(大運)이 코앞에 닥쳐와 있으니까. 지금 자네는 운명의 갈림길에 서 있는 걸세."

유검은 수상쩍은 눈길로 점쟁이 노인을 이리저리 살펴보았다.

마치 자신의 사정을 알고 있기라도 한 듯 때맞춰 저런 소리가 나오다니. 진짜 용한 점쟁이라면 가능할지 모르겠지만 유검은 점 따위는 믿는 편이 아니었다. 역시 아무래도……

쫘아악!

갑자기 쏟아지는 물벼락에 점쟁이는 흠뻑 젖어버렸다.

"무슨 짓이야?"

"매일 남이 장사하는 집 앞에서 무슨 짓이야? 어서 꺼지지 못해?"

포목점 주인 최가의 호통에 점쟁이는 말 한마디 못하고 어깨를 움찔거렸다.

유검은 한 번만 봐달라, 우리 사이에 어쩌고 하면서 애원하는 점쟁이의 모습에 고개를 갸웃거렸다.

'매일? 그럼 사부가 변장한 게 아니었나?'

진짜 용한 점쟁이라면 저렇게 가난할 리가 없지 않을까 하는 생각도 들었지만 어쨌거나 거상이 될 것이라는 말에 나름대로 기분이 좋아졌다.

"장사 잘하세요."

그 한마디 해주고 다시 걸음을 옮기는데 점쟁이의 말소리가 들렸다.

"거상이 되겠구먼!"

고개 돌려보니 지나가는 행인들 중 한 청년을 붙잡고 또 그 소리를 하고 있었다.

유검의 모습이 사라지자 점쟁이는 안도의 한숨을 내쉬었다.

"저……."

포목점 최씨가 손바닥을 내밀자 점쟁이는 은자 한 냥을 내주며 말했다.

"명심하시오. 만약 왜 내 모습이 보이지 않느냐고 묻는다면……."

"물론 알고 있습니다. 여긴 장사가 안 돼서 항주로 갔다고 하면 되지요? 헤헤……."

최씨가 포목점 안으로 들어가자 점쟁이는 변장을 풀며 옆의 청년에게 물었다.

"준비는 다 되었느냐?"

"물론입니다, 태사조님. 아, 아니, 현풍 사숙."

청년은 미소를 지으며 말을 덧붙였다.

"시쳇말로 귀신도 부린다는 게 은자 아닙니까?"

청년은 평범한 외모였는데 항상 두 눈이 웃고 있는 것처럼 보였다. 그래서인지 처음 만나더라도 십 년은 사귄 듯한 친밀감과 익숙함을 곧바로 느낄 듯한 분위기를 가지고 있었다.

"그런데 아검 그 녀석이 계획에 말려들까요?"

청년의 질문에 현풍은 빙그레 웃었다.

"물론! 나보다 그 녀석을 잘 아는 놈은 없다."

아직 마땅히 할 일을 찾지 못한 유검은 뚜렷한 목적지가 없었기에 점쟁이가 가리킨 남쪽 대로를 따라 계속 걸어갔다.

커다란 대문 앞에 사람들이 웅성웅성거리며 모여 있었다.

뭔 일인가 싶어 알아보니 표사(鏢師)를 모집하고 있었다.

녹봉은 한 달에 은자 천 냥. 호화 저택과 시녀 제공. 그 외 조건은 상감 가능.

"굉장하군! 한 달만 일해도 평생을 놀고 먹겠는걸?"

"쳇, 통과할 수가 있어야 말이지. 무림의 일류고수라도 저건 불가능해!"

사람들의 시선이 집중된 곳에는 대장간에서 쓰이는 쇠로 된 거대한 주조물(鑄造物)이 놓여져 있었다. 그리고 커다란 종이를 붙여놓았는데 그 위에는 '참(斬)'이라는 글자가 적혀 있었다.

'저걸 검으로 두 조각 내라는 건가?

쉽지는 않겠지만 자신이 가지고 있는 한천검의 위력을 빈다면 별반 어려울 것은 없었다.

'한 달에 은자 천 냥이라… 시녀 딸린 호화 주택까지? 설마 점쟁이가 말한 대운이란 게 이걸까?

조건이 너무 좋아서 오히려 수상쩍었다.

밑져야 본전이니 한번 나서볼까 하는데 옆에서 중얼거리는 한 사내의 말에 유검은 조금 황당해졌다.

"저런 걸 어떻게 병기도 없이 맨손으로 두 조각 내라는 건지 원……."

대장간에서 쓰이는 쇠로 된 주조물은 수 없는 망치질에 단련되어 있어서 단순한 쇳덩어리 이상이다. 그것을 병기의 예리함을 빌지 않고 맨손으로 두 조각 낸다는 것은 그야말로 불가능에 가까운 일이다.

그것을 일개 표사를 뽑는 시험으로 내걸다니, 아무리 좋은 조건을 내걸었다고는 하나 황당하기 그지없는 일이었다.

사람 좋은 미소를 지닌 뚱뚱한 중년인이 나서서 사람들에게 외쳤다.

"자자, 밑져야 본전! 조금이라도 자신이 있다면 일단 도전해 보십시오! 저희 일월표국(日月鑣局)은 능력있는 표사를 찾고 있습니다. 이 관문을 통과하신 분들께는 황제 못지않는 대우를 약속드립니다!"

누군가 큰 소리로 물었다.

"그거 정말이오?"

사람 좋은 미소의 중년인은 당연하다는 듯 고개를 끄덕였다.

"물론! 전통과 신용의 일월표국은 반드시 약속을 지킵니다! 자, 믿고 도전해 보십시오!"

갑자기 누군가 유검의 등을 떠밀었다.

뚱보중년인이 두 눈을 동그랗게 뜨며 소리쳤다.

"오오! 도전하실 분이 드디어 등장했군요!"

얼떨결에 사람들 앞으로 나서게 된 유검은 당황해서 손을 내저었다.

"죄송하지만 이런 건 제 능력으로……."

쇠로 된 주조물은 유검의 손에 닿자마자 쩌억 두 조각이 나버렸다.

"어라?"

누군가 감탄성을 내질렀다.

"오, 절세의 신공이다!"

"손에 닿자마자 두 조각을 내버리다니! 그야말로 공전절후(空前絶後), 상상도 못해본 절기로고!"

"어쩌면 전설의 무형검이 아닐까?"

유검은 황급히 변명했다.

"아니, 이건 내가 한 게 아니라 저절로……."

사람들은 다시 외쳤다.

"절기를 가지고도 저렇게나 겸손하다니! 그야말로 책에서나 나올 법한 협객의 모습이 아닌가!"

"오오, 저 잘생긴 인물을 보게나. 그야말로 군계일학 아닌가? 내게 딸이 있었다면 무조건 시집보낼 텐데 아깝다, 아까워!"

유검은 표국 사람들에 의해 떠밀리다시피 안으로 모셔졌고 소리쳤던 사람들은 저마다 은자 한 냥씩을 나눠 받았으며 모여 있던 사람들은 언제 그랬냐는 듯이 모두 그 자리를 떠나 버렸다.

표국의 한 호위 무사가 붙여져 있는 방문을 떼내고 대장간 사람들이 조각난 주조물을 가져가 버리는 것으로 일단락 지어졌다.

위이잉~

한여름답지 않은 썰렁한 바람이 불어와 떼내어 버린 종이 조각이 허공에 날렸다.

금나수로 그것을 낚아채는 손.

"어떻게 된 일이지?"

현풍은 방문에 적혀 있는 내용을 읽어보고는 어리둥절한 표정이었고, 그 옆에 항상 두 눈이 웃고 있는 것처럼 보이는 청년이 여전히 미소를 띤 채 식은땀을 흘리며 서 있었다.

"일월표국? 못 들어본 이름인데……."

두 사람은 영문을 알 수 없다는 표정으로 닫힌 표국의 대문만 바라보고 있는데 햇빛을 차단하는 우산을 쓴 몇 명의 기녀들이 엉덩이를 살랑살랑 흔들며 다가왔다.

"어떻게 된 거예요? 언제까지 기다리란 거죠? 알고 보면 우리도 바쁜 사람들이라구요!"

그러면서 손바닥을 내민다.

"어쨌든 약속한 은자는 받아야겠어요."

운남국(雲南國) 대리석으로 만들어진 사방 오 장 넓이의 거대한 욕탕.

뚝뚝 떨어지는 물방울의 묘한 울림이 사방으로 퍼진다.

한 치 앞도 분간하기 힘들 정도로 자욱하게 퍼져 있는 수증기 속에서 유검은 멍하니 주위를 두리번거렸다. 천장에 박힌 야명주에서 흘러나오는 은은한 빛 속에 욕탕을 에워싸고 있는 용들은 마치 살아 있는 듯 생동감있게 조각되어 있었다.

한쪽 벽면의 투명한 유리벽을 통해 잘 다듬어진 정원의 모습이 투과되어 보였다. 살랑이는 나뭇잎을 보자니 자연의 바람이 직접 살결에 와 닿는 듯했다.

하지만 그것을 바라보는 유검의 시선은 멍하기 이를 데 없었다.

조용히 물살을 가르며 두 나녀(裸女)가 다가왔다.

둘 모두 십대 후반 정도의 나이로 보였는데 정결한 외모에 가는 허리를 가지고 있었고 두 눈에는 극진히 공경하는 빛을 띠고 있었다.

그녀들의 손이 몸에 닿자 유검은 흠칫하며 시선을 돌렸다.

"아… 목욕은 끝났으니까……."

유검은 욕탕에서 나왔다.

복도로 나서기도 전에 몇 명의 시녀들이 새 옷을 준비해 기다리고 있었는데 유검이 반응하기도 전에 다소곳하고 익숙한 손길로 옷을 입했다. 자포자기한 듯 유겸은 시녀들의 손길에 몸을 맡겼다.

화려한 방 안, 유겸은 멍한 시선으로 거대한 동경 속 자신의 모습을 바라보고 있었고 두 시녀가 정성스레 그의 머리카락을 다듬고 있었다.

억지로 표국 안으로 끌려 들어올 때 총관이라 스스로를 밝혔던 뚱보 중년인이 스치듯 귓전에 대고 했던 말이 계속해서 그의 의식을 지배하고 있었다.

"아버님을 만나보고 싶지 않으십니까?"

반질반질한 구리의 표면을 통해 보이는 자신의 얼굴은 무표정했다. 아니, 어떤 얼굴을 해야 할지 모르는 복잡한 표정이라 해야 옳을 것이다.

어릴 적 애써 무관심의 영역으로 돌려야만 했던 이름.

새삼 가슴 두근거리며 만남을 기대하기에는 너무 오랜 시간이 흘렀다. 그렇게 이제는 원망도 기대도 없는데 누군가 난데없이 가슴 저편에 묻어둔 낡은 이름을 꺼내 든 것이다.

'별일은 아니야. 그냥 궁금했을 뿐……'

한번 크게 숨을 들이키고 내쉬자 마음속에서 일었던 격정과 혼란은 천천히 가라앉는다. 다시 평정심을 되찾아 온화한 미소를 지었다.

동경 속에 비친 자신의 모습이 그제야 낯익어 보였다. 이 정도면 누가 보더라도 태연자약하기 이를 데 없는 모습이다.

"좋아!"

만족해하며 검을 쥔 채로 유겸은 벌떡 일어섰다.

"앗!"

마침 머리 손질을 끝내고 막 꽂으려던 용 모양의 비녀에 찔려 뒷머리에서 피가 펑펑 솟았다.

본의 아니게 상처를 입힌 시녀는 당황해하며 어쩔 줄을 몰라 했고 다른 시녀는 허겁지겁 금창약(金瘡藥)과 헝겊을 찾았다.

"아, 괜찮아요, 괜찮아."

별것 아니라는 투로 시녀들을 진정시키며 방문을 열어젖혔다.

"그럼 다음에 또……."

그리고 난 괜찮다는 듯 포근한 미소와 함께 손을 흔들어주고는 방문을 나서는데 두 시녀가 당황해하며 소리쳤다.

"거, 거긴 창문인데……!"

그 말이 끝날 즈음 유검은 이미 이층 창문에서 떨어지고 있었다.

유검이 땅바닥에 처박히므로 해서 모처럼의 목욕과 치장이 무위로 돌아가 버렸다.

"괜찮아, 괜찮아."

흙먼지를 털고 일어난 유검은 아무것도 아니라는 듯 걱정스런 얼굴로 이층 창문 밖으로 얼굴을 내밀고 있는 시녀들에게 활짝 웃어 보이며 손을 흔들어주었다.

하지만 돌아서는 순간 그의 얼굴은 딱딱하게 굳어 있었다.

유검은 건물 반대 편으로 걸어가면서 화려한 비단으로 만들어진 상의를 신경질적으로 벗어 던졌다.

"이런 건 다 뭐야?"

입구를 찾아 빠르게 걸어가면서 유검은 계속 불만스러운 투로 중얼거렸다.

"홍, 어릴 때 내팽겨쳐 놓고 이제 와서 부자 아빠다 그러면 좋아라

감격해할 줄 알았나? 나원… 쳇! 이제 와서 뭘 새삼스레 기대를 할 리가 없잖아! 젠장!"

그사이 사람 좋은 미소를 띠던 뚱보중년인이 허겁지겁 쫓아왔다.

"왜 갑자기……?"

총관이 입을 열자마자 유검은 획 돌아서서 따지듯 외쳤다.

"몰라서 묻습니까? 들어서자마자 목욕에 옷치장이라니! 만약 당신이 말한 대로 진짜 부모가 있어 나를 보기 원했다면 먼저 어떻게든 얼굴부터 보였을……."

땅!

갑자기 날아온 망치에 머리를 얻어맞아 유검은 다행히 눈물을 찔끔거릴 수 있었다.

"어이쿠, 이리로 날아와 버렸군."

정원수를 헤치고 웃통을 벗어젖힌 오십 대 중반으로 보이는 중년인이 헤헤거리며 걸어나왔다.

"이거이거, 개 집을 만들다가……."

그는 떨어진 망치를 잽싸게 주워 들었다. 그리고 머리를 감싸고 쪼그리고 앉아 있는 유검을 보고 고개를 갸웃거린다.

"혹시 이 망치에……?"

유검이 벌떡 일어나 쏘아보자 중년인은 멋쩍은 듯 웃었다.

"아하하, 진짜인가 보군. 이거 미안한걸? 하하……."

"사과를 하려면 좀 더 미안한 표정을 지으십시오!"

"그래그래."

하지만 유검의 머리 위로 불룩 솟아 있는 혹을 보고는 도저히 못 참겠다는 듯 배꼽을 잡고 웃었다.

유검은 한껏 얼굴을 일그러뜨린 채 뚱보총관에게 말했다.

"총관 나으리, 날 설득하고 싶으면 이 사람부터 먼저 잘라 버리시는 게 어때요?"

뚱보총관은 예의 사람 좋은 미소를 띤 채 중년인을 향해 입을 열었다.

"이제 자초지종을 말씀해 드리는 게 어떻습니까, 국주(局主)님?"

"국주?"

"이분은 일월표국의 국주님이시네. 자네를 초빙하신 분이기도 하지."

"설마……."

"자네의 부친 호씨는 참으로 좋은 사람이었다네."

땅! 땅!

국주는 아직 완성되지 못한 개 집에 조심조심 망치질을 하면서 서두를 그렇게 꺼내었다.

"내게 있어선 수하(手下)라기보다는 친구 같은 존재였지. 무공은 별로였지만 인간성으로 치자면 최고였거든."

유검은 개 집 옆 나무에 등을 기대고 앉아 하늘 위로 흘러가는 구름을 바라보며 그의 이야기를 듣고 있었다.

"몇 년 전이야. 표물(鏢物)을 운송하다 운없게도 다른 사람들의 시비에 말려든 것이. 나의 부주의 때문이었어."

어느새 그의 망치질이 멈춰 있었다.

그의 시선 역시 먼 하늘로 향했다.

"뭐, 간단히 말해서… 그는 나의 생명을 구해주고 큰 상처를 입어버렸다네. 돌아와서 갖은 방법을 썼지만 그는 시름시름 앓다가 죽어버리고 말았어."

유검의 시선은 여전히 흰 구름에 머물러 있었다.

메마른 입술이 열린 건 한참 후였다.

"내가 그분의 자식이란 걸⋯ 어떻게 알 수가 있죠?"

국주가 손뼉을 치자 뚱보총관이 조심스레 다가와 한 장의 낡은 화폭을 내밀었다.

"그의 젊을 때 모습이네."

선이 일부는 지워지고 대체로 흐릿하여 자세한 윤곽을 알아보기는 힘들지만 분명 동경 속에서 보았던 자신의 얼굴과 닮아 있었다.

국주는 탄식하며 말했다.

"그는 죽기 전 별다른 유언을 남기지는 않았네만⋯ 항상 입버릇처럼 말했다네. 잃어버린 자기 자식을 되찾게 되면 반드시⋯⋯."

"아직 모릅니다."

유검은 천천히 몸을 일으키며 그의 말을 잘랐다.

"국주님의 말을 아직 모두 믿을 수는 없습니다."

눈부신 햇살 가득한 한여름날의 오후.

화강석으로 만들어진 정원수 사이의 소로를 따라 유검은 천천히 그 자리를 떠났다.

유검의 뒷모습이 사라질 무렵 국주는 머리를 긁적거렸다.

"저 녀석, 의외로 침착한걸? 저 정도라면 사실대로 모두 밝히는 게 낫지 않았을까? 응? 그렇게 생각하지 않나?"

뚱보총관은 침착하게 대답했다.

"흥분을 가라앉히시고⋯ 우선 망치부터 내려놓으십시오. 망치는 먹을 게 못 됩니다."

"아, 그래."

국주는 입에 물고 있던 망치를 내려놓고 다시 근엄한 기색을 띠었다. 하지만 아직 웃옷은 벗어 던진 상태라 그다지 위엄을 찾아보긴 힘들었다.

총관은 예의 사람 좋은 미소를 띤 채 물었다.

"그런데 난데없이 웬 개 집 타령입니까?"

"아, 저 녀석 어릴 때 개를 무척 좋아했거든. 그래서 내가 자주 개 집을 만들어주곤 했지. 혹시나 기억나지 않을까 해서…… 흠, 하지만 역시 무리겠지. 어릴 적 기억을 제대로 떠올리기란……."

국주는 돌연 아깝다는 듯 손바닥을 쳤다.

"아, 역시 처음 생각대로 화려한 연회를 열었어야 하는 건데. 미녀들을 부르고 이름난 중원 각지의 요리를 탁자 가득 채워놓는 거야. 그 정도는 되어야! 아, 이럴 게 아니라 지금이라도 당장!"

"국주님!"

총관은 당장이라도 뛰쳐나갈 듯한 국주를 황급히 말렸다.

"그게 부자상봉(父子相逢)의 장면으로 적당하다고 생각하십니까?"

"음… 좀 적당하지 못한가?"

"심정은 이해하지만… 아드님께선 지금도 충분히 동요하고 계십니다. 더 이상은 무리입니다."

"무슨 소리야? 봐봐. 그 녀석의 냉정한 모습을 못 봤나? 처음으로 아버지에 대한 이야기를 들었는데도 걷는 모습조차 전혀 흔들리지 않았어!"

"충분히 동요하고 있습니다."

총관은 짧은 한숨을 내쉬며 한 가지 물건을 내보였다.

"이걸 잊어버리고 갈 만큼 말이죠."

그의 손에는 유검이 한시도 떨어뜨리지 않던 한천검이 쥐어져 있었다.

"그건……."

국주는 눈빛을 빛내며 그것을 낚아챘다.

"뭐지?"

스르릉—

검을 뽑자 은쟁반 위로 옥구슬 굴러가는 듯한 소리와 함께 은빛의 투명한 검신이 모습을 드러낸다.

국주는 흠칫하며 물었다.

"한천검? 그 녀석이 왜 이런 걸 가지고 있지? 훔쳤나? 게다가 이게 뭐야? 검집에 이상한 걸 칠해놓았군."

총관은 얼떨떨한 표정으로 되물었다.

"설마… 아직 안 읽어보셨습니까?"

"뭘?"

"아드님에 대해 그동안 조사한 모든 것을 수록한 책자를……."

"아, 그런 건 상관없어. 중요한 건 진짜 내 아들인가 아닌가이니까."

국주는 흐뭇한 미소를 띠었다.

"처음 딱 보는 순간 난 한눈에 알아보았지. 저 녀석은 내 아들이다라는 것을 말이다. 내 젊을 때 모습이랑 판박이거든. 하하하!"

한참을 옛일에 대해 웃고 떠들었다.

그리고 그의 시선은 먼 하늘로 향했다.

오랜 기억 속에 파묻혀 버린 옛 추억을 회상하는지 아련한 눈길은 먼 하늘로 향했다. 과거는 아무리 가슴 아픈 것일지라도 미화되는 속성이 있는 법인지라 국주는 자연 미소를 머금었다.

　총관은 조심스레 물었다.

　"장차 어떻게 하실런지요?"

　국주는 흠칫했지만 다시 편안한 미소를 머금으며 되물었다.

　"후계자 건을 걱정하는 겐가?"

　총관은 예의 사람 좋은 미소를 띨 뿐 안색에 변화가 없었다.

　"장로님들께 미리 납득할 만한 이야기를 말씀드려 놓지 않으면 나중에 어떤 탄핵이 있을지도 모릅니다."

　국주는 빙긋 웃어 보였다.

　"너무 생각을 앞지르지는 말게."

　바로 엉덩이를 털고 일어나며 아무렇지도 않다는 듯 말했다.

　"이제 와서 달라질 건 없지. 그 녀석에게 본 교의 업을 물려주고 싶지는 않아. 뭐… 아비로서의 조그만 욕심이긴 하지만 그 녀석에게 조금 더 평범하고 행복한 삶을 누리게 해주고 싶다네. 그리고 무언가를 결심한다면 본인의 의지라야만 하지."

　"그럼 후계자 건은 변동이 없으시다는……?"

　"그녀도 그런 건 바라지 않을 테니까. 살아 있다면… 반드시 반대할 걸세. 그리고……."

　국주의 시선은 아지랑이 피어 오르는 저편을 향했다. 저 멀리서 누군가 천천히 걸어오고 있었다.

　그의 모습을 보고 국주는 미소 지었다.

　"저 녀석이 후계자란 사실은 이미 이십 년 전에 결정된 사항이니까."

　국주의 눈길을 맞으며 걸어오고 있는 그는 유검이 낙양으로 향하는
관도에서 만났던 흑의청년이었다.

◆第四章
자, 결심할 때다

자, 결심할 때다

현풍의 안색은 어두웠다.

일월표국에서 나온 유검의 걸음걸이는 흐느적거리고 있었다.

길을 걷다 사람들과 부딪쳐도 자각하지 못했고 수레바퀴에 발을 찧어도 한참 후에야 아프다고 고래고래 고함 지르곤 했다.

"저 녀석 왜 저래?"

유검은 주점으로 들어가 이층 창가에 앉아 술과 안주를 시켰다. 그리고 멍하니 창문 밖을 내려다보았다.

날이 저물며 하나둘씩 손님들이 자리를 비우기 시작했지만 더 이상 들어오는 이는 없었다.

홀로 남아 자작하고 있는 유검의 곁으로 한 미녀가 천천히 다가와 말을 걸었다.

"외로우신가 보죠?"

음성은 나지막하면서도 유혹적인 색기(色氣)가 가득 넘쳐흘렀다. 동시에 슬쩍 유검의 어깨에 손을 얹으며 귓가에 대고 숨결을 불어넣는 모습이 아주 자연스러웠고 능수능란했다.

유검은 그녀가 자신있는 미소와 함께 불룩 내밀고 있는 가슴을 멍하니 바라보다 홀짝 술잔을 비웠다.

그리고는 쓰레기 치우듯 그녀를 밀어젖히고는 일어났다.

"저 녀석 왜 저래?"

유검이 비틀거리며 주점을 나서 버리자 현풍은 항상 눈웃음을 머금고 있는 청년의 멱살을 잡고 와락 인상을 구겼다.

청년은 식은땀을 흘리며 말했다.

"제 탓이 아닙니다."

별빛이 하나둘씩 불을 밝힐 때 유검은 인파에 밀려다니다 담벼락에 쪼그려 앉았다.

멍하니 흘러가는 인파의 물결을 구경하는데 현풍이 슬그머니 그 옆자리를 차지했다.

"무슨 고민이 있는 게냐?"

지나가듯 묻는 사부의 말에 유검은 여전히 멍한 눈길로 답할 뿐이었다.

현풍은 힐끔 유검의 차림새를 살펴보다 두 눈을 동그랗게 떴다.

"검은 어쨌느냐?"

"예?"

유검은 멍한 표정으로 반문하다 자신의 오른손으로 눈길을 돌리더니 돌연 깜짝 놀라 일어섰다.

"앗! 두고 와버렸다!"

하지만 두어 걸음 채 걷기도 전에 멈춰 서버렸다.

"내일 찾으러 가죠 뭐."

머리를 긁적거리며 그렇게 중얼거렸다.

현풍은 눈을 가늘게 뜨며 물었다.

"내게 묻고 싶은 게 없느냐?"

유검은 도리도리 고개를 저었다.

현풍은 어깨를 축 늘어뜨리고 걸어가는 유검의 뒷모습을 한참 동안 바라보며 아무래도 이상하다는 듯 눈살을 찌푸렸다.

도저히 참지 못하겠다는 듯 허공을 향해 버럭 소리를 질렀다.

"완전 비루먹은 강아지 꼴이군! 검조차 잃어버리고 다니다니, 이게 말이 되느냐!"

지나가던 사람들이 깜짝 놀라 돌아보았다.

슬그머니 항상 눈웃음을 머금고 있는 청년이 다가와 계속 고래고래 고함을 지르는 현풍의 소맷자락을 붙잡고 인파 속으로 사라졌다.

"휴……."

여문이 기다리고 있는 유운객잔(流雲客棧)의 현판이 보이자 유검은 짧게 숨을 내쉬었다.

"이래선 안 되지. 정신을 차리자."

주점에 들러 찬물을 좀 얻어 마시자 정신이 좀 들었다. 그리고 후원에 마련해 둔 객실로 가는데 어둠 속에서 불쑥 누군가가 자신의 소매를 끌어당겼다.

여문이었다.

입을 채 열어 묻기도 전에 여문은 입술에 손가락을 대고 조용히 하라는 표시를 하더니 으쓱한 구석으로 데리고 갔다.

잔뜩 긴장한 표정으로 그녀가 말했다.

"할아버지가 왔어요."

그리고 그녀는 유검이 도망치지 못하게 소매를 꼭 붙잡았다.

유검은 '그래서?' 라는 식으로 멍하니 있었다.

여문은 아미를 찌푸렸다.

평소 유검은 자신의 할아버지 철면판관 여강을 상당히 무서워하고 있었다. 그래서 대면할 기회가 오면 무슨 핑계를 대든지 함께 자리하지 않으려 했다. 그런데 지금은 할아버지가 오셨다는 말에도 별다른 안색의 변화조차 없는 것이다.

여문은 제대로 못 들었나 싶어 다시 입을 여는데 유검의 얼굴이 천천히 다가왔다.

그것이 무엇을 의미하는지 깨닫는 순간 가슴이 두근거렸다.

혹시나 주위 사람들이 볼지도 모르는, 특하나 할아버지가 와 계시는 이런 상황에선 곤란하다고 생각하면서도 그녀는 꼼짝하지를 못했다.

유검의 체중이 느껴지자 두 다리에서 절로 힘이 빠져 버렸다. 하늘이 빙글 돌며 어지러워 풀밭 위로 쓰러졌다. 그녀는 자신도 모르게 두 눈을 꼭 감아버렸다.

심장 고동 소리에 귀가 멍할 지경이었고 머리 속이 텅 비어버린 것 같았다. 긴장과 흥분으로 엉망이 되어버린 감정이나 자신의 의지로 조절되지 않는 육체와는 달리 냉철한 이성은 그 와중에도 평소 우유부단한 사형답지 않게 무척이나 대담하다고 생각하고 있었다.

예민하기 그지없는 가슴 부위에 타인의 손길이 느껴지는 순간 온 신경이 그곳으로 쏠렸다.

그녀는 이를 꽉 깨물었다.

뒤헝클어진 머리 속에서 뚜렷한 물음이 떠올랐다.

지금 사형의 행동은 무엇을 뜻하는 것일까?

뒤이어 온갖 생각들이 떠올랐다.

오늘 목욕을 제대로 한 건지, 자신이 입고 있는 속옷 색깔이 어떤지, 어쩌면 사형이 자신을 다른 기녀로 착각하고 있는 것은 아닌지?

온갖 자질구레한 걱정들로 머리 속이 복잡해졌다.

이래선 안 된다고, 그래서 밀쳐 내야 한다는 생각과 만약 그랬을 경우 사형이 자존심에 상처를 입고 떠나 버리면 어떡하나 하는 두려움이 교차했다.

그렇게 천 년의 세월 같은 긴장된 순간이 얼마나 흘렀을까?

기다려도 다음 행동이 없었다.

조용히 눈을 뜨는 순간 그녀의 내면으로 끝없이 흘러갔던 의식이 해방되어 주위를 살필 수 있게 되었다.

확 풍겨오는 술 냄새, 새근거리는 숨소리. 사형은 잠에 취해 쓰러졌을 뿐이라는 것을 곧 깨달았다.

긴장이 풀리며 눈시울이 뜨거워졌다.

"바보……."

제멋대로 상상하고 제멋대로…….

여문은 멍하니 달빛을 바라보다 천천히 유검을 밀치고 일어섰다.

객실로 가기 위해 유검을 부축해서 걸음을 옮기려는데 한 인영이 검은 그림자를 드리우며 자신을 기다리듯 서 있었다.

환한 달빛, 관운장 수염에 철로 된 듯 딱딱하게 굳은 안색의 노인의 얼굴을 알아보는 순간 여문은 얼어붙어 버렸다.

"할아버지……."

철면판관 여강은 매섭게 여문을 노려보다 찬바람이 일 정도로 휙 몸을 돌렸다.

"따라오너라."

여문은 유검을 부축한 채 말없이 할아버지의 뒤를 따라 객실로 들어갔다.

침대에 유검을 눕히고 의자에 앉을 때까지도 할아버지는 일체 입을 열지 않았다. 여문이 알아서 말할 때까지 기다리는 듯했다.

방 안에 납덩이같이 무거운 침묵이 자리했다.

여강은 침중한 눈빛으로 여문을 한참 동안 쏘아보았다. 끝내 여문이 고개를 숙인 채 아무 말도 하지 않자 먼저 입을 열었다.

"두 달 후 열아흐렛 날이 길일(吉日)이라더구나. 준비하거라."

사무조로 내뱉은 그의 말에 여문은 벌떡 일어났다.

"할아버지!"

"무가(武家)의 여식이니 굳이 육례(六禮)를 모두 갖추지는 않는다 하더라도 최소한의 절차는 있어야 하지 않겠느냐. 사해표국에서 혼인 날짜를 청기(請期:남자 측에서 여자 측에 혼인 날짜를 정해달라고 청하는 것)하기에 그리 정하였다."

더 이상의 변화의 여지는 없다는 듯 단호한 어조였다.

입술을 꽉 깨물고 있던 여문은 참을 수 없다는 듯 소리쳤다.

"어떻게 제 생각은 물어보지도 않으시고……."

노화(怒火)를 참지 못한 여강의 손바닥이 탁자를 내려쳤다. 그의 관운장 수염이 바람도 불지 않았는데 부들부들 떨렸다.

"죽은 네 아비가 정한 것이다. 너는 감히 거역할 셈이란 말이더냐?"

돌아가신 부친이 언약했던 태중 혼약이란 지금에 이르러 마지막 유언과도 같은 셈이다. 그리고 사해표국에서는 이미 행동으로 의형제 간의 의리를 지켜왔거니와 이제 그 마지막 언약을 지키려 한다.

거역할 명분도, 이유도 없다.

가문의 사업인 대신표국의 재건과 부모님에게 얽힌 의문의 참사에 대한 복수가 그 혼약에 함께 녹아져 있으니 스스로의 감정에 얽매어 어떻게 변화시킬 여지는 없는 것이다.

거대한 명분과 체면의 벽 속에 갇혀 꿈쩍할 수도 없는 처지. 그것을 알고 있으면서도 휘몰아치는 감정의 격류는 스스로의 의지로 제어되지 않았던 것이다.

시간이 흐르자 침상에 누워 있는 유검을 바라보던 그녀의 시선은 천천히 흐트러져 갔다.

그녀는 무엇이든 포기하는 것에 익숙해져 있었다. 어릴 적 부모님의 참사 이후 주위 사람들이 자신을 귀찮아하는 시선을 눈치 채면서부터였다.

무당산에 오른 이후 다들 자신에게 잘 대해주었지만 친절 그것 이상은 아니었다. 그녀는 그것을 불평하지 않았다. 욕심을 부리거나 떼를 쓰지만 않는다면 최소한 미움받지 않는다는 것을 알기에.

돌연 사부 현풍의 호통 소리가 전음을 통해 들려왔다.

─대체 무엇을 망설이느냐?

사부의 호통에 천천히 가라앉던 그녀의 시선이 다시 소용돌이쳤다.

─네 사형이 산을 떠날 때 너는 내게 와서 무엇이라 말했더냐? 그때 보였던 너의 눈물은 단순한 빗물에 불과한 것이었더냐?

심중의 격동을 말해 주듯 그녀의 어깨도 가늘게 떨리기 시작했다.

현풍의 전음은 계속 이어졌다.

─그리고 검아(劍阿)의 진심을 알아보고자 했던 너의 행동 역시 단순한 충동에 불과했던 게냐? 단순히 아무런 각오도 없이 그런 계획을 세우고 행동으로 옮겼던 게냐?

사실 실제로 아무 생각 없이 충동적으로 계획을 세운 것은 현풍이었고 또 당연하다는 듯 그녀를 몰아세운 것도 현풍이었다. 하지만 여문은 분명히 스스로의 의지로 그것을 거부하지 않고 따랐다. 자신의 속마음이기도 했으니까.

그래서 마음속으로나마 현풍의 말에 반박할 수 없었다.

현풍은 차갑게 말했다.

─아니, 아니, 여태까지 검아 녀석이 우유부단해서 그런가 했더니 이제 보니 네가 망설이고 있었던 게로구나?

현풍의 도발적인 말투에 여문은 입술을 꽉 깨물었다.

─들어보거라. 세상의 모든 것이 무상하다 하나 찰나지간의 순간에도 눈에 보이지도 않는 조그만 수억의 생명들이 저마다 살아 있다는 것을 증명하기 위해 치열하게 몸부림치고 있다. 너는 이 순간 네가 살아 있음을 보여야 할 것이다. 오랜 세월 후회하며 살아가지 않기 위해서는! 이 사부의 말을 알아듣겠느냐?

평소 의중을 알 길 없이 표홀한 분이기는 했지만 그 말속에는 제자를 아끼는 사부의 진심이 담겨 있음을 여문은 알 수가 있었다.

"할아버지."

여문은 여전히 완고한 시선으로 자신을 쏘아보고 있는 여강에게 침착하게 입을 열었다.

"저는……."

"잠깐!"

여강은 여문의 말을 끊고 침상 위에서 자고 있는 유검을 향해 소맷자락을 휘둘렀다.

한줄기 강맹한 지풍이 날아가 유검의 뒷통수에 자리한 혼혈(昏穴)을 깨웠다.

유검은 신음 소리와 함께 눈을 떴다. 멍한 표정으로 천장을 바라보다 갑자기 벌떡 일어섰다.

"검을 찾으러 가야 돼!"

하지만 그의 행동은 긴 소맷자락에 가로막혔다.

소맷자락의 주인에게로 시선을 돌린 유검은 처음에는 누구인지 깨닫지 못하고 멍한 표정이다가 곧 여강임을 알아채고는 화들짝 놀라 뒤로 물러섰다.

"어르신, 여긴 어쩐 일로……."

유검이 당황해하며 어쩔 줄 모르자 여문이 소리쳤다.

"침착하세요!"

"아……."

유검은 곧 침착하게 포권하며 다시 인사를 했다.

"어르신, 오랜만입니다. 그간 별래무양하셨는지요?"

여강은 인사를 받는 듯 마는 듯 밖에다 대고 소리쳤다.

"이제 들어오거라."

천천히 방문이 열리며 경장 차림의 건장한 미장부가 은은한 미소를 머금고 안으로 들어섰다. 현재 중원 오 개 성을 주름잡는 사해표국 국주 곡철무의 셋째 아들 곡부운(曲浮雲)이었다.

그는 여강에게 먼저 인사를 올린 후 여문을 향해 반가운 표정을 지었다.

"여매, 오랜만이구나."

그가 탁자에 자리하고 앉자 여강은 근엄하게 얼굴을 굳히고 여문에게 말했다.

"할 말이 있지 않았더냐? 이제 말해 보거라."

여문의 얼굴은 상기되었다. 설마 하니 할아버지가 태중 정혼자인 곡부운과 같이 왔으리라고는 생각지 못했기에 당혹스럽기도 했다.

여문이 입을 열지 못하자 여강은 코웃음을 치며 곡부운에게 말을 걸었다.

"오래전부터의 언약이라 이제 와서 새삼스러울 것은 없다만 너의 생각은 어떠하냐? 워낙 버릇없이 키운 녀석이라 사돈 어른들께서 흉을 볼까 두렵구나."

곡부운은 침착하게 일어서서 정중히 포권부터 올렸다. 그리고 단호한 어조로 자신의 마음을 밝혔다.

"세인의 웃음거리가 됨을 두려워 않고 제가 직접 청기하러 찾아뵐을 때 이미 저의 진심을 밝혔다 생각되옵니다만 여매처럼 아름답고 현숙한 부인을 얻게 해준 부친의 언약에 오직 감사드릴 뿐입니다."

그리고 부드러운 시선으로 여문을 바라본다.

여강은 여문을 향해 다시금 재촉했다.

"자, 말해 보거라. 무엇을 말하고 싶었느냐?"

유검은 자신의 신세 내력을 처음 듣게 되어 혼란에 빠져 있었다. 그리고 잠에서 깨어 진정되기도 전에 절대 오지 않았으면 하는 순간이 지금 닥쳐와 있음을 깨달았다.

막연한 시선으로 천장을 바라보던 여문의 시선이 유검을 향했다. 조금은 슬프고 자신의 의지로 어찌할 수 없는 상황에 처해 구원을 바라는 눈길이었다. 두 어깨에 짊어진 무게가 너무 무겁다는 눈빛이었다.

그녀의 시선을 받은 유검은 반드시 뭔가를 말해 줘야 한다는 기분이 들어 입을 열었으나 소리가 되어 나오지는 않았다.

"아… 드디어 결혼을 하나요? 하하……."

억지로 나온 소리에 여강은 무뚝뚝하게 대답했다.

"결혼 날짜가 정해졌다. 두 달 후 열아흐렛 날이다."

"아… 그렇군요. 하하하……."

곡부운이 유검을 향해 포권하며 밝게 웃었다.

"반드시 여매를 행복하게 해주겠습니다. 염려 마시길……."

유검은 당연하다는 듯 크게 고개를 끄덕였다.

잠시 방 안에 침묵이 흘렀다.

유검은 자신이 홀로 다른 사람들과 다른 세계에 와 있는 듯한 이질감을 느꼈다.

더 이상 어색함을 참지 못하고 방을 나서려는데 여문의 목소리가 들려왔다.

"사형……."

유검은 그녀의 젖은 눈빛에 억지로 미소 지었다.

"결혼 축하한다. 행복하게 살거라."

생각하거나 마음을 추스릴 여지도 없는 상황에서 갑작스런 일을 당하면 사람이란 본래 정해진 대로 행동하기 마련이다. 아마 변화를 감당할 자신이 없어서일 것이다.

뒤에서 끌어당기는 여운을 무시하고 유검은 천천히 월하지로(月下之

路)를 걸어갔다.

검은 정원수들의 그림자가 자신을 비웃는 사람들로 보여졌다. 고개 들어 환한 달을 바라보자니 젖은 눈으로 자신을 바라보던 여문의 얼굴이 자꾸만 떠올라 눈 둘 곳이 마땅치 않았다.

자신도 모르게 당도한 곳은 연못 옆에서 뒷짐을 지고 서 있는 중년인 곁이었다.

"못난 녀석."

현풍은 유검을 돌아보지도 않고 시선을 달에 고정시킨 채 무심히 말을 이었다.

"여강이 네게 마지막 기회를 주었다는 것을 모르겠느냐? 그냥 문아를 데리고 가면 그뿐인데 왜 그렇게 일을 벌였다고 생각하느냐? 너희 둘의 결심만 확고하다면 은혜를 모른다는 강호동도들의 비난조차도 각오하고 있었던 게다."

"……."

"오늘 네게 무슨 일이 있었는지는 묻지 않으마. 어떤 이유를 불문하고서라도 조금 전 너의 행동은……."

"저도 알고 있습니다. 못난 행동이었지요."

유검은 연못가에 쪼그리고 앉았다.

조그만 돌멩이를 던져 파문이 이는 물결을 무심히 바라보았다.

"그는 아주 자신있게 아문을 행복하게 해주겠다고 하더군요."

"그런데?"

"저는 아직 아문을 행복하게 해줄 자신이 없습니다. 현재 저는 무공을 마음대로 펼치기 어려우니 그녀 부모님의 복수를 반드시 이루겠노라 장담 못합니다. 게다가 표사 일은 해보지도 못했으니 그녀의 가문을 일으켜 세울 자신도 없습니다. 그런데 어떻게 그녀를 달라고 뻔뻔스럽게 말할 수 있겠습니까?"

유검이 연못에 던져지는 돌멩이는 점점 커져 갔다.

현풍은 코웃음을 쳤다.

"도대체 행복해야 될 본인의 의사는 들어볼 생각도 않는구먼. 무공이야 이제부터 슬슬 노력하면 일취월장(日就月將)할 테고 표사 일이야 해보면 요령이 생길 텐데 왜 미리 걱정하는 겐가? 넌 무당파의 제자다. 그리고 나의 제자다. 왜 그리 자부심을 느끼지 못하는 게냐? 보통 무인들이라면 본 문에 들어오고 싶어 꿈에서조차 그런다. 선현들께서 남기긴 유학(遺學) 덕분에 아주 쉽게 상승의 경지를 맛보게 되니 너로서는 아주 당연시 여기는 것 같다만 상승 무공을 배울 수 있는 기회라는 것이 그리 쉬운 것이 아니다. 일반 무인들이라면 평생을 가도 한 구절의 요결조차 듣기 힘들단 말이다. 너는 어릴 적부터 그런 상승 요결 속에 파묻히다시피 하면서 살아왔다. 네가 오만해질까 봐 말은 안 했다만 너의 기재는 내가 여태껏 보아왔던 그 누구도 따를 수 없을 정도다. 앞으로 너의 검의 성취는 나조차 짐작하기 어려울 정도니 장차 강호에 이름을 크게 떨칠 것이며 조금의 요령만 부린다면 크나큰 재물을 얻는 것도 어렵지 않다. 그런 네가 왜 자격지심을 가지는 게냐? 설령 모든 것을 뒤로한다 쳐도 내가 너에게 내렸던 가르침을 잊었더냐? 세속의 가치에 너를 가둘 정도로 정녕 어리석었더란 말이냐?"

풍덩!

유검은 커다란 바윗덩이를 연못에 던져 버렸다. 격렬한 물결의 흔들림, 일어난 파문은 멀리멀리 퍼져 나갔다.

유검의 두 주먹이 꽉 쥐어졌다.

그렇다.

무엇에 얽매인단 말인가?

호수 위로 동심원을 그리며 번져 가는 파문들의 일그러짐처럼 갖가지 인생들이 부딪쳐 살아가는 것이 한 살이[生]일진대 무엇에 얽매이고 무엇을 두려워하여 뜻한 바대로 살지 못한단 말인가?

홀연한 밝은 빛이 있어 머리 속이 개운해졌다.

애당초 자신은 세상의 변화에 관여하기 싫어했다. 한두 걸음 뒤로 물러서서 구경만 하기를 바랐다.

마교가 발호하여 강호무림이 발칵 뒤집어진다 한들, 황하가 범람하여 수백만의 이재민이 생겨 굶어 죽는다 한들, 크나큰 천재가 발생하여 당장 세상에 개벽이 온다 한들 나는 나일 뿐이고 지금 당장 나만이 할 수 있는 일을 해 나가면 되는 것이다.

그렇게 나의 의지로 나의 행동을 결정한다.

그게 바로 '나'이다.

장자의 나비처럼 이 생이 모호하게 느껴지더라도 마음속에 여문이 있고 그녀와 함께 생을 누리고 싶다는 것은 이 순간의 진실. 지나온 과거도, 오지 않은 미래도 모두 거짓에 불과할 뿐이다. 유일하게 참된 것은 이 순간의 마음뿐이니까.

유검의 입술이 한일 자로 굳게 다물어졌다.

눈빛은 깊은 호수의 바닥에 자리한 어둠으로 변했고 의지는 다시 하나의 결심을 만들어냈다.

천주봉 정상에서 폐부에 가득 채웠던 호연지기를 떠올리며 심호흡을 한번 하였다.

유검의 발걸음은 다시 여문이 있던 객실로 향했다. 한 걸음 한 걸음 내디딜 때마다 마음속에 하나씩 각인시켰다.

이왕 세상 속으로 들어간다면 그 중심부에 서리라.

대청을 지나 객실 앞에 섰다.

밝은 불빛이 새어 나오는 창문가로 몇 개의 그림자가 아른거렸다.

한 걸음 더 내딛자니 거대한 벽이 가로막는다. 세속의 규율과 사람들 간에 이어진 관계의 끈으로 만들어진 벽이다.

유검은 천천히 오른손을 들어 올렸다. 손바닥을 펼쳐 보아도 빈 허공뿐 검은 없다.

움켜쥐니 오히려 느껴진다.

아무것도 없는 저 너머 세계에서 홀연히 이쪽으로 와버린 듯한 하얀 검의 모습이 뚜렷이 시야에 들어왔다.

검!

힘차게 휘둘렀다.

가로막던 벽이 쫘아악 시원스럽게 찢어진다. 그것을 뚫고 유검은 한 발짝 나아갔다.

희미하여 분간하기 어려운 수많은 얼굴들이 돌풍에 휘말린 낙엽들처럼 곁을 스쳐 지나간다. 저마다 웃고 떠들고 괴성을 지르다 종내는 괴로운 표정에서 허무로 스러져 버린다.

이번에는 천 길 낭떠러지가 앞을 가로막았다.

나를 나라고 생각하는 자의식이 절벽 아래 우글거리고 있었고, 오직 가느다란 한 가닥 명주실만이 지평선 너머로 끝없이 이어져 있었다.

검!

유검은 빈 허공을 향해 힘차게 찔렀다.

검끝을 중심으로 세상이 조각나기 시작했다. 수없이 많은 파편들이 하늘로, 땅으로 소용돌이치며 터져 나갔다.

의식 세계 저 너머로 가는 문이 보였다.

그곳에는 진정한 '나'가 있을 것이다.

유검은 망설임없이 그 문을 열어젖혔다.

순간 크게 떠진 두 눈으로 하얀 빛의 파도가 몰려왔다.

황홀하고 아득한 느낌.

양수 속의 태아처럼 자신만의 우주에서의 무한한 자유.

전신은 깃털보다 가볍고 뜻한 바는 생각과 함께 모든 것이 이루어졌다.

언젠가 느껴보았던, 하지만 전혀 새로운 천지가 눈앞에 펼쳐지는 것이다.

"무슨 일이냐?"

차갑게 묻는 여강의 목소리에 유검의 의식은 현실로 되돌아왔다.

주화입마와 함께 찾아왔던 무상검의 경지가 이처럼 예고도 없이 다시 홀연듯 찾아와 버렸고, 무언가 의식 세계로 스며들기도 전에 덧없이 사그라들고 말았다.

유검은 그것을 전혀 자각하지 못했다.

다만 잠시 환각을 경험한 것인가 생각했을 뿐이다.

하지만 그의 의식 세계는 이미 달라져 가고 있었다.

어쩐지 모든 것이 대수롭지 않게 여겨졌다. 여문을 찾아왔으며 그녀를 데려가고자 하는 마음 또한 여전했지만 전혀 구애될 것 없다고 느껴졌다.

마음은 편안하였고 스스로의 의지에 확고한 자신감이 생겨나 있었다.

"무슨 일이냐?"

다시 되묻는 여강의 호통에 유검은 정신을 차렸다.

언제 시켰는지 탁자 위로 술과 요리들이 차려져 있었고 서로 환담을 나누는 중이던 모양이었다.

곡부운은 한참 자기 자랑을 겸한 강호행을 늘어놓다 유검의 등장으로 방해받았지만 전혀 내색 않고 여전히 웃음을 머금은 채 호탕하게 말했다.

"아마도 축하주를 마시지 못해 섭섭하셨던 모양입니다. 귀여운 사매를 내주자니 섭섭도 하실 만하지요. 하하하."

그리고 일어나 술잔을 채워 내밀었다.

"자, 한 잔 받으십시오."

곡부운은 내미는 술잔에 암경(暗勁)을 불어넣었다.

유검은 손목을 부드럽게 돌리며 술잔을 받아 쥐니 손가락 끝에서 술잔이 빙글빙글 돌기 시작했다.

조금 볼썽사나운 모습을 보여주고자 했던 의도가 손쉽게 무위로 돌아가자 곡부운은 눈살을 찌푸렸다.

"한 잔 얻어 마셨으면 이제 나가주셨으면 합니다. 저희 집안일을 의논 중이었던지라……."

유검은 그의 말을 흘려듣고 여문에게로 시선을 향했다. 그녀의 얼굴은 무표정했지만 눈빛은 어떤 기대감으로 일렁이고 있었다.

편안한 미소를 보여주며 그녀를 불렀다.

"아문……."

무시당한 곡부운은 대뜸 안색을 굳히며 소리쳤다.

"말귀를 못 알아듣는구먼. 나가달라 하지 않았소?"

여강은 예리한 시선으로 유검을 쏘아보았지만 굳이 나서지 않고 지켜보기만 했다.

유검은 여문을 향해 다시 편안한 미소를 보여주고 나서 여강에게 말했다.

"어르신, 드릴 말씀이 있습니다."

"무언가?"

"아문을 제게 주십시오."

꽝!

곡부운은 한껏 얼굴을 일그러뜨리며 손바닥으로 탁자를 내려쳤다. 와장창 탁자가 그의 손바닥에 두 조각나며 그 위에 놓여져 있던 음식과 술병들이 허공으로 튀어 올랐다.

"이놈! 감히 무슨 말을 하는 것이냐?"

호통과 함께 쌍장에 공력을 모아 유검을 향해 황소처럼 돌진해 왔다.

유검은 그것을 막기 위해 오른손을 들어 올리다 흠칫했다. 수중에 검이 없는데도 마치 있는 듯한 느낌에 그리 행동해 버린 것이다.

찰나지간에 서로의 생사를 결하는 대결에 있어 본능적으로 어떤 행동을 하게 되더라도 오랜 세월 무공을 익혀온 이라면 그것에 깊은 의미를 담게 마련이다.

비록 유검은 순간적인 착각으로 최적의 행동을 택하지 못하고 검을 쥔 듯한 행동을 해버렸지만 없었던 것처럼 그 손을 다시 거두어들일 수는 없었다. 지금이라도 몸을 움직여 피할 수는 있겠지만 일단 손을 뻗은 이상 그것을 전혀 무의미하게 만들 수는 없기 때문이었다.

그래서 금나술로 변화시켜 상대의 공세를 흘리려 했는데 조금 황당한 일이 일어났다.

자신의 의지와는 상관없이 들어 올린 손을, 아니, 정확히 말해 수중에 쥐고 있는 듯한 착각을 하고 있는 검을, 그렇게 실제로는 있지도 않은 검을 상대의 공세 한가운데로 밀어 넣는 자신을 발견한 것이다.

다시 변화하려 해도 의지가 통하지 않았다.

그것은 마치 조그만 통나무에 몸을 의지하고 거대한 물살의 흐름에 떠내려가는 듯 어쩔 수 없어 보였으며 그 순간 오히려 역설적으로 느껴지는 정적은 뗏목을 타고 망망한 대해에 홀로 놓여져 있는 듯한 고독감 같기도 했다.

그 순간의 기이함과 심상치 않음을 맨 처음 눈치 챈 것은 여강이었다.

유검의 단순한 동작 위로 커다란 산사태가 일어나는 모습이 겹쳐 보였다. 그렇게 보인 것은 달리 뚜렷한 이유가 있어서라기보다는 수십 년 간 도검(刀劍)의 숲에서 살아온 노강호의 경험에서 비롯된 직감 같은 것이리라.

"멈춰라!"

여강은 호통과 함께 독문절공인 구현기(九玄氣)를 최대한 끌어올리며 동시에 창응칠식(蒼鷹七式)의 날렵한 신법(身法)과 함께 이루어진 쌍각법(雙脚法)을 펼쳤다.

푸른 창공을 유영하는 매와 같은 재빠른 몸놀림과 함께 그의 강철 같은 두 다리가 쏜살같이 허공을 가로질러 향한 곳은 유검이 아니라 오히려 곡부운 쪽이었다.

한 발은 먼저 곡부운의 쌍장을 차올렸고 다른 나머지 한 발은 그의 복부를 강력하게 밀어젖혔다. 아니, 그럴 의도였지만 급한 심정 때문에 실제로는 강력하게 차버리고 말았다.

투툭! 퍼엉!

곡부운은 난데없는 여강의 공세에 미처 대응하지도 못하고 놀란 경악성을 내뱉기도 전에 뒤로 퉁겨나 버렸다. 그리고 우지끈 소리와 함께 그의 몸은 객실 벽에 반 이상 파묻혔다.

여강은 자신이 너무 성급했던 게 아닌가 후회하며 신형을 바로 세우려는 순간 얼어붙고 말았다. 유검이 내민 보이지 않는 일검은 그가 직감적으로 느꼈던 산사태 정도가 아니었다. 하늘이 무너지고 땅이 갈라지고 있었다.

천지(天地)가 개벽(開闢)하고 있었던 것이다.

"할!"

가을 하늘이 쨍 하고 깨어져 버릴 듯한 기합성과 함께 한 인영이 뛰어 들어와 양팔을 활짝 펼쳤다.

순간 봄바람처럼 부드러운 경풍이 유검의 주위를 에워쌌고 내밀어진 보이지 않는 일검을 꼭지점으로 하여 태극 모양의 소용돌이가 일어났다.

최종적으로 뛰어 들어온 인영이 하늘을 받치듯 힘겹게 들어 올린 쌍장에 의해 그 기운은 방향을 바꾸어 위로 향했다.

무어라 형언하기 어려운 일검의 기운이 위로 뻗어 나갔다.

소리도 없고 빛도 없었다.

삼층 객실의 천장까지 일 장 넓이의 커다란 구멍이 뚫리며 그 영역 안에 있던 것들은 모두 소멸되어 버렸다.

느긋하게 낙양으로 유람하러 온 소주(蘇州)의 돈 많은 장사꾼과 그 옆에서 술을 따르던 기녀 두 명, 그리고 은밀한 불륜을 획책하던 한 쌍의 남녀도 아무런 죽음에의 공포조차 느껴보지 못하고 같이 소멸되어 버렸다.

일검의 여파에 공간까지 일그러졌는지 새어 들어오는 별빛들조차 찌그러졌다.

뒤늦게서야 빈 공간을 채우는 공기의 이동으로 천둥 소리와 같은 파공음이 일었고 동시에 강력한 회오리바람이 일어 객실 안을 소용돌이 쳤다.

현풍은 재차 두 팔을 바삐 놀렸다.

어지러운 소맷자락이 빈 허공을 가득 채우며 바람의 맥을 끊었고 흐트러진 공기의 흐름을 바로잡았다.

잔풍(殘風)에 옷자락을 휘날리며 유검은 망연자실 천장에 난 구멍을 올려다보았다.

무슨 일이 일어났는지 그로서도 도무지 파악할 길이 없었지만 아무래도 자신 때문일지도 모른다는 불길한 예감을 느끼고 있었다.

머리카락은 풀어져 봉두난발(蓬頭亂髮)이 되고 옷자락은 흐트러져 소 잡는 백정 꼴이 되어버린 현풍은 그런 유검을 향해 버럭 소리를 질렀다.

"이 터무니없는 놈아!"

그의 발은 무릎까지 땅바닥에 박혀 있었는데 사흘 밤낮 동안 생사대전(生死大戰)을 펼친 듯한 지친 표정으로 힘겹게 발을 뽑아내며 난장판이 되어버린 객실 안을 훑었다.

또르륵.

이마 위로 홍건하게 배어 있던 식은땀이 이제야 흘러내렸다.

갑자기 발생한 난리에 사람들이 웅성거리며 몰려오는 소리가 들리자 현풍은 와락 유검의 목덜미를 잡아끌며 외쳤다.

"일단 튀어, 임마!"

낙양에서 가장 높은 건물 중의 하나인 서화루(瑞花樓) 지붕 위에 도달해서야 현풍은 유검을 풀어주었다.

"이 터무니없는 놈!"

유검이 뭐라 반박하기도 전에 와락 그의 상의를 찢다시피 젖혔다. 그의 전신에 굵고 작은 혈맥(血脈)들이 울퉁불퉁 튀어나와 있었다. 마치 성난 용들이 꿈틀거리고 있는 듯했다.

현풍은 역시 자신의 짐작이 맞다는 것을 알고 눈살을 찌푸렸다.

유검이 자신의 유려한 설법을 듣고 뭔가 결심을 한 표정으로 객실로 향할 때 자신의 사랑스런 제자가 이제야 조금 철이 드는가 싶어 흐뭇해하며 뒤따라 구경하러 갔었다.

유검이 객실 문앞에 이르러 이상한 기색을 보일 때 조금 기이한 느낌을 받았었다. 예전 유검이 검무를 추다 주화입마당할 때와 비슷하면서도 약간 다른 느낌이었다.

혹시나 하며 지켜보다 일검이 펼쳐질 때 가공할 천지간의 기운이 유검의 주위로 몰려드는 것을 보고 무슨 일이 벌어지고 있는지 확실히 깨달을 수 있었다.

그래서 앞뒤 생각없이 뛰어든 것이다.

현풍은 현재 유검의 몸에 솟아오른 혈맥들을 보고 자신의 짐작이 확실함을 깨달았다.

무상검의 경지에서 유검이 자신도 모르게 일검을 펼칠 때 하늘과 땅의 거대한 기운이 그의 의지에 의해 움직여졌다.

비록 그 기운들이 직접 유검의 몸을 관통하는 것은 아니라고는 하나 그 중심에 있어 받는 압력만으로도 신체는 극한의 상황에 처해 버렸던 것이다.

"휴, 몸은 괜찮으냐?"

그제야 조금 제정신을 차린 유검은 뭐라 말하려 입을 열었으나 목이 막혔는지 컥컥거리다 겨우 입을 열 수 있었다.

"괘, 괜찮습니다."

현풍이 걱정스런 눈빛으로 지탱해 주던 손을 거두자 유검은 비틀거리다 몸을 가누지 못하고 주르륵 기와 지붕 위에서 미끄러졌다.

겨우 중심을 잡아 일어서며 중얼거렸다.

"조금 어지럽군요."

현풍은 눈살을 찌푸리며 다시 물었다.

"그것뿐이냐?"

"아, 그러고 보니 여기저기 몸살난 것처럼 쑤시는 것 같기도 하고……."

아무렇지도 않은 듯 그렇게 말하는 유검의 입가로 주르륵 핏줄기가 흘러내렸다.

"또?"

유검은 입가의 핏줄기를 닦아 '이거 왜이래?' 라며 어리둥절해하면서 말했다.

"조금 힘이 없군요."

그리고 지친 눈으로 떠나왔던 객잔을 바라보았다.

"여문에게 할 말이 있었습니다. 그리고 그녀의 할아버지에게 아직 확답을 못 받았습니다."

밤하늘을 밝히는 횃불이 여기저기서 솟아오르고 있었다. 일이 커져 관아에서 병사들이 출동한 모양이었다. 한밤중에 병사들이 신속하게 출동한 것을 보면 단순한 무림인들의 시비가 아니라 분명 일반인들이 절대 취급해서 안 되는 품목 중의 하나인 화약(火藥)에 관련된 사건이라 추정한 것이 틀림없었다.

아무 생각 없이 다만 할 일을 못 끝냈다는 생각만으로 저 멀리 보이는 불빛을 향해 걸어가던 유검은 지붕 끝에 이르러서도 멈추지 않았다.

빈 허공을 밟는 순간 밑으로 떨어지는 유검의 몸을 재차 끌어 올린 것은 현풍이었다.

이미 한계를 벗어나 의식을 잃고 있는 유검의 상태를 보고 혀를 찼다.

◆第五章

낙양, 두 조각나다

낙양,  두 조각나다

"어지간히 둔한 녀석이군."

유검은 비몽사몽간에 꿈이라도 꾸는지 빈 허공을 허우적거리며 잠꼬대를 했다.

"방해하지 말······."

'편히 잠들게 해주마' 라고 생각하며 현풍은 유검의 머리를 가볍게 쓰다듬어 주었다.

꽝!

움찔거리며 얌전해지는 모습에 현풍은 만족해했다.

'이제부터다.'

시원한 밤바람을 맞으며 현풍은 그렇게 생각했다.

지금부터라도 잘만 가르치고 제대로 인도한다면 자신의 사랑스런 제자는 언젠가는 반드시 자유자재로 무상검을 펼칠 수 있을 것이다.

무림사(武林史) 수많은 고수들이 명멸해 갔지만 과연 무상검의 경지에 오른 이 단 하나라도 있었던가.

직접 그 경지를 맛보지 못해 아쉽기는 하나 그런 제자를 둘 수 있다는 것만으로도 꽤나 가슴 뿌듯한 것만은 틀림없었다.

객실에서 펼친 유검의 일검은 놀라웠다.

'과연……!'

다시 그 광경을 되새겨 보니 그런 감탄사가 절로 나왔다.

조금 더 연구해 본다면 무상검의 검결을 만들어낼 수 있을지도 모른다는 기대도 들었다.

본신의 공력과는 상관없이 대자연의 기운을 자신의 의지대로 움직이고 그리하여 검주(劍主)의 명(命)에 의해 대상은 허무하게 소멸되고 만다. 주위의 공간마저 같이.

한평생 추구해 왔던 무상검의 경지가 겉으로 드러날 때 저러한 것인가라는 허탈감마저도 들었다.

이런저런 스치는 생각 중에 언뜻 환한 느낌이 들어 밤하늘을 올려다보니 수백 개의 하얀 궤적이 밤하늘을 가로지르고 있었다.

유성우(流星雨)였다.

과연 몇 년 만에 보는 유성우인가.

조그만 감흥에 젖느라 현풍은 자신의 손에 매달려 있는 유검의 변화를 잠시 놓쳤다. 무게감이 사라졌다는 사실을. 그것을 깨달았을 때는 이미 유검의 주위로 바람이 몰려들고 있었다. 아니, 바람이 아니었다. 몰려드는 기운의 흐름을 그렇게 느꼈을 뿐.

뭔가 심상치 않음을 깨닫고 황급히 유검의 마혈(麻穴)을 제압하려 했지만 현풍은 둔중한 충격을 느끼며 뒤로 퉁겨나 버렸다.

꽈르릉—

서화루 지붕을 관통하여 정원수 사이로 떨어져 내렸다. 나뭇가지를 헤치고 재빨리 신형을 바로 세웠을 때 그의 시야에 들어온 것은 허공에 둥실 떠 있는 유검의 신형.

여전히 잠에 곯아떨어져 있는 상태인지 고개는 힘없이 푹 수그린 채였고 잠꼬대하듯 뭐라 중얼거리며 마치 검을 꽉 잡고 있는 모습으로 양손을 위로 치켜세우고 있었다.

자세는 눈에 익숙했다.

강호에서 검을 들고 다니는 이라면 모를 리 없는 태산압정(泰山壓頂)을 펼치려 하는 모습이었으니까.

현풍의 두 눈에는 분명 심상(心象)으로서만 느껴지는 거대한 검이 보였다. 그리고 그 끝에 우주의 중심이 걸려 있었다.

검 주위로 몰려든 거대한 기운의 소용돌이, 정지된 시간 속의 고요한 적막.

두근!

가슴이 세차게 고동치기 시작했다.

앞으로 어떤 일이 펼쳐질 것인가에 대한 막연한 두려움에 현풍은 소름이 돋을 지경이었다.

미처 다른 생각, 다른 행동으로 옮기기도 전에 밤하늘을 가로지르는 유성우와 함께 유검의 검은 떨어져 내렸다.

분명 꿈이라 느낄 것이다. 후일 지금 본 광경을 떠올린다면, 지금도 전신을 짓누르는 거대한 압력을 느끼지 못했다면 자신의 눈을 믿지 못했을 것이다.

고오오오.

들리지 않는 거대한 소리가 있다면 그러할 것이다. 너무나 크기에 오히려 들리지 않는, 그래서 기이할 정도로 고요한 적막 속에서 세상은 두 조각나고 있었다.

찢겨진 대기는 미처 비명을 지를 새가 없었고 낙양의 대지는 물결치듯 크게 흔들리더니 둘로 갈라졌다.

흔들린 대지의 충격파는 파도치듯 횡으로 뻗어 나가 인간의 번영을 상징하듯 촘촘히 세워진 건물들을 허무하게 무너뜨렸다.

곧 거대한 용틀임같이 피어 오르는 흙먼지들이 있었고 그것은 소용돌이치는 대기의 바람에 이리저리 휘말려 올라갔다.

잠시 후 현풍은 흙먼지를 뒤집어쓴 채 땅에 낙하해 있는 유검 곁으로 다가와 있었다.

유검은 대자로 뻗어 만족한 표정으로 편안히 잠들어 있었다.

"설마……."

현풍은 미간을 내천(川) 자로 그리며 한참을 꼬나보다 탄식하듯 중얼거렸다.

"우연이겠지."

우르르—

대지는 아직도 비명 소리가 부족하다 싶었는지 여명(餘鳴)을 울리고 있었다.

훗날 '반고(盤古)의 기지개'라 이름 붙여진 이번 낙양의 대지진은 여러 가지 면에서 사람들의 의문을 자아내었다.

낙양의 절반이 처참할 정도로 붕괴된 것에 비해 나머지 반은 멀쩡했다는 점과 커다란 한줄기 구덩이가 천신(天神)이 거대한 도끼로 내려찍은 듯 깊이 패어져 있다는 점 등이었다.

그리고 이번 대지진은 '유성우는 불길한 조짐이다' 라는 속설을 정설로 만드는 데 기여했고 황제의 방탕한 생활을 견디지 못한 북망산의 영웅 호걸들이 결국 분노를 터뜨렸다는 소문을 낳았으며 관가에서 마교(魔敎)로 낙인찍으며 경원시했던 일월교(日月敎)가 '하늘과 땅의 이치를 거역하고서는 아무도 살지 못한다' 라는 교리를 가지고 불안에 사로잡혀 우왕좌왕하고 있는 민심(民心)을 파고드는 데 결정적인 역할을 하였다.

훗날 낙양의 대지진을 계기로 '세상은 이대로는 안 된다. 뭔가 변화가 필요하다' 고 생각한 장수들에 의해 황제는 울면서 제위를 내놓아야만 했다고 한다.

쪼르릉 재잘거리는 새소리와 망막 안을 헤집고 들어오는 환한 햇살에 유검은 눈살을 찌푸리며 깨어났다.

뭉게뭉게 하얀 연기가 푸른 하늘 위로 피어 오르는 것을 멍하니 구경하다 몸을 일으키려 했을 때 자신의 몸에 변고가 생겼음을 깨달았다.

전신을 파고드는 끔찍한 근육통과 수족의 저림은 둘째 치고라도 손가락 하나 꼼짝달싹할 수 없도록 온몸이 밧줄로 친친 감겨져 있었던 것이다.

고개를 돌려보니 모닥불 곁에서 사부가 심각한 얼굴로 고구마를 굽고 있는 모습이 보였다.

"사부……."

유검이 칼칼한 음성으로 입을 열자 현풍은 대뜸 고개를 저었다.

"안 된다. 풀어줄 수 없다."

유검은 사부가 또 무슨 장난을 치려는가 싶어 한숨을 쉬며 말했다.

"휴, 왜 절 묶으신 겁니까? 오늘 할 일이 많습니다. 검도 찾아야 하고 사매도……."

현풍은 유검을 쏘아보며 정색하고 말했다.

"안 된다. 넌 이제 앞으로 두 번 다시 검을… 아니, 무공을 펼칠 생각은 하지 마라."

"사부……."

현풍은 뒤척이던 고구마를 내버려 두고 벌떡 일어났다. 눈빛을 예리하게 빛내며 살기 어린 음성을 내뱉었다.

"명심하거라! 만약 앞으로 네놈이 무공을 펼치려 한다면… 내 손으로 죽여 버리겠다!"

유검은 난데없는 사부의 말에 어안이 벙벙했다.

"사부, 도대체 왜 그러시는 겁니까?"

현풍은 버럭 소리를 질렀다.

"정녕 몰라서 묻는 게냐?"

당연히 알 길이 없어 눈만 동그라니 뜨고 있자 현풍은 이를 갈며 재차 소리를 질렀다.

"넌 잠꼬대가 너무 심해!"

*　　　　*　　　　*

해는 점점 중천으로 떠올라 점점 무더워져 가는데 여문이 머물고 있던 유운객잔은 건물이 무너져 폐허를 방불케 하고 있었다.

통통한 몸매를 자랑하는 객잔의 주인은 믿을 수 없다는 듯 주위를 둘러보다 눈물을 찔끔거리며 한숨을 내쉬었다. 모처럼 놀러 온 그의 손자 녀석은 아무것도 모르고 신이 나서 이러저리 뛰어다니고 있었다.

진상 조사차 들렀던 관아 사람들도 혀를 차며 한두 마디 위로의 말을 건네다 곧 다른 곳으로 가버렸다.

꼬마는 돌부리에 걸려 넘어지고 이럴 때는 '울음을 터뜨려야 옳지 않은가' 라는 것을 묻고 싶었는지 울먹이는 눈으로 주위를 두리번거렸다.

사람들이 저마다 자기 일에 바빠 아무도 자신에게 관심을 가져 주지 않자 그게 서러운지 막 울음을 터뜨리려 할 때 예쁜 누나가 조용히 다가와 친절히 일으켜 주었다.

"울지 말아라. 남자라면 이럴 때 울면 안 돼."

꼬마는 옷에 묻은 흙먼지를 털어주는 누나의 부드러운 손길에 얌전히 몸을 맡겼다.

무너진 건물 잔해 속에서 돈이 될 만한 것들을 찾아보던 객잔 주인은 힐끔 손자 녀석을 보고는 고개를 갸웃거렸다.

"저 울음보가 울지도 않고… 별일이네."

꼬마 녀석은 다시 기운을 차렸는지 뛰어다녔고 그 모습 위로 유검의 어릴 때 모습을 떠올리던 여문은 화창하기 그지없는 하늘 위로 시선을 돌렸다.

"사형……."

어젯밤 홀연히 찾아와서 유검이 할아버지에게 했던 말이 계속 귓가를 맴돌았다.

"아문을 제게 주십시오."

말뜻을 채 깨닫기도 전에 한바탕 큰 싸움이 나는가 싶더니 훌쩍 사부가 와서 사형을 데리고 가버렸다.

그 속에 무슨 사정이 있는지 정확히 깨닫지는 못했지만 다시 사형이 오리라 기대를 했다. 반드시 다시 올 것이다. 그렇게 생각했다.

할아버지 여강은 어젯밤 대지진에 낙양 지국은 괜찮은지 걱정하며 나가셨고 여문은 막연히 기다리고 있는 중이었다. 오시면 자신의 마음을 솔직히 털어놓을 작정이었다.

사형의 마음을 깨달은 이상 자신도 용기를 내야겠다고 결심한 것이다.

부시럭거리는 인기척 소리에 할아버진가 싶어 뒤돌아보니 곡부운이 다정한 미소를 띠고 천천히 걸어오고 있었다.

"여매, 여기 있었구나."

여유있게 웃어 보이는 그의 모습에 여문은 의아해했다.

곡부운은 어젯밤 여강에게 발길질을 당하고 바로 정신을 잃어버렸다. 깨어나서 여강이 자신에게 공격했다며 유검의 편을 들어줬다고 길길이 날뛰고는 화가 나서 떠나 버렸다. 그래서 내심 여문은 한편으로 잘되었다고 생각했는데 갑자기 태도를 돌변해서 다시 돌아오다니.

"할아버님은 어딜 가셨나 보구나."

곡부운은 혼잣말하듯 중얼거리며 곁눈질로 주위를 살폈다.

여문이 어색한 표정을 지은 채 아무런 대꾸 없이 가만히 있자 그런 그녀의 태도에 화가 난 듯 곡부운은 갑자기 그녀의 어깨를 낚아챘다.

"무슨 태도지? 너도 그놈 편인가?"

눈빛을 빛내며 날카로운 어조, 마치 추궁하는 듯했다. 난폭한 태도에 여문은 화가 났지만 마음속 미안한 느낌을 가지고 있었기에 그의 손을 뿌리칠 수는 없었다.

고개 돌려 시선을 피하는 그녀의 모습에 곡부운은 이를 갈았다.

돌연 곡부운은 주위의 시선에 아랑곳 않고 그녀를 와락 끌어안았다.

"무슨……."

여문이 화들짝 놀라 그의 가슴을 밀치며 뒷걸음질치려 하자 곡부운은 거칠게 그녀의 옷자락을 잡아끌며 입을 맞추려 했다.

"그만두세요!"

여문의 반항에 곡부운은 버럭 소리를 질렀다.

"왜지? 넌 이미 나의 부인이나 마찬가지다. 그런데 왜 거부하는 것이지?"

눈빛을 번들거리는 것이 완전히 질투에 사로잡힌 남자의 것이었다.

대답을 못하고 우물쭈물하고 있는 여문의 태도를 지켜보는 그의 눈빛은 차츰 잔인해져 갔다.

거친 손길로 그녀의 가슴을 더듬어가자 여문은 애써 저지시키며 애원하듯 말했다.

"왜 이러시는 거예요? 그대는 예의 바른 군자셨는데……."

곡부운은 그녀의 머리채를 낚아채며 씹어뱉듯이 말했다.

"흥, 네년이 무당산에서 그놈과 끌어안고 있는 것을 내가 못 본 줄 알았더냐?"

그 말에 여문은 얼어붙었다.

"엄연히 정혼자가 있는데도 네년은……!"

창백해져 가는 그녀의 안색을 지켜보며 곡부운은 싸늘한 미소를 띠었다.

"홍, 본래부터 이런 걸 원했던 게 아닌가?"

그리고 재차 거친 손길로 그녀의 가슴을 움켜쥐려 했다.

"그만둬요!"

여문은 금나술을 펼쳐 그의 손길을 떨쳐 낸 후 경신술을 펼쳐 미끄러지듯 뒤로 물러섰다.

곡부운은 급히 그녀를 잡으려 했지만 가슴패기 옷자락만 낚아챘을 뿐이었다.

찌이익—

가슴패기 옷자락이 찢겨져 나갔다.

여문은 황급히 두 팔로 가슴을 가린 채 방어 자세를 취했다.

곡부운은 손아귀에 쥐어져 있는 옷자락을 바닥에 집어 던지며 화가 나 소리쳤다.

"좋다. 대무당파의 제자 년답게 무공은 그럴듯하군. 그래서 제멋대로 그 따위 화냥질을 해도 괜찮다는 거군. 과연 대단하군, 대단해! 대무당파란 연놈들 하는 짓거리가 정말 상상을 불허하는군 그래!"

모든 사람이 다 들으라는 듯 주위에 대고 크게 소리쳤기에 여문은 당황해서 어쩔 줄을 몰랐다.

그동안 곡부운이 보여왔던 예의 바른 군자의 모습은 가식이었던 걸까, 아니면 자신의 잘못으로 인해 저리된 걸까.

어쨌든 어떤 경우라 할지라도 지금 곡부운의 행동은 눈살을 찌푸리게 만들 정도였다. 그리고 여문은 이런 경우 얼굴이나 붉히고 아무 말도 못하는 그런 규중처자는 아니었다. 강호의 여인이요 당당한 무당파의 제자.

자신의 잘못을 인정하는 바이나 그렇다고 모욕당하지는 않는다.

여문은 낯빛을 굳히며 품속의 소도를 꺼내 들었다.

곡부운은 코웃음을 쳤다.

"흥, 이제는 지아비와 싸워보겠단 것이냐?"

여문은 소도를 던졌다. 곡부운의 발 밑에 꽂혔다.

"무슨 의미지?"

곡부운이 눈살을 찌푸리며 물었다.

여문은 입술을 깨물었다.

"구차한 소리는 하고 싶지 않아요. 그 비수로 저를 찌르세요."

"무, 무슨……."

"이미 제 마음은 사형에게 있는 것, 두 마음을 품을 수는 없으니 그대와의 혼약은 불가(不可)합니다. 그리고 자식 된 도리로 아버님의 언약을 지킬 수 없게 되었으니 이제 저의 피로 그대와 아버님께 속죄하고자 합니다."

절대 혼약이 불가하다는 단도직입적인 여문의 말에 곡부운은 안색이 창백해지며 비틀거렸다.

여문은 냉담한 표정으로 계속 말을 이어 나갔다.

"분명 그대와의 혼약은 비록 아버님께서 언약하신 바이지만 살아 계신다면 분명 제 마음을 헤아려 주셨을 거라 생각해요. 할아버님도……."

"그만!"

곡부운의 안색은 하얗게 탈색되어 있었다. 꽉 깨문 어금니, 새파란 불꽃이 이는 듯한 눈빛으로 그녀를 바라보다 곡부운은 천천히 땅에 꽂힌 비수를 뽑아내었다.

"이걸로… 이걸로 찔러달란 말인가? 나와 혼약할 바엔 차라리 죽겠다는 건가?"

그의 씹어뱉는 듯한 중얼거림을 뒤로하고 여문은 천천히 눈을 감았다. 여문은 자신이 선택할 수 있는 길은 오직 이것뿐이라 생각했기에, 죽음까지도 각오한 마당이라 마음은 오히려 평온하였다.

하지만 그런 평온한 그녀의 표정은 곡부운에게 이루 말할 수 없는 마음의 상처를 주었다.

곡부운은 뭔가 말해야 한다고 생각했지만 입술만 달싹거릴 뿐이었다. 목에서 뭔가가 꽉 잠겨 버려 하고픈 말이 소리 되어 나오지는 못했던 것이다.

그는 햇빛에 예리함을 뽐내고 있는 비수의 끝을 쏘아보았다.

확 치밀어 오르는 살기.

하지만 다시 그녀에게로 시선을 향했을 때 표정은 처연하게 바뀌었다. 마음속에 각인되어 있는 그녀의 이목구비가, 가늘게 이어진 고운 목 선이 그의 마음을 때렸다.

그는 제발 나에게로 와달라고 무릎 꿇고 울며 애원이라도 하고 싶었지만 두 눈을 감고 죽음을 기다리는 평온한 그녀의 표정이 거대한 벽이 되어 그의 행동을 가로막았다.

그녀의 고운 얼굴을 바라보는 곡부운의 얼굴에 절망이 떠올랐다.

"당신을… 당신을 찌른다고……."

그는 발악하듯 외쳤다.

"당신을 찌른다고 나에게서 당신이 사라질 수 있을 것 같소?"

여전히 평온한 표정의 여문은 아무런 대답이 없었다.

곡부운은 원망의 눈길로 그녀를 바라보다 힘없이 고개를 떨구었다.

"정말로… 정말로 당신을 찌른다는 것은……."

돌연 비수 끝을 자신에게로 돌렸다.

"바로 이것뿐!"

곡부운은 그 말과 함께 발작적으로 비수를 자신의 심장을 향해 찔러 갔다.

심상치 않은 기미에 눈을 뜬 여문은 그 모습에 깜짝 놀라 소리쳤다.

"멈춰요!"

여문은 황급히 그에게로 달려가 지풍을 뻗어 비수의 방향을 돌렸지 만 이미 가슴의 반을 파고들어 가 있었다.

햇살을 등 뒤로 하고 물속에서 허우적거리듯 천천히 뒤로 쓰러지는 곡부운. 여문은 예기치 못한 상황에 대한 당황으로 어쩔 줄 몰라 하며 황급히 그를 부축했다.

비수가 박힌 가슴 부위로 선혈이 배어 나오고 있었다.

"왜… 왜 이런 짓을……?"

"쿨럭!"

입가로 선혈을 내뿜으며 곡부운은 의식이 사라져 가는 희미한 눈으 로 여문을 올려다보았다. 드디어 자신을 향해 감정을 드러내는 그녀의 태도에 곡부운은 만족의 미소를 띠었다.

그는 평소 그녀를 좋아한다고, 사랑한다고 항상 생각해 오면서도 결 국은 자신과 평생을 같이할 여인이라 여겼기에 함께 있는 것을 당연시 여겨왔다. 일상 중에 만나는 여느 사람과의 관계처럼 자신을 둘러싼 인간 관계의 부속물 중 하나로 생각해 왔었던 것이다.

하지만 지금 이 순간 그녀를 두 번 다시는 보지 못하게 될지 모른다 고 생각하자 견딜 수 없는 안타까움에 온몸이 떨려왔고 천 길 낭떠러 지로 추락하는 듯한 충격을 받았다.

이러한 그의 돌발적 행동은 그런 절망을 이기지 못한 몸부림이었던 것이다.

자신이 죽지 않고서야 어찌 그녀를 생각하지 않을 수 있을까.

여문은 홀연 그의 내심이 눈에 잡힐 듯 들어왔다.

"이, 이제야… 이제야……."

곡부운은 젖은 눈빛으로 자신을 바라보는 그녀의 얼굴을 향해 손을 힘겹게 내밀었다.

여문은 그의 손을 잡아 눈물이 흐르고 있는 자신의 뺨으로 가져갔다.

그제야 곡부운이 단순히 선대의 혼약을 지키기 위해서가 아니라 진심으로 자신을 가슴에 담아두고 있었다는 것을 깨달았다.

어릴 적 사해표국에 놀러 갔을 때 부끄러운 듯 자신의 시선을 피하여 도망치던 그 꼬마 아이의 모습이 이제야 떠올랐다. 얼굴을 홍시처럼 붉히면서 꽃반지 만들어 색시로 와달라던 그 꼬마 아이였다.

나이 들어 사형을 마음속에 깊이 새긴 후 항상 군자연(君子然)한 모습을 보여줬던 그는 자신을 도망치지 못하게 가두려는 울타리로밖에 보이지 않았다.

그래서 그때의 순수하게 자신을 좋아해 줬던 꼬마 아이를 잊고 있었던 것이다.

무거운 마음의 짐이 가슴을 짓눌렀다.

눈물이 흘러나왔다.

마음은 비록 오직 한 사람에게 가 있다 하나 목숨을 건 상대의 진심을 어찌 외면하랴.

곡부운은 의식이 혼미해져 가는 와중에도 여문이 자신을 위해 눈물을 흘린다고 생각하고는 희열의 미소를 띠었다.

그 모습에 여문은 더욱 안타까웠다. 지금의 눈물은 그를 위해 흘리는 눈물이 아니었으니까.

이 사람은 자신이 사형을 마음에 두고 있다는 것을 이미 알고 있었다. 그럼에도 내색 않고 오직 돌아봐 주기만을 기다려 왔다. 그동안 얼마나 깊은 회의감과 절망, 고독 속에서 떨고 있었을까.

별일만 없다면 자신의 지아비가 될지도 몰랐던 이 사람, 자신이 단호하게 마음을 밝히지 않았다면 스스로 가슴을 찔러 이 자리에 누워 있지 않아도 되었을 이 사람에 대한 연민의 정으로 가슴이 아파왔다.

그럼에도 자신이 흘리는 이 눈물은 그를 위한 것이 아니었다. 그래서 가슴이 더 더욱 아팠다.

갑작스런 소동에 사람들이 몰려오고 주위는 점점 소란스러워져 갔다.

하얀 햇살은 여전히 온누리를 밝게 비추고 있었다.

*　　　　*　　　　*

유검은 길게 한숨을 내쉬었다.

온몸을 밧줄로 묶인 채 나뭇가지에 매달린 상황에서 배에서는 천둥소리가 울려 퍼지고 아래에서 사부가 고구마 먹는 것을 군침 흘리며 바라보아야만 하는 처지라면 한숨이 나오는 것이 당연한 것이다.

"사부~!"

최대한 가련한 애원조로 다시 불러보았지만 전혀 들은 척도 않는 사부의 태도에 유검은 '역시나!' 하는 표정으로 재차 탄식했다.

현풍은 고구마를 다 먹고 난 후 만족한 트림을 하고는 수풀로 우거진 주위 광경을 돌아보았다.

뭔가 고민하는 듯 손가락으로 머리를 두들기다 다시 고구마를 구워 먹고 싶은지 모닥불을 들썩이더니 곧 깊은 명상에 빠져들었다.

유검은 재차 사부를 부르다 그 모습을 보고 그만 포기하고 말았다. 사부가 저런 모습을 보일 때면 옆에서 태산이 무너진다 한들 꼼짝 않을 것이라는 것을 알기에.

덥고 무료해서 유검은 시냇가에서 물장난하는 공상에 빠져들었다.

한참 후에 누군가 다가오는 소리에 유검은 깨어났다.

수풀을 뒤척거리며 허리가 굽은 허연 수염의 노인이 이곳을 향해 걸어오고 있었다.

그는 현풍을 발견하더니 안색이 변해 발길을 돌리려 했다.

현풍이 벌떡 일어나 반색해 외쳤다.

"역시 왔구먼!"

"케헹! 퉤!"

허연 수염의 노인은 못마땅한 표정으로 가래침을 뱉고는 일그러진 얼굴로 모닥불을 바라보았다.

"이따위 장난 짓거리에 넘어가다니, 케헹! 퉤!"

모닥불에서 피어 오르고 있던 연기는 현풍의 진기에 의해 하늘 위에서 올래(來) 자를 그리고 있었는데 허연 수염의 노인이 가래침을 내뱉자 나뭇가지들이 퉁겨져 오르며 글씨들이 뭉개져 버리고 말았다.

"무슨 일로 날 꼬신 게냐, 이 호랑말코놈아!"

우두둑 소리와 함께 꾸부정한 허리를 쭈욱 펴며 내지르는 일갈호성.

"자자, 설명해 줄 테니 이쪽으로 잠시……."

노련한 장사꾼 같은 미소를 띤 채 현풍은 노인을 어루 달래며 구석진 곳으로 데리고 갔다.

현풍은 뭔가를 귓속말하듯 속닥거렸는데 무슨 말을 꺼내었는지 짜증스런 표정으로 투털거리기만 하던 노인의 얼굴이 돌연 진지해졌다.

나뭇가지에 매달려 멍하니 아무 생각 없이 보고 있던 유검은 둘의 모습이 뭔가 이상해 보여 고개를 갸웃거렸다. 아무리 잘 봐줘도 사십대 초반의 청수한 중년인으로 보이는 사부와 허연 수염의 노인이 마치 서로 친숙한 친구인 것처럼 노닥거리는 것처럼 보였던 것이다.

'하긴 강호에선 때로 나이를 초월해서 사귈 수도 있는 법이니까…….'

유검은 일의 경과로 보아 사부가 일부러 불러낸 것으로 보이는 허연 수염을 가진 노인의 정체가 문득 궁금해졌다. 허연 수염에 백발, 백의. 일견키로 하얀색 일색의 노인에 대해 어디선가 많이 들어본 듯했지만 다시 생각해 보면 그 정도 나이에 그런 모양과 차림새가 당연하고 평범한 것이기도 하니 그의 정체가 모호하기만 했다.

'그래도 어디선가 많이 들어본 것 같은데…….'

돌연 현풍의 말을 듣고 있던 허연 수염의 노인이 경악성과 함께 벌떡 일어났다. 그리고는 믿기 힘들다는 표정으로 유검을 쏘아보았다.

눈살을 찌푸리며 소맷자락을 휘둘렀다. 한줄기 날카로운 바람이 유검을 매달고 있는 밧줄을 끊어놓았다.

유검의 몸이 땅에 떨어지기도 전에 무형의 잠력에 의해 허연 수염의 노인 앞으로 끌려갔다.

노인은 유검의 머리끝에서 발끝까지 훑으며 여전히 못 믿겠다는 표정으로 고개를 도리도리 저었다.

"내 말은 사실이네."

현풍이 옆에서 정색을 하고 한마디 했다.

유검을 관찰하는 노인의 두 눈은 투명스러우리만치 반들거렸다. 온갖 감정을 담아 표정은 자유스러웠지만 그 눈빛만큼은 아무런 오욕칠정(五慾七情)이 담겨 있지 않았다. 무심(無心)의 상태로 상대를 바라보는 것 같았다.

유검은 그런 눈빛에 섬뜩함을 느꼈다.

노인이 자신을 관찰하다가 '어? 이 녀석의 간이 어떻게 생겼는지 궁금하군' 라고 중얼거리며 칼로 자신의 배를 갈라도 전혀 이상스럽게 여겨지지 않을 듯싶었다.

유검은 불안한 눈으로 노인의 행동을 예의 주시했다.

돌연 노인은 품속에서 하나의 소도(小刀)를 꺼내 들었다. 모양은 일견 평범해 보였지만 햇살에 비치는 칼날의 날카로움이 예사롭지 않아 보였다.

유검은 과연 자신의 느낌이 착각만은 아니었던 모양이라고 스스로에게 감탄했고 비수의 끝이 자신의 심장을 향해 찔러오는 것을 보며 자신에게 무인으로서의 직감이 충분함을 재확인했다. 응당 비명 소리와 함께.

"으아아아아아악! 욱!"

현풍이 우격다짐으로 쑤셔 넣은 잘 구워진 고구마에 의해 비명 소리는 그쳤다.

'왜 아혈을 제압하지 않고?' 라는 노인의 의아스런 눈길에 현풍은 한숨을 내쉬며 답했다.

"이놈 혈도(穴道)가 제압되지 않는다네."

노인은 거칠게 되물었다.

"그렇다면 네놈의 말이 정녕 사실이라는?"

현풍은 무겁게 고개를 끄덕였다.

노인은 여전히 미심쩍은 표정이었는데 쥐고 있는 비수는 유검의 몸뚱이를 묶고 있는 밧줄 끝에 걸려 있었다.

"네놈의 말은 믿을 수 없다!"

버럭 외치며 노인은 유검을 묶고 있는 밧줄을 단숨에 잘라 버렸다. 동시에 그의 소맷자락에서 수십 개의 하얀 빛줄기가 쏟아져 나왔다. 그것은 모두 유검의 전신 삼십육 개 대혈(大穴)로 날아가 정확히 한 치 깊이로 박혔다.

거골(巨骨), 천주(天柱), 백해(百海) 등을 비롯한 마혈(麻穴)에서부터 천령(天靈), 기문(氣門), 당문(當門) 등의 사혈(死穴), 그리고 태양(太陽), 현기(玄機) 등의 훈혈(暈穴)과 아문(瘂門), 정촉(精促) 등의 아혈(啞穴)에 이르기까지 단 한 군데도 빼놓지 않은 정확히 삼십육 개 대혈이었다.

"일어나라!"

버럭 웅후한 내공을 담아 심혼(心魂)을 제압하는 사자후가 펼쳐졌다.

유검은 그렇지 않아도 갑갑했던 차라 벌떡 일어나 불만을 소리 높여 외치려 했다. 아니, 소리치려 했지만 입속에 가득한 고구마 때문에 음성을 토해내진 못했다.

찰나지간 유검은 배고픈 김에 달콤하기 이를 데 없는 이 고구마를 씹어 삼켜야 하나, 아니면 무척이나 아깝지만 내뱉고 나서 불만을 먼저 토로해야 하나 고민했다. 그사이 노인은 참으로 믿기 힘들다는 표정으로 입을 쩍 벌리고 있었고 현풍은 '이제야 믿겠나?'라는 표정으로 연신 고개를 끄덕였다.

유검은 사태의 심각성을 알아차리지 못하고 입속의 고구마를 씹어 삼키는 것을 택했다.

뱃속의 허기를 달래주기 위해 침과 잘 버무려진 고구마 덩어리가 맹렬히 목젖을 통과하는 순간 천지를 뒤흔드는 듯한 노인의 노성(怒聲)이 울려 퍼졌다.

"이 천하에 천둥벌거숭이 같은 놈! 익힐 게 없어서 그래, 저주받은 마교(魔敎)의 금서(禁書) 따위를 익혀!"

돌연 터져 나온 소리에 유검은 무슨 소리인지 몰라 어리둥절했지만 그보다 먼저 불쑥 튀어나오는 주먹에 턱을 하늘로 치켜들 수밖에 없었다.

하늘에 둥실 떠가는 구름이 참 하얗다고 느낄 때 복부에 스물두 차례의 타격을 입었고 돌연 솟구쳐 오르는 땅덩어리에 감격의 입맞춤을 하는 동안 어떤 부위인지 헤아리기 귀찮을 정도의 수많은 공격을 받았다.

한바탕 유검을 흐드러지게 두들겨 패고 나서야 노인은 '아차! 성질을 못 이겨 너무 과하게 손을 써버렸다!'라는 자책감을 느꼈다.

고래로 전해 내려오는 의가(醫家)의 안마도인술(按摩導引術)을 변형시켜 만든 자신의 성명절기 천수인(天手印)을 시전해 버리고 말았던 것이다.

상황이야 어찌 되었든 친구의 제자에게 너무한 처사다 싶어 한마디 사과를 하려다 현풍의 무표정한, 혹은 태연한 얼굴을 보고 노인은 의아함을 느꼈다. 현풍이 자신의 제자를 얼마나 아끼는지 익히 알고 있던 터였기 때문이다.

그리고 그보다 더한 의아스러움은 어물쩡 몸을 일으키고 있는 유검을 보고 나서였다.

"어떻게……?"

아무런 일도 없다는 듯이 일어날 수 있냐는 말이 생략된 물음.

먼지를 털며 몸을 일으킨 유검은 두 눈을 휘둥그레 뜬 채로 자신을 바라보는 노인을 쏘아보며 화를 내어야 할지 말아야 할지 고민했다.

분명 두들겨 맞은 것은 분명한 듯싶은데 안마를 해준 것인지 그냥 때리는 시늉만 한 것인지 별다른 통증은 없었다. 어쩌면 이와 같은 형식을 통해 자신에게 무공을 전해주려는 깊은 뜻이 있지 않았을까 하는 의문도 들었다. 성질이 괴팍한 옛 은거 고인들은 자주 이와 같이 공격하는 척하면서 가르침을 내리는 경우가 있다고 들었으니까.

유검은 다시 노인의 표정을 살폈다. 입을 딱 벌린 채로 두 눈을 크게 뜨고 있다.

'혹시 나의 고귀한 한 수를 보여주었는데 이 멍청한 놈은 감사 한마디 할 줄도 모르다니'라는 표정이 아닐까?

유검은 좀 전의 일은 역시 가르침을 내리는 쪽이었다고 판단하고는 재빨리 포권하며 감사의 뜻을 표했다.

"고인의 가르침에 감사를 드립니다. 또한 이 우둔한 제자를 염려하여 손속에 인정을 두시다니 그 온정에……."

유검의 말이 이어 나갈수록 노인의 얼굴이 점점 붉어져 갔다.

"좋다! 좋아!"

노인은 한바탕 싸늘한 코웃음을 내치며 소매를 걷어붙였다. 마치 뒷골목에서 싸우기 전에 취하는 행동처럼.

"가르침? 허어… 좋지, 좋아! 이번에도 손속에 인정을 팍팍 넣어서 먹여줄 테니 맛 좀 제대로 보거라!"

이번에는 조금 전처럼 무지막지하게 빠른 손놀림은 아니었다. 두 발은 어깨 넓이로 벌려 대지 위로 굳게 뿌리내렸고 양 손바닥은 태극의 꼭지점을 중심으로 천천히 회전하였다.

그 흐름이 점차 완만해지더니 무언가를 힘겹게 밀어내듯 쌍장을 유검에게로 향했다.

그것을 지켜보는 현풍의 눈빛이 약간 흔들렸지만 여전히 무표정한 얼굴을 유지하였다.

유검은 유심히 그 모습을 지켜보며 의아함을 감출 수 없었다.

분명 노인은 가르침을 내리기 위해 뭔가 대단한 공력을 펼치려 함을 알 수 있었다. 앞서 노인의 말이나 느껴지는 분위기부터 그러하였고 또한 주위에 일어나는 변화 역시 심상치 않았다. 노인의 뿌리 내린 다리 주위로 동심원을 그리며 휘청휘청 허리 굽히는 풀들과 나뭇잎, 조그만 나뭇가지, 흙모래 등으로 알 수 있는 자연의 순리를 거역하며 소용돌이치기 시작하는 대기의 흐름 등 정말로 심상치 않아 보였다.

그럼에도 유검은 자신의 감각으로 아무런 위협을 느낄 수 없었다. 무언가 자신을 향해 밀려오는 기운은 느껴지나 마치 산뜻한 산들바람 이상의 느낌은 없었던 것이다.

'설마 하니 나로서 느끼지 못한 새에 음한(陰寒)한 기운에 당한 것은 아닐까?'

그것을 살펴보기 위해서는 공력을 일으켜 기운을 몸속 여기저기 돌려보아야 하나 그러기 위해서는 검이 필요했다. 기이하게도 검을 쥐는 순간 무한한 공력이 저절로 생겨났으니까.

하지만 지금은 수중에 검은 없었고 있다 한들 절대 검을 쥐어서는 안 된다는 사부의 엄명이 허언 같지 않으니 함부로 손대지 못할 것이다.

유검은 슬쩍 사부의 눈치를 살폈다. 눈빛이 마주치자 현풍은 슬며시 고개를 돌려 버렸다.

유검은 문득 생각했다.

'아하! 무공을 절대 펼치지 말라는 사부의 엄명을 지키는지 어떤지 살펴보려 함이구나!'

하지만 좀 더 실제적으로 위협이 느껴지는 공세라면 몰라도 이와 같은 노인의 허장성세 같은 공격이라니, 사부의 화경(化境)에 달한 능청스러움이 이젠 한물갔다는 생각이 들었다.

노인의 얼굴은 벌겋게 달아올라 있었다. 쌍장을 부르르 떨며 유검을 노려보고 있었는데 그 눈에는 도대체 이해할 수 없다는 경악이 한껏 어려 있었다.

"이노오오오옴!"

노인은 발악하듯 소리치며 천지를 뒤엎듯 쌍장을 뒤집었다. 이에 상생(相生)의 방향으로 흐르던 기운이 돌연 상극(相剋)으로 변화하며 모여 있던 경력의 기운이 일시에 유검을 사방에서 덮쳤다.

펑!

요란한 폭음이 울려 퍼졌다.

이는 흙먼지 속에 옷이 너덜너덜해진 유검의 반응은 머리를 긁적거리는 것이었다. 도대체 어떤 식으로 장단을 맞춰줘야 할지 모르겠다는 머쓱함과 함께.

"이, 이럴 수가……!"

노인은 아무런 타격도 입지 않아 보이는 유검의 모습에 충격을 받은 듯 휘청거렸다. 도대체 어찌 된 것이냐는 듯 현풍에게로 고개를 돌렸다. 현풍 역시 이해할 수 없기는 마찬가지인 듯 두 눈을 동그랗게 뜨고 있었다. 그리고 그것은 곧 곤혹스러움으로 바뀌었다.

노인의 두 눈이 실처럼 가늘어졌다.

'이 망할 놈의 사제 놈들 같으니라구! 아예 작정하고 날 놀리려 한 게로군!'

분명 현풍은 자신의 제자가 금강불괴류의 무공을 대성한 것을 자랑하고 싶어 저런다 싶었다.

노인은 자존심이 상했다.

노인은 본디 몇 세대 이전에 노달(老達)이라는 이상한 이름으로 세상을 공포에 떨게 만들었던 대마두였다. 당시 그를 처단하러 찾아다녔던 현풍과는 숫하게 싸움을 벌였고 그러다 우정을 느끼게 되어 마음속의 한을 버리고 개과천선(改過遷善)하였다.

그후 강호에서 물러나 오히려 의(醫)에 뜻을 두어 중생 구제에 힘 쓰다 은거하였는데 참으로 오랜만에 모닥불의 연기로 만들어진 지인(知人)의 표식을 보고 괜히 속아 넘어가는 척 반가이 찾아왔더니 이런 꼴을 당할 줄이야!

이를 갈며 다시 주위를 돌아보니 곤혹스러운 척하는 현풍과 능글스럽게 뭐가 뭔지 모르겠다는 듯 시치미를 떼고 있는 유검의 태도가 눈에 밟혔다.

노년에 이르러 비록 중생 구제에 뜻을 두었다 하나 왕년의 성질이 어디 가랴, 왕년의 대마두 노달은 몇십 년 만에 처음으로 뚜껑이 열렸다.

용봉(龍鳳)이 춤추고 천지(天地)를 뒤흔드는……

허연 수염을 휘날리며 부지런히 손발을 놀리며 유검을 두들겨 패고 있는 노달은 분명 그리 생각했음이 틀림없었다. 무척이나 진지한 표정이었으니까. 하지만 두들겨 맞고 있는 유검이나 한숨 쉬며 그것을 지켜보는 현풍의 표정은 제각기 달랐다.

둥, 둥, 두두둥!

노달의 신형은 허공에 뜬 채로 눈 한 번 깜빡일 사이 양 발로 수십 차례 유검의 가슴을 두들겼다. 북 두들기는 소리와 함께 유검의 몸은 주르륵 십여 장 뒤로 미끌어져 갔다. 커다란 노목(老木)이 유검의 등을 가로막았다.

노달은 눈빛을 빛내며 입술을 질끈 깨물었다. 용틀임을 하듯 허공에서 신형을 돌리며 필생의 공력이 담긴 쌍장을 뻗었다. 쌍각(雙脚) 연타후 쌍장(雙掌)의 조화. 왕년 잘 나가던 시절 무적의 한 수로 불리우던 살인마벽(殺人魔壁)이었다.

쿠웅!

둔중한 경력이 주위의 공기를 뒤흔들며 굉음을 내었다.

잠시간의 정적 후 누군가 입을 열기 전에 유검의 등 뒤에 있던 노목이 뿌지직 소리를 내며 뒤로 쓰러져 버렸다. 장정 셋은 달라붙어야 겨우 허리를 아우를 것 같은 거대한 노목이었다.

유검은 그것을 멀뚱거리며 지켜보다 '꽤 밑둥까지 썩어 있었던 모양이군'라고 생각했다. 세월의 무상함이란 누구도 어쩔 수 없는 법이지라고 중얼거리기도 했다.

'세월의 무상함이라……'

노달은 허탈한 눈으로 전혀 타격을 받지 않아 보이는 유검을 지켜보다 내심 자신도 모르게 그 말을 따라 중얼거리고 말았다.

노달의 표정이 너무 안돼 보여 유검은 혀를 찼다.

'쯔쯧, 꽤 불쌍해 보이는구나. 무슨 사연이 있나 보다.'

자신도 모르게 힘을 내라는 듯 노달의 등을 두들겨 주었다.

노달은 멍하니 유검을 돌아보다 갑자기 자신이 한심한 생각이 들어 털썩 자리에 주저앉았다. 그의 입에서는 신세 한탄이 쏟아져 나오기 시작했고 유검은 건성으로 맞장구치며 그를 위로하느라 바빴다.

"휴우……."

현풍은 땅이 꺼져라 긴 장탄식을 토해내었다.

의식도 못하고 저지른 짓이라고는 하나, 그래서 못 본 척 넘어가면 그뿐이라는 생각까지 아니한 것은 아니었지만…….

현풍은 푸른 하늘을 올려다보며 눈물을 글썽거렸다.

그래도 역시 낙양을 두 조각 내어버린 유검을 더 이상 무당의 문하로 계속 둘 수는 없는 것이다. 다시 말해 목숨을 거두지는 않는다 하더라도 최소한 사제의 연을 끊고 파문(破門)할 수밖에 없는 것.

하지만 무엇을 근거로 파문할 것인가?

설령 세인들에게 기타부타 상세한 내역 따위야 문파 사정으로 알릴 수 없다 하면 그뿐이지만 자신을 큰어른으로 모시고 있는 꼬맹이 장로들에게는 무어라 말해 줄 것인가?

두 눈을 초롱초롱 뜨고서 허연 수염을 쓰다듬으며 귀 기울이는 그들에게.

'듣거라. 나의 제자 놈이 불측하게도 낙양에 커다란 재앙을 내리고 말았다. 비록 의식이 없는 상황 하에서 벌인 짓이라고는 하나 그 죄 막중하여 그냥 내버려 둘 수 없으니 이에 모든 무공을 폐하고 파문하노라.'

라고 말할 것인가?

'유검이 낙양에 무슨 커다란 재앙을 내렸습니까?

라고 물으면.

'반고의 기지개라고 들어보았겠지? 그건 대지진 같은 천재(天災)가 아니라 사실 이 녀석이 일으킨 거야.'

라고 말하면 오히려 자신이 노망 들지 않았나 의심받을 것이다.

어쨌거나 이번 낙양 사태는 누구한테도 말할 수 없는, 그래서 한평생 가슴속에 품고 있어야 할 비밀임에는 틀림이 없다.

그렇다고 사제지간의 정에 이끌려 유검에게 아무런 벌도 내리지 않고 그냥 넘어갈 수는 없다. 그러면서도 유검의 무공에 대한 재질이 아깝기 그지없어 절대 포기할 수 없었다.

이런 복잡한 심경…….

에라, 모르겠다는 어거지 심정 속에서 문득 옛 지인 노달이 생각나 부른 것이다.

그리고 될 대로 되라는 심정으로 유검이 금단의 마공을 익혔노라 누명을 씌우고는 분명히 '자신이 해야 할 일, 즉 유검을 벌하는 것'을 노달에게 미뤄 버린 것이다.

노달의 노망난 짓거리를 지켜보면서 유검이 거의 금강불괴에 이르렀구나 하는 것을 알게 되었지만 별반 놀랍지도 않았다. 그놈이 당장 용으로 변해 하늘로 날아오른다 하더라도 그냥 고개가 끄덕여질 정도니까.

단지 막연히 슬프고 아쉬울 뿐이었다.

처벌은 어거지로 노달에게 맡겼다고 하지만 어쨌든 자신의 할 일은 남아 있었다.

사랑스런 제자에게 파문을 선고해야만 하는 것이다.

"휘유……."

현풍은 모닥불로 다가가 쪼그리고 앉았다. 재를 뒤척여 남아 있는 고구마를 집어 들어 후후 검댕이를 벗겨내며 맛있게 먹었다. 세상의 모든 고민을 다 짊어지고 있을 때라도 뭔가 맛있는 것을 먹을 때면 잊어버릴 수 있는 법이다.

*   *   *

낙양의 반쪽은 갈라진 지반, 무너진 집채 등으로 인해 정상적으로 이름 붙일 수 있는 '길'은 사라져 있었다. 당연히 탈것인 마차 따위는 통행 불가였다.

그래서 여문이 선택한 것은 곡부운을 업고 최대한 경공술을 펼쳐 최단시간 내에 신농산장에 도착하는 것이었다. 누군가 목숨이 위태로울 때 어디로 가야 되느냐고 묻는다면 낙양 사람들 열에 아홉은 신농산장이라고 대답할 것이니까.

무림인의 존재를 막연한 전설 속의 이야기쯤으로 생각하고 있던 많은 사람들이 거친 폐허 위를 홀쩍홀쩍 날아다니는 그녀를 보고 놀라겠지만 여문은 지금 남의 이목을 신경 쓸 겨를이 없었다.

사람들의 놀란 경악성이 울려 퍼지는 가운데 여문은 어제까지만 하더라도 화려한 삼층 누각의 간판이었음이 분명한 현판 조각을 박차며 날으는 제비보다 잽싸게 신형을 날리고 있었다.

민심을 안정시키기 위해 순찰을 돌던 병사들이 마침 그 모습을 보고 수상쩍어 멈추라고 소리쳤다. 하지만 그들 역시 이런 상승의 경공술은 처음 보는 것이라 놀란 가운데 소리쳤을 뿐 감히 뒤쫓을 엄두도 내지 못했다.

여문은 입술을 잘근잘근 씹었다.

달리면서 연신 속으로 되뇌였다.

'이 사람을 반드시 살려야 해!'

자신의 심장에 비수를 꽂고 의식을 잃어가던 곡부운의 모습이 자꾸만 눈앞에 아른거렸다. 핏기 하나 없이 창백한 얼굴.

갑작스런 소동에 주위 사람들은 사람이 죽었다고 난리를 피웠고 객잔의 주인은 관아에서 알면 큰일이라며 호들갑을 떨었다. 그런 소란이 남의 일처럼 멀게 느껴지는 가운데 침착하게 손목의 맥문(脈門)을 짚어 심맥(心脈)을 살펴보았다. 다행히 맥이 미약하게나마 뛰고 있었다. 살아 있는 것이다.

지금은?

등에 업고 있으니 살아 있는지 벌써 죽어버렸는지 알 수가 없다. 그 때는 오히려 냉정했으나 시간이 지날수록 초조한 마음이 더해갔다.

일단 상세의 악화를 막기 위해 비수는 그대로 둔 채 심장 부위 요혈(要穴)을 점하고 무당파 비전의 내상 치료제인 영란구혼단(迎鑾求魂丹)을 먹여놓았으니 자신으로서 할 바는 다 하였지만 혹시나 실수한 것은 없는지 불안할 따름이었다.

'사형!'

불현듯 유검이 보고 싶었다.

도와주지 않아도 좋다. 단지 그의 얼굴을 볼 수만 있다면 얼마나 좋을까. 이상하게도 안타까운 감정이 일어 알 수 없는 눈물만 흘러내렸다.

투명한 이슬방울이 바람에 떨귀지고 채 땅에 떨어지기도 전에 귀청을 찢는 일갈성이 있었다.

"멈춰라!"

단순히 병사들이 겁에 질려 본능적으로 내뱉던 말과는 전혀 달랐다. 걸걸한 음성에 웅후한 내공이 담겨 있어 귀청이 멍해질 정도였다.

여문은 재빨리 걸음을 멈추고 경각심을 일깨워 소리친 상대를 살폈다.

한 사내의 모습이 한눈에 빨려 들어왔다.

텁석부리거한(巨漢)이었다. 나이는 대략 사십 대 초반으로 보였는데 심후한 내공을 그대로 드러내는 듯 형형한 눈빛을 발하고 있었고 산적 두목 같은 얼굴과 어울리지 않게도 상인들이나 입는 화려한 금의(錦衣)를 입고 있었다.

그리고 등 뒤로는 보통 사람 키 정도 되어 보이는 거대한 도끼를 둘러메고 있었는데 금방이라도 뽑아낼 듯 양손을 치켜들어 물소 가죽으로 둘러맨 손잡이를 꽉 쥐고 있었다.

그 모습을 발견한 순간 여문은 가슴이 철렁하여 자신도 모르게 주춤 한 걸음 뒤로 물러섰다.

거한의 모습은 위압감이 흘러넘쳤으나 물러선 까닭은 그 때문이 아니었다.

낯익은 얼굴.

거한은 곡부운의 부친인 사해표국 국주 곡철무의 의형제 중 막내인 철탑거한(鐵塔巨漢) 황보석(皇甫石)이었다. 근래 만나보진 못했지만 여문이 어릴 적 사해표국으로 놀러 갈 때면 자주 보곤 하던 그 얼굴 그대로였던 것이다.

부리부리한 두 눈이 자신의 죄를 추궁하듯 쏘아보고 있었다. 조금 전의 호통도 분명 그의 입에서 흘러나왔으리라.

"아……."

여문은 뭔가 사정을 이야기해야겠다는 압박감에 입을 열었으나 얼어붙은 듯 막상 의미가 되어 나오지는 못했다.

여문은 입술을 꼭 깨물었다. 여타의 사정을 설명하기에는 시간이 없었다. 곡부운의 상세는 시간을 다투고 있었으니까. 만약 따지고 든다면 일단 돌파하리라 결심했다.

거한 황보석은 빠드득 이를 갈며 재차 소리쳤다.

"만약 네놈이 한 발자국만 더 들어온다면 반드시 일곱 조각내어 버리고 말 테다!"

무슨 오해를 하고 있는 걸까?

상관없다. 일단 자신이 해야만 할 일은 의식을 잃고 있는 곡부운을 신농산장으로 데려가는 것뿐이니까. 어떤 오해를 받더라도.

재차 결심하며 경신술을 펼치려는 순간 황보석의 시선이 자신이 아닌 다른 이를 향해 있다는 것을 발견했다.

'어째서 내 눈에 들어오지 않았던 걸까?'

여문과 황보석 사이에는 두 명의 사람이 있었다. 정확히 자신보다 일 장 반 정도 앞 황보석과 마주하고 일 장 정도 떨어져 있는 거리에.

그렇게 황보석이 철천지원수 보듯 쏘아본 이는 자신 아닌 그들이었던 것이다.

여문은 그들을 본 순간 뭔가에 홀린 듯 그들을 지켜보았다.

그녀의 눈길에 들어온 이는 꾀죄죄해 보이는 한 오십 대 중반의 중년인. 유검을 유혹한 바 있던 일월표국의 국주였다. 그의 머리는 봉두난발이 되어 있었고 웃통은 벗어 던진 상태였는데 상체는 온통 땀투성이라 여기저기서 묻은 흙먼지가 흘러내리고 있었다.

"이거 참……."

길은 무너진 건물과 담장 등으로 폐허가 되어 있었다.

바닥은 어디가 어딘지 구분하기 어려운데 그 위로 석회 가루를 길게 뿌려 만든 하얀 선이 있었다. 중년인은 바로 이 선을 넘으려 하다 멈춘 듯 한 발을 들고 있는 엉거주춤한 자세였다. 그런 상태에서 '곤란하군!' 이런 표정으로 머리를 긁적거리며 슬며시 철탑거한 황보석의 눈치를 살피며 투덜대고 있었다.

바늘 곁의 실처럼 국주 곁을 따라다니는 뚱보총관이 이마 위의 땀을 닦으며 조심스레 입을 열었다.

"말씀드린 바대로… 우리는 수상한 사람이 아니라 일월표국의……."

"시끄럽다!"

황보석은 노기가 충천한 듯 얼굴을 붉게 물들였다. 그는 손가락으로 바닥에 석회 가루를 뿌려 만든 하얀 선을 가리키며 고래고래 소리 질렀다.

"어쨌거나 그 선 안은 우리 사해표국 낙양 지국의 영역! 일월표국 놈들이 감히 어찌 우리의 영역 안으로 들어온단 말인가!"

표국 내 남은 몇몇 사람들은 이런 상황은 아랑곳 않고 부지런히 표물이나 귀중품 등을 챙겨 다른 곳으로 피신하고 있었다. 표국의 생명은 표물, 이런저런 시비에 우선하는 것이 당연하니까.

국주는 입맛을 다시며 차분히 설명했다.

"우리는 귀하의 영토를 침입할 생각은 없으며 저기 저 망치만 찾으면……."

그가 손가락으로 가리킨 곳에는 개 집을 만들다 유검의 머리를 일차 강타한 적이 있던 허름한 망치가 폐허 속의 나무판자들 사이에 놓여져 있었다.

그 행태에 황보석은 도저히 참을 수 없는 모욕을 간신히 참고 있다는 것을 전신으로 표현하였다. 강에 빠진 강아지 물기 털듯 그렇게 전신을 떨었던 것이다.

냄새없는 방구처럼 소리 소문도 없이! 심지어 같은 계통에 있는 자기네들조차 조금도 눈치 채지 못하게, 그렇게 어느 날 갑자기 떡하니 일월표국이란 것을 열었다. 그러고서도 같은 업종끼리 잘해보자는 등 인사치레 한번 없었다.

뭐 그 정도까지는 최대한 양보해서, 염치없는 작자들! 세상 살아가면서 그런 식으로 행동해서 얼마나 잘되나 보자라는 정도로 넘어갈 수가 있다.

하지만 지금의 이와 같은 행태는 무엇인가?

안 그래도 지난밤 있었던 대지진으로 인해 정황없이 어지러운 이때 국주라는 작자가 한심한 몰골로 찾아와 한다는 소리가 저 허름한 망치를 찾기 위해 자신의 영역을 거리낌없이 들어오겠다며 뻔뻔스럽게 말하는 것이라니?! 아직 표물들조차 제대로 정리되지 않은 이때.

생각할수록 분통이 터지는 일이 아닐 수 없었다. 도대체 얼마나 자기를 무시하고 있다는 말인가?

"바드득!"

생각할수록 황보석은 이가 갈렸다. 분노의 수치가 머리꼭대기를 지나 이미 넘쳐흐르고 있었다.

하지만 이런 일촉즉발의 상황은 오직 황보석 하나뿐이었다.

일월표국의 국주는 쪼잔하게 망치 하나에 뭐 저러나 하는 심드렁한 표정이었고, 총관은 어찌 되었던 사람들의 이목을 끄는 짓은 안 했으면 하는 간절한 염원이 어린 시선을 국주에게로 던지고 있을 뿐이었으니 까.

여문은 그제야 다시 자신의 현 상황을 깨달았다. 국주의 모습에 유검이 떠올라 홀린 듯 바라보고 있었던 것이다.

어쨌든 눈앞의 상황이 자신과는 일단 상관없는 일, 재차 경신술을 펼치려 했다. 무림인들이 사소한 것에 목숨 거는 짓이야 이미 예전부터 있어왔던 것이고 군이 끼어들 바가 못 됨은 사부에게 누누이 들어 알고 있던 바였으니까.

그때였다.

신형을 한 걸음 날린 후에야 시야에 보이는 상황이 뭔가 이상하다는 것을 깨달았다.

황보석은 자신의 분노를 직접 행동으로 표현하고 싶었는지 나뭇등걸같이 두툼한 자신의 두 팔로 등 뒤의 거대한 도끼를 잡고 태산압정(泰山壓頂)의 초식으로 두들겨 패려는 자세를 하고 있었다.

분명 그렇게 보였던 것 같은데…….

한 걸음 채 내딛기도 전에 황보석의 모습은 변화되어 있었다. 무릎을 꿇고 마치 벌을 서듯 두 팔을 번쩍 들고 어리둥절한 표정을 짓고 있는 모습으로 바뀌어 있었던 것이다. 그리고 눈 뜬 채로 천천히 뒤로 쓰러져 갔다.

그리고 언제 주웠는지 허름한 망치를 손에 들고 만족한 미소를 짓고 있는 일월표국 국주가 있었고 총관이 난처한 얼굴로 뭐라 그에게 잔소리하는 모습도 함께였다.

그 총관과 시선이 마주친 것도 그때였으리라.

총관은 자신을 보고 고개를 갸웃거렸다.

여문은 일단 뭔가 이상하다고 느꼈지만 등 뒤의 곡부운을 신농산장으로 데리고 가는 일이 급했기에 생각을 떨쳐 버렸다.

"엇!"

뒤에서 총관의 경악성이 들려왔다.

경신술을 펼치는 와중에서 어쩔 수 없는 호기심에 살짝 고개 돌려보니 총관이 자신을 향해 손가락으로 가리키며 뭐라 국주에게 설명하는 모습이 보였다.

'날 아는 사람이었나?'

라는 속의 말이 끝나기 전 저 멀리 있던 국주의 얼굴이 돌연 눈앞에 나타나 있었다.

여문은 얼마나 놀랐는지 가슴조차 두근거리지 못했다.

"그, 그대는……."

한마디 꺼내기도 전에 사물이 흐려져 갔다. 의식을 잃고 만 것이다.

하지만 여문의 몸은 쓰러지지 않고 마치 누군가 안고 있는 것처럼 허공 중에 떠 있었다. 곡부운은 아무도 받쳐 주는 이 없어 그냥 땅으로 굴러 떨어졌다.

"국주님, 지켜보는 사람들의 눈이 있는데 무공을 펼치시다니 도대체……."

황급히 뒤따라온 총관의 귀 따가운 잔소리에 아랑곳 않고 국주는 두 눈을 크게 뜨고 여문을 살피며 물었다.

"이 처자가 정말로……."

국주의 물음에 총관은 못마땅한 듯 얼굴을 찌푸렸지만 공손히 대답했다.

"예, 예! 분명 이 처자가 틀림없습니다. 본 교의 정보망에 구멍이 뚫리거나 혹은 이 책자의 초상화를 그린 놈의 실력이 무지 형편없을 경우만 제외하고는요."

수다스런 총관의 손에는 어느새 품속에서 꺼내 든 책자가 펼쳐져 있었다.

국주는 머리를 긁적거리며 물었다.

"이놈은 뭐지?"

턱 끝으로 쓰러져 있는 곡부운을 가리키며 재차 물었다.

"누구기에 감히 내 며느리 등에 업혀 있는 거지? 참으로 간도 커군."

"에… 그러니까……."

총관은 부지런히 책자를 넘겨 해답을 찾아내었다.

"아! 약혼자군요."

"음?"

"에, 그러니까… 이 처자의 약혼자… 군요."

국주와 총관은 잠시 서로 마주 보며 아무 말 없이 있었다. 말을 하는 이도, 듣는 이도 전혀 이해가 되지 않는 이야기였기 때문이다.

국주는 머리를 긁적거리다 싱긋 웃었다.

"뭐 상관없지? 간단하게 만들면 되니까."

말과 함께 슬그머니 치켜든 오른손.

총관은 화들짝 놀라 소리쳤다.

"자, 잠깐만! 조금만 더 생각을!"

"무슨 생각?"

"이 처자가 이놈을 업고 왔다는 것에는 반드시 곡절이 있을 것입니다. 저희들이 이놈을 가루로 만들어서 없애 버릴 경우 어쩌면… 어쩌면……."

"어쩌면?"

"에… 그러니까……."

총관은 열심히 머리를 굴렸다.

'도대체 본 교의 행색을 드러내서는 안 된다고 누누이 엄명 내린 사람이 누군데 겨우 이깟놈 하나 죽이자고 무공을 드러내실 참이란 말인가! 그랬다간 몰려드는 정파의 강아지들 때문에 얼마나 귀찮아질지 모르신단 말인가!'

하지만 사실대로 말할 수는 없었다. 원칙대로 말해 봤자 귀찮아라는 단 한 마디로 무시해 버리고는 손을 써버릴 것이 분명하니까.

총관은 침을 꿀꺽 삼키고 나서 입술에 기름을 칠한 듯 유창한 목소리로 말했다.

"그러니까 말입죠. 유검! 유검 공자님에게도 피해가 갈 수도 있을지 모른다는 것입니다. 에, 예! 바로 그렇습죠. 바로 그겁니다. 그것 때문에 절대로 당장 손을 써서는 안 되는 것입지요."

총관은 잔뜩 긴장하여 국주의 태도 여하를 살펴보았다. 다행히도 유검이라는 말이 나오자 국주의 태도는 신중해졌다.

국주는 손에 든 망치를 손바닥에 툭툭 두들기며 생각에 잠기다 곧 고개를 끄덕였다.

"좋네. 난 하던 일을 마저 하러 갈 테니 자네가 알아서 처리하게나."

총관은 허리를 굽실거리며 내심 안도의 한숨을 쉬었다.

'역시 교주님은 개 집이나 만들고 계시는 편이 본 교의 무궁한 영광

을 위해서는 반드시 필요하다. 앞으로 절대 부러지지 않는 망치의 연구 개발도 시급하군. 그리고…….'

그렇게 해서 따가운 햇살이 내리쬐는, 지금은 폐허로 변해 버린 사해표국 낙양 지국의 한구석에서 여문과 곡부운은 의문의 두 인물에 의해 감쪽같이 납치되고 말았다.

第六章

어쩔 수 없는 파문(破門)

어쩔 수 없는 파문(破門)

사람들은 항시 일이 끝난 후 생각한다.

내가 왜 그랬을까?

아주 잘되었을 때는 물론 흐뭇한 미소와 함께겠지만 아주 일이 꼬였을 경우엔 땅이 꺼져라 탄식을 쏟아내며 반드시 그런 생각을 하게 되는 것이다.

유검도 예외는 아니어서 무거운 한숨을 연신 내뱉었다. 아무리 난데없는 파문령(破門令)을 받아 화가 났다 한들 사부에게 그렇게 따지고 드는 법은 아니었는데…….

등을 돌리고 훌쩍이고 있는 사부를 보니 무한한 죄책감이 몰려왔다.

"사부……."

유검이 조심스레 입을 열었으나 현풍은 들은 척도 하지 않았다.

'쩝, 또 무슨 일로 삐쳤길래 저러시나?'

유검은 사부를 어떻게 달래나 잠시 고민하다 살그머니 현풍의 등 뒤로 다가섰다. 어릴 적 장삼풍 조사의 초상화에 낙서를 했다든가 하는 큰 실수를 저질렀을 때 한바탕 혼을 내는 것만으로는 좀체로 사부의 진노가 가라앉지 않았다. 그럴 때면 유검은 슬며시 뒷짐 지고 있던 사부의 등 뒤로 다가가 겨드랑이를 간지르곤 했었다. 사부는 무슨 짓이냐며 버럭 화를 내었지만 웃으면서 호통을 치려니 이상하기도 해서 종내 껄껄 웃곤 했다.

"사아~ 부우~!"

고양이 걸음으로 다가가 겨드랑이를 간지르며 낯간지러울 정도로 애교 어린 목소리로 사부를 불렀다.

하지만 유검의 시도는 성공하지 못했다.

손가락이 겨드랑이에 닿는 순간 돌연 사부가 몸을 돌린 것이다. 찬바람이 일 정도였다.

현풍은 얼굴에 가면을 쓰고 있었다. 죽은 이의 영혼을 다스리고 생전의 행동을 심판하여 상벌을 주는 지옥의 왕 염라대왕의 얼굴이었다. 얼마나 정교하고 생생하게 만들어졌는지 유검은 두 눈을 동그랗게 뜬 채 한 걸음 뒤로 물러설 정도였다.

"듣거라!"

가느다랗고 째지는 고음의 목소리가 귀를 찢을 듯 울려 퍼졌다.

"이 생에서 너와의 연은 다했노라! 이 순간 이후로 너는 무당파의 제자도, 나의 제자도 아님을 천지간(天地間)의 신명(神明)에게 고하노라! 옥청원시천존(玉淸元始天尊), 상청영보천존(上淸靈寶天尊), 태청도덕천존(太淸道德天尊), 태상노군(太上老君) 장삼봉(張三峰) 태시조(太始祖)를 비롯한 선대의 조사님들께 고하노니……."

말을 잇다 말고 현풍은 버럭 소리를 질렀다.

"조는 척하지 마!"

유검은 머리를 긁적거렸다.

"아, 죄송해요. 말이 길어지면 습관적으로 졸음이 와서라……."

유검은 엉덩이를 털고 일어나 꾸벅 인사했다.

"그럼 안녕히 계십시오. 그간 신세 많이 졌습니다."

능글맞은 유검의 태도에 현풍은 와락 핏대를 올렸다.

"아직 다 끝나지 않았다!"

유검은 심드렁하게 대꾸했다.

"뒷말이야 뻔한 거 아닙니까? 파문이라매요? 그럼 무당에서 무공을 배우고 익혔으니 두 번 다시 써서는 안 된다, 그거 아닙니까? 또 다른 거 있어요?"

"아, 아니… 그건 아니지만……."

"하긴 뭐 내가 무공을 펼치는지 어떤지 믿기 힘들겠지요. 좋아요, 정 믿기 힘드시면 손발을 잘라가세요. 아, 머리 속에 든 것을 끄집어낼 수는 없으니 아예 제 목을 자르는 건 어떻습니까?"

"누, 누가 그 딴 짓을 하겠다고 했느냐?"

"그럼 어떡하실 겁니까?"

"어떡하다니? 그, 그냥……."

"쳇, 마음이 여린 건 여전하시군요. 그래서야 이 험한 세상 어떻게 살아가실려구……."

"…도사는 본시 속세의 일에 관여 않는 법이다. 그건 네가 걱정 안 해도 된다."

"쳇, 외상 술값이나 잘 갚고 다녀요."

"······."

현풍은 먼 하늘로 시선을 돌렸다. 무언가 목구멍으로 복받쳐 올라 한참 동안 말을 꺼내지 못했다. 따가운 햇살, 눈이 시린지 찔끔 눈물이 나왔다.

한줄기 바람이 불어와 끈적한 땀을 씻어주었다.

그제야 현풍은 다시 말을 꺼낼 수 있었다.

"묻지 않느냐?"

"말해 주실 겁니까?"

"···아니."

"묻지 않겠습니다. 연유가 있겠지요."

현풍은 짧게 한숨을 내쉬었다.

"세상의 무공이 무당 하나뿐이겠느냐? 헤아릴 수 없이 많은 무공들이 있고, 너라면 이제 스스로 만들어 쓸 수 있는 경지, 굳이 구애될 것은 없다."

"하지만 만류귀종(萬流歸宗), 어떤 무공을 익혀 쓴다 한들 무당의 것이기도 하겠지요."

"청출어람(靑出於藍)을 굳이 같다 구분하진 않느니라."

한참 동안 침묵이 이루어졌다.

새들의 지저귐이 있음에도 불구하고 세상은 오직 적막으로 이루어진 듯 귀가 멍할 뿐이었다.

현풍이 탄식하며 입을 열었다.

"이건··· 부탁이다."

유검은 천천히 자세를 바로했다.

"검을 들고 싶을 때에는······."

현풍은 허탈한 목소리로 말을 이었다.

"반드시… 반드시 반경 백여 리 내 사람이 없는 곳에서만……. 들어 주겠느냐?"

연유는 알 수 없었지만 사부의 목소리가 워낙 간절하여 심금이 울려 왔다. 반드시 지키리라 맹세했다.

유검은 머리를 조아려 답했다.

"명심하겠습니다."

현풍은 쓸쓸히 말을 이었다.

"훗날 네가 깨닫게 되거든 그때는 이 못난 사부를 얼마든지 욕해도 좋다. 그때까지는……."

유검은 사부의 시선을 쫓아 먼 하늘을 한참 동안 바라보다 천천히 자세를 바로하고 무릎을 꿇었다.

현풍은 아무 말 없이 품속에서 세 개의 향을 꺼내었다. 끝에 대고 손을 비비니 순식간에 불이 붙어 연기가 피어 오르기 시작했다.

부르르!

한바탕 몸을 떨더니 들고 있던 향을 붓 삼아 한바탕 허공을 휘저었다. 허공에 푸른 연기로 만들어진 초서체의 글씨가 그려졌다.

파문(破門)!

한바탕 쩌렁쩌렁한 기합 소리와 함께 쌍장을 밀치니 파문이라는 두 글자는 그대로 유검의 옷자락을 뚫고 가슴패기를 파고들었다.

"이것으로 장문 영부를 대신하겠다."

가슴패기를 멍하니 바라보던 유검은 천천히 몸을 일으켰다.

일배(一拜)…….

머리를 조아려 콩콩 세 번씩 땅을 찧었다.

이배(二拜)…….

다시 일어나 절하고… 그렇게 아홉 번을 반복하였다.

사부에 대한 마지막 구배지례(九拜之禮)였다.

현풍은 절을 올리는 유검의 모습을 끝까지 지켜보았다.

"명심하거라!"

심중의 격동을 감추기 힘든 듯 현풍의 목소리는 떨리고 있었다.

"너는 이제부터 무당파의 제자가 아니다. 당연히 앞으로는 절대 무당파의 무공을 써서는 아니 된다. 알겠느냐!"

본시 파문할 때는 검을 익힌 오른손을 거두는 것이 법도였으나 현풍은 천금보다 더 무거운 언약으로 대신하였다.

유검은 이유도 알지 못한 채 억울한 파문을 당하는 입장이었지만 자신을 생각하는 사부의 마음 씀씀이에는 감격하지 않을 수 없었다.

그럴진대 어찌 그 명을 어길손가?

"예, 명심하겠습니다."

현풍은 하늘을 향해 처량하기 이를 데 없는 휘파람 소리를 뿜어내었다.

유검이 고개를 들었을 때 현풍의 신형은 하늘 높이 올라가 있었다. 햇살에 눈이 부셔 더 이상 올려다보기 힘든 곳까지.

뚝!

뺨에 뭔가 차가운 것이 부딪쳤다. 유검이 손가락으로 찍어보니 맑은 액체였다. 비가 오나 싶어 하늘을 올려다보니 떠가는 흰 구름뿐.

현풍의 신형이 저 멀리 사라져 그 모습이 보이지 않을 때에야 유검은 툴툴 엉덩이를 털고 일어났다.

주위를 둘러보니 한순간 모든 사물들이 한없이 멀어져 있었다. 디디고 선 땅도 저 머나먼 낯선 곳의 대지처럼 느껴졌고 어디선가 지저귀고 있는 새 울음소리도 머나먼 세상의 끝에서 울고 있는 것 같았다.

유검은 머리를 긁적거리다 천천히 걷기 시작했다.

어디를 향해서라는 목적지는 없었다. 다만 가만히 서 있는 것보다는 걷는 게 나아 보여서였다.

터벅터벅 걷다 돌부리에 걸려 몸의 중심이 흐트러졌다. 몸의 중심을 바로 세우려다 무당파 경신공부의 요결을 쓰는 게 아닐까 하는 생각이 들었다. 잠시 고민하는 사이 유검의 몸은 땅바닥에 쓰러졌다.

귀찮게 고민할 거리가 없어져 편했다. 뒤돌아 누우니 낮은 하늘이 이불처럼 온몸을 감싸준다.

유검은 몸을 일으키려다 흠칫했다.

자연스레 몸을 퉁기듯 일어서려 할 때 그 힘의 배분 등이 이어번신(鯉魚鱗身)의 신법(身法) 요결에 해당됨을 깨달은 것이다. 이어번신이 비록 무당파의 무공은 아니지만 틀림없이 무당산에서 사부에게 배운 것, 어찌 함부로 쓸 수가 있을까.

'귀찮군.'

낙담되기도 하고 더 이상 생각하기도 싫어 그냥 그대로 누워 있었다. 그 상태가 제법 편하다는 것을 깨달았다.

몇 가지 생각들이 떠올랐다가 사라졌다.

하산 이후 며칠 사이 얼마나 많은 일들이 벌어졌던가.

그중에서 난생처음 듣게 된 부모님에 대한 소식은 충격이었고 여문에 대한 일은 결심하고 또 결심해도 번뇌는 여전했다.

그리고 자신이 깨달았다는 검의 경지는 뭐가 뭔지 하나도 알 수가 없는데 깊은 가르침을 받아야 할 사부로부터 난데없이 파문을 당하다니…….

'내가 뭘 잘못했을까.'

하산 이후 자신의 행동을 곰곰이 돌이켜 봐도 딱히 짚이는 것은 없었다. 자신이 잠결에 낙양을 두 조각 내고 말았다는 것을 어찌 알겠는가.

멍하니 푸른 하늘 위로 떠가는 흰 구름만 바라보았다. 하늘 위로 황금빛 노을이 빛살처럼 펼쳐질 때쯤에야 유검은 배가 무지 고프다는 것을 깨달았다. 어제저녁 무렵부터 지금껏 아무것도 뱃속에 넣은 것이 없다는 사실도 떠올랐다.

'누가 뭐래도 먹고는 살아야지.'

유검은 무공이 발휘되지 않도록 조심하며 천천히 몸을 일으켰다.

저녁 하늘 위로 펼쳐진 고운 노을을 바라보노라니 세상은 참 평화스럽구나 하는 생각이 들었다.

수중에 은자 한 푼 없지만 일단 낙양 시내로 가면 뭔가 먹을 게 생길 것이라는 낙관적인 생각으로 한 걸음 내딛다 뭔가 이상한 느낌에 발아래를 쳐다보았다.

"잉?"

여름이니 풀들이 무성하다. 자신의 발은 그 풀잎들 위로 놓여져 있었는데 체중의 반 이상을 실었는데도 불구하고 풀잎은 조금의 영향도 받지 않은 듯 굽혀지지 않고 제 형체를 유지하고 있었다.

'초상비(草上飛)?'

유검은 멀뚱히 그것을 지켜보다 기가 막힌 듯 입을 쩍 벌렸다.

초상비란 풀잎을 딛고 그 탄력으로 몸을 날리는 상실하허(上實下虛)의 운기 요결의 극치에 이를 때 절로 발휘되는 상승의 경신술이다.

하지만 지금처럼 가녀린 풀잎이 전혀 미동조차 않는 식은 아니었다. 굳이 가늠하자면 전설적인 답설무흔(踏雪無痕)의 경지에 가까우리라.

'이거 왜 이래?'

주화입마당하기 전이라면 전력으로 경공술을 펼쳐 초상비까진 가능했지만 이 정도는 아니었다.

검의 경지가 어떻고 저떻고 간에 현재 단전은 텅 빈 도가니처럼 진기가 전혀 느껴지지 않고 있는 상태였다. 그런데도 불구하고 그냥 무심코 걷는데 이러한 경지의 경신공부가 펼쳐지다니 참으로 이상하기 그지없었다.

어쨌든 평소라면 이상해 이유불문하고 일단 기뻐하고 보아야 할 일이겠지만 현재는 다르다.

"이것도… 무당파의 무공을 펼치는 것일까?"

그런 고민에 유검은 머리가 질끈 아파왔다.

"흡!"

유검은 잠시 머리를 굴리다 숨을 크게 들이마시고는 팔다리를 비롯하여 온 전신의 근육에 힘을 주었다. 무당파 무공의 근본 요결은 면면부절(綿綿不絶) 이유제강(以柔制强)에 있는 것, 그 반대로 행동하려 한 것이다.

털썩!

다행히도 자신의 생각이 맞아떨어졌는지 풀잎 위에 고이 놓여져 있던 자신의 발이 바닥으로 떨어졌다.

'나원, 왜 이렇게 되는 거지?'

유검은 다시 조심스레 발을 떼어 한 발자국 걸어보았다. 전신에 의도적으로 힘을 주지 않은 상태에서는 여지없이 지나가는 개똥벌레 바라보듯 풀잎은 꼼짝도 않는다.

"휴……."

길게 탄식하고 나서 다시 전신에 힘을 꽉 준 채로 걸음을 옮기니 겨우 무공을 펼치지 않고서도 움직일 수가 있게 되었다.

관심(觀心)하여 다시 단전을 살펴보았지만 여전히 철 지난 피서지처럼 썰렁하기 이를 데 없었다.

"쩝, 희한하군."

유검은 입맛만 다실 수밖에 없었다.

그렇게 온 전신에 힘을 꽉 준 상태로 한 발짝 한 발짝 움직일 수밖에 없었는데 당연히 무척이나 부자연스러운 움직임이었다. 그 모습은 마치 광대가 움직이듯 희한하고 우스꽝스러웠지만 어쨌든 무당파의 무공을 쓰지 않고도 일단 움직일 수 있으니 불행 중 다행이었다.

하지만 어릴 적부터 몸에 배어진 무당파의 무공을 전혀 쓰지 않는다는 것은 결코 쉬운 일이 아니었다. 어떻게 된 일인지는 알 수가 없지만 평소의 행동 하나하나에 저절로 깊은 무공의 경지가 발휘되어 버리는 지금에 있어서는 더 더욱이나.

유검은 우스꽝스런 모습으로 사람들의 눈을 피해 한 걸음 한 걸음 낙양을 향해 걸어가다 야생으로 자란 이름 모를 과일이 열려 있는 것을 보고 무심코 손을 뻗어 따려 하였다.

순간 펼쳐진 천둔장(天遁掌)의 초식이라니!

유검은 사람들이 보기 전에 재빨리 그 과일을 따려 하였고, 그 의식의 흐름에 따라 음유(陰柔)하고 사람들이 전혀 눈치 채지 못하게 장을 뻗을 수 있는 천둔장의 수법이 절로 펼쳐지려 한 것이다.

이런 식으로 조금만 방심하면 무당파의 무공이 펼쳐지려 하니 그 짜증과 고통이란 것이 상상을 불허했다.

"으으으으으아아아아아악!"

자연스럽게 몸을 움직이지 못하는 고통이란 생각 밖으로 짜증 나고 힘든 것, 그것을 견디지 못하고 괴성(怪聲)을 터뜨리려 유검은 한 가지 사실을 깨닫고 억지로 입을 다물 수밖에 없었다. 비명 소리에 불문의 사자후(獅子吼)와 비슷한 도가의 창룡후(蒼龍吼)가 담길 뻔했으니까.

'끄으으응!'

유검은 양팔로 머리를 감싸고 쪼그리고 앉았다.

이제야 파문이라는 두 말이 가지는 압박감을 온몸으로 느낄 수 있었다. 무당파의 무공이 얼마나 자신의 몸과 마음에 철저히 배어져 있었는지 참으로 실감할 수가 있었던 것이다.

"젠장!"

홧김에 벌떡 일어서려다 유검은 황급히 다시 쪼그리고 앉았다. 사다리를 딛고 구름 위로 올라서는 듯한 제운종(梯雲縱)의 상승 경신술이 펼쳐지려 했으니까.

울 수도 웃을 수도 없는 상황이라 유검은 묘한 표정으로 지는 노을만 바라보고 있는데.

휘리릭—

날카로운 파공성과 함께 검은 그림자들이 노을 저편에서 휙휙 날아오는 모습이 보였다.

누군가 그들에게 쫓기고 있었다. 경신술을 펼쳐 날아오르는 모습이 무척 흔들리는 것을 보니 부상을 입은 것 같았다.

비틀거리기는 해도 상당한 속력으로 잘 달리던 그는 유검을 발견하자 허공에서 뚝 떨어져 내렸다.

"쿠아악!"

바로 한바탕 선혈을 뿜어내고는 더 이상 꼼짝할 수 없다는 듯 땅바닥으로 쓰러졌다.

그는 대략 사십 대 중반으로 보이는 대한이었는데 오른손에는 여기저기 이가 날아가고 선혈로 잔뜩 물든 청강검을 절대 놓지 않겠다는 듯 꽉 쥐고 있었다.

무인의 정형을 보여주는 듯 참으로 비장한 모습이었다.

"소, 소협……!"

대한은 부르르 힘겹게 손을 들어 올리며 유검에게 구원의 눈빛을 보냈다.

여기까지 놀라운 경신술로 잘만 날아오더니 이제는 손 하나 들어 올리기 힘들 정도의 모습을 보이다니…….

유검은 뭔가 이상하다 생각하면서 천천히 몸을 일으켰다. 물론 혹시나 무공이 펼쳐질까 두려워 전신에 힘을 꽉 주는 것을 잊지 않았기에 나무토막이 저절로 일어서듯 무척이나 어색하고 딱딱한 모습이었다.

그 모습에 진지한 구원의 눈빛을 던지고 있던 대한의 고개가 비틀거렸다.

곧 자신의 행동이 극심한 부상을 입은 자의 것이라고 보기에 어색함을 깨닫고는 뭔가를 황급히 입속으로 집어넣었다.

"푸아악"!

그는 또다시 시뻘건 선혈을 뿜어내었다.

"소혀어어어업!"

자신의 실수를 숨기고자 간장이 찢어지는 듯 애타고 과장된 목소리로 유검을 불렀다.

유검은 전신에 힘을 꽉 준 채로 움직이는 데 모든 신경이 집중되어 있어서 이 가운데 이상함을 눈치 채지 못했다.

유검은 양 어깨를 뻣뻣히 하고 꾸벅 허리를 굽혔다.

"죄송합니다. 제가 끼어들 일은 아닌 듯싶군요."

얼굴 가득 미안함을 표시했다.

사실 이런 경우 열에 아홉은 뻔하지 않은가.

아마도 이 사람은 어떤 사파(邪派)의 비밀 문파 집회를 우연히 목격하였을 것이고, 넘치는 정의감에 그들의 음모를 알아채거나, 혹은 중요한 물건을 훔쳐내었을 것이다. 그리고는 죽어라 도망치다 마침 자신의 앞에 와서 쓰러지고 만 것이다. 그렇게 생각했다.

그렇다면 다음 수순은 뻔하기 그지없다.

비밀 문파의 거대한 음모가 적혀 있는 피 묻은 봉투 내지는 그들이 애지중지하다 못해 생명을 바쳐서라도 되찾아야만 하는 중대한 비급이나 기물(奇物)을 자신에게 건네주며 반드시 무림에서 지위 높은 누군가에게 전해주기를 부탁할 것이다.

생각해 보라.

몸을 마음대로 운신하지 못하는 지금 어떻게 그와 같이 중대한 부탁을 받을 수 있으랴.

그래서 진심으로 미안함을 느끼며 그렇게 대답할 수밖에 없었던 것이다.

이런 유검의 사정을 알지 못하는 대한으로서는 당혹감을 감출 수 없었다.

'무슨 일이신지요?'

라고 유검이 물을 때.

'이걸 반드시… 반드시……'

라며 품속의 봉투를 힘겹게 전해주고는 털썩 정신을 잃은 척하려는 계획이 전면적으로 틀어져 버린 것이다.

그런데 그런 심중의 당혹감과는 상관없이 대한의 얼굴은 가면을 쓴 듯 무표정하기 이를 데 없었다.

휘리릭!

유검과 대한의 묘한 대치 속에 어색한 침묵이 감도는데 그사이 대한을 쫓던 복면인들은 옷깃 날리는 소리와 함께 주위로 내려섰다. 그들이 포위망을 구축하는 동안 우두머리로 보이는 한 괴인이 날카로운 휘파람 소리와 함께 허공으로 몸을 뽑아 올렸다.

괴인의 몸은 복면인들 위를 지나쳐 허공에서 비스듬히 수평이 되어 앞으로 나아갔는데 그 날렵함이 마치 제비와 같았고 자세의 미묘함은 탄성을 자아낼 정도였다. 게다가 그가 유검 앞으로 가볍게 내려섰는데도 주위로는 먼지 하나 피어 오르지 않았다.

상당한 경신공부(輕身功夫)였다.

유검은 쓰러져 있는 대한에게로 다시 눈을 돌렸다.

'이런 사람한테서 어떻게 도망쳤을까?'

괴인은 대한을 향해 싸늘하게 코웃음을 쳤다.

"흥, 겨우 여기까지인가? 경신 재간이 간담(肝膽)의 크기에 훨씬 못 미치는군."

컬컬한 목소리로 보아 괴인의 나이는 적지 않아 보였다. 눈동자는 황달(黃疸)에 걸린 듯 노란색이었다.

그는 유검을 힐끔 돌아보며 그보다 더 이상 진부할 수 없어 보이는 협박의 말을 꺼내었다. 다섯 손가락에 끼워져 있는 날카로운 칼날을 들어 보이면서.

"애송이, 순순히 내놓는 것이 좋을 것이다. 그렇지 않다가는… 흐흐흐."

찰캉― 찰캉―

음흉한 괴소와 함께 다섯 손가락을 꼬무락거리니 요란한 쇳소리가 일었다.

"뭘 내놓으라는 건지……."

유검의 불만 섞인 멀뚱한 대답에 괴인은 가소롭다는 듯 코웃음을 치며 버럭 고함쳤다.

"흥, 교활한 놈 같으니라구! 네 품속에 든 그 봉투 말이다, 봉투! 감히 우리의 음모가 적힌 그 봉투를 날로 집어삼키려 했단 말이더냐? 은 자도 내놓지 않고서! 이거야말로 날강도가 아니고 뭔가? 에라, 이 도둑놈 같은……."

"끄으으응!"

대한이 괴이한 신음성을 발했다. 이에 괴인은 자신의 말이 삼천포로 빠진 듯 이상해졌음을 눈치 채고 말끝을 흐렸다. 유검은 어깨를 으쓱이며 받은 게 없다는 듯 두 손바닥을 펼쳐 보였다.

괴인은 슬쩍 아직까지 정신을 잃지 않고 있는 대한을 훔쳐보더니 꿀꺽 마른침을 삼켰다. 일이 잘 안 풀려 뒷목이 뻐근한 듯 목을 이리저리 돌려보다 돌연 자세를 바로하고 유검을 쏘아보았다.

그리고 철천지원수를 향하듯 처절하게 소리쳤다.

"애송이 놈! 마, 말이 전혀 통하지 않는군. 하룻강아지 범 무서운 줄을 모른다더니!"

괴인은 오른팔을 훌쩍 들어 올렸다가 힘차게 내리며 주위를 에워싼 복면인들을 향해 소리쳤다.

"애들아! 이놈을……"

"와아아아아!"

미처 명을 다 내리기도 전에 이제나저제나 기다리고 있던 복면인들은 드디어라는 듯 저마다 기합 소리와 함께 자신의 병기를 휘두르며 유검을 향해 공격해 갔다.

괴인은 자신의 할 일은 다 끝났다는 듯 안도의 한숨을 내쉬며 한 걸음 뒤로 물러섰고, 지켜보던 대한 역시 이제야 안심하고 정신을 잃은 척했다.

"흠……"

유검의 입가로 낮은 신음 소리가 흘러나왔다. 바보가 아닌 다음에야 이들의 행동에서 뭔가 이상함을 느끼지 못할 리 없는 법, 유검은 이들이 의도적으로 자신을 노리고 몰려왔다는 것을 깨달았다. 어쩌면 오해일지도 모르지만.

어쨌든 큰 적의(敵意)가 느껴지지는 않지만 그렇다고 희멀건 칼날을 눈 뜨고 맞을 수는 없는 법. 하지만 자신도 모르게 무당파의 무공을 쓸 수도 있으니 그게 제일 큰 문제였다.

"후우웁!"

유검은 숨을 크게 들이켰다. 그리고 온 전신에 힘을 준 채로 양팔을 좌우로 힘차게 벌렸다.

점(點), 요(搖), 자(刺), 란(攔), 소(掃), 탁(托), 대(帶), 괘(掛), 벽(劈), 격(擊), 추(抽), 말(抹), 절(截), 열 세 가지 검결(劍訣)이 저절로 떠오르

고 좌우 양손의 검지와 중지가 하늘과 땅을 가리키며 태극의 중심점을 향해 접혀졌다.

유검은 황급히 손가락을 털어버리고 주먹을 꽉 쥐었다.

싱긋 미소가 떠올랐다.

어릴 적 동네 꼬마 아이들끼리 패싸움할 때 써먹어본 수법이 떠오른 것이다. 그것이라면 분명 무당파의 무공과는 전혀 상관없으리라.

유검은 질끈 입술을 깨물고 풍차 돌리듯 양팔을 마구 휘두르며 복면인들을 향해 돌진했다. 물론 일체 어떤 신법도 펼칠 수 없도록 일부러 쿵쾅거리는 발걸음이었다.

우스꽝스럽기 그지없는 행동이었지만 그 위력마저 결코 쉽게 볼 수 있는 것은 아니었다. 얼마나 세차게 돌렸는지 양팔 주위로 회오리바람이 일고 조각난 풀잎과 크고 작은 돌 조각마저 휙휙 날아다닐 정도였으니까.

유검 스스로도 그 위력에 만족하여 부르짖었다.

"이것이 바로 천상천하(天上天下) 유아독존(唯我獨尊) 전륜공(轉輪功)이다!"

휘이이이잉―

바람 찢는 소리와 함께 달려나가는 유검의 기세는 사두마차가 이끄는 마차를 연상케 할 정도로 놀라웠다.

복면인들은 그 기세에 놀라 파도가 몰려가듯 우르르 뒤로 물러섰다. 하지만 곧 그 동작이 아주 단조롭고 간단하다는 사실을 깨달았다.

"흥!"

용기있는 누군가가 먼저 싸늘한 코웃음과 함께 유검을 향해 달려들었다.

풍차처럼 휘도는 양팔의 경풍을 아주 손쉽게 피하더니 유검의 가슴을 향해 발길질을 차넣었다.

픽!

유검의 신형은 허공에서 한바퀴 돌더니 그대로 땅바닥으로 떨어져 내렸다. 이 모습을 지켜본 다른 복면인들도 용기를 얻은 듯 한꺼번에 달려들었다.

유검은 개 떼처럼 달려드는 복면인들의 모습에 일어설 의욕이 들지 않았다. 비장의 한 수가 깨어지고 만 충격 때문이었다.

사부의 얼굴이 떠올랐다.

'당신께서 바라시는 게 이겁니까?'

사실 복면인들의 무공은 별것 없었다. 저 정도 수준이라면 강호에서 발에 채일 정도로 많을 것이다. 굳이 그들을 물리치고 싶었다면 천상천하 유아독존 전륜공에 약간의 변식만 넣었어도 가능했을 것이다. 하지만 자신의 가슴을 차오는 복면인의 발길질을 보며 유검은 피할 생각을 하지 않았다.

이상한 오기가 생겨서였다. 억울함도 함께였다.

무당산은 자신의 고향이었고 어려서부터 함께해 온 사부는 친혈육 이상이었다.

그런데 파문이라니……! 전혀 납득할 수 있는 이유조차 듣지 못한 채!

강호에서 밥을 빌어먹으며 검을 맞대지 않을 도리는 없다. 그런데 무당파의 무공을 쓰지 말라는 것은 그냥 얌전히 떠돌다 죽으라는 이야 기밖에 더 되겠는가? 물론 무림과 전혀 상관없는 곳에서 어찌어찌 하루하루 생명을 유지시키며 살아갈 수는 있을 것이다. 하지만 그렇게 천년만년을 산다 한들 무슨 가치가 있다는 말인가.

'후훗, 그래, 당신께서 바라시는 일이신데… 이대로 죽자, 죽어버리자.'

서운함과 섭섭함, 그리고 가슴을 꽉 옭매이는 억울함이 함께 몰려와 차라리 이대로 죽어버리는 게 낫겠다는 생각이 든 것이다.

하늘을 가득 메우는 복면인들의 모습에 유검은 조용히 눈을 감았다.

퍼퍽! 퍼퍼퍼퍼퍽!

유검은 곧 에워싼 복면인들의 모습에 감춰져 버렸고 요란한 타격음이 울려 퍼졌다. 놀란 풀잎들이 요란하게 허공을 날아다니고 뭉게뭉게 흙먼지도 일었다. 또한 잘려진 옷가지들도 그 사이를 비집고 허공을 유영하기도 했다.

금방이라도 시뻘건 피가 솟아오르고 처참하게 조각난 살점들이 사방으로 비산할 듯했다. 하지만 근 반 각의 시각이 흘렀는데도 예상된 처참하고 잔인한 모습은 이뤄지지 않았다.

당연히 많은 사람들이 이 가운데 이상한 점을 깨닫기는 했지만 자신의 할 일을 멈추지는 않았다.

가장 이상하게 느끼고 있는 사람은 죽음을 각오하고 수많은 칼질을 당하고 있는 유검이었다.

맞는 느낌은 나는데 별다른 통증이 없었던 것이다. 게다가 이 정도 시간이 지났다면 자신의 육체가 조각조각난 것은 물론이거니와 영혼이 있다면 지금쯤 염라대왕을 알현해야 옳지 않겠는가?

슬며시 실눈을 떠보니 요란하게 자신을 향해 내려치고 있는 칼, 도끼, 못을 박아 넣은 방망이, 철퇴 등등 각양각색의 병기들이 보였다. 그리고 그 병기들을 내려치고 있는 복면인들의 수많은 눈동자들도 보였는데 저마다 곤혹스러워하는 빛이 역력했다.

'이상하군, 이상해.'

어떻게든 되겠지라는 생각에 유검은 다시 눈을 감으려다 다시 두 눈을 크게 떴다. 이질적인 한 사람의 모습을 발견하고서였다.

부러진 노목 옆에서 청승맞게 신세 한탄을 하고 있던 백발노인 노달이 복면인들 사이에 끼어 충혈된 눈으로 자신을 쏘아보고 있지 않은가. 그 눈빛에 자신이 죽어가는 과정을 뚜렷히 관찰하겠다는 의지가 확실히 담겨 있었다. 손에 잡힐 듯 너무나 명확했다.

'못된 영감탱이 같으니라구!'

돌연 화가 솟구쳐 와락 몸을 일으켰다.

"으아아아아악!"

"아, 아직도 살아 있어!"

"괴, 괴물이다, 괴물!"

복면인들은 이때다 싶은지 저마다 비명을 지르며 손에 들고 있던 병기까지 던져 버린 채 우르르 사방으로 도망쳤다.

"으으으으음!"

노달의 입에서는 바다 깊은 곳에서 이무기가 용틀임하는 듯 괴이한 신음 소리가 흘러나왔다. 그 많은 칼질을 당하고도 조그만 상처 하나 입지 않은 유검의 몸 상태를 확인하고서였다.

"정말로……."

탄식처럼 흘러나오는 목소리.

"정말로 금강불괴지체(金剛不壞之體)라니……!"

그렇게 중얼거리면서도 노달은 의심의 빛을 감추지 못했다.

유검 역시 넝마로 변해 버린 찢겨진 옷가지 사이로 보이는 멀쩡하기

이를 데 없는 자신의 육체를 살펴보면서 어이없어했다.

노달은 탄식했다.

유검이 자신의 공격에 끄떡없는 것을 보고 거의 금강불괴에 달한 외가기공(外家氣功)을 익혔으리라 생각했었다.

철포삼(鐵布衫), 육신갑(肉身甲), 나한기공(羅漢氣功), 십삼태보횡련(十三太保橫鍊), 금종조(金鍾罩) 등등 수없이 많은 외가기공 중의 하나를 극치에 이르도록 익혔나 보다 생각했었다.

하지만 아무리 외가기공을 극성에 달하도록 익혔다 한들 조문(罩門)은 반드시 있는 법이고 또한 내가기공의 진력에 내장이 진탕됨을 막을 길은 없다.

하지만 전신 삼백육십여 개 혈을 모두 공격해 보아도 전혀 조문을 찾을 길은 없었고 게다가 내장이 진탕된 흔적 역시 보이지 않는다.

게다가 유검이 뚜렷하게 어떤 신공(神功)을 끌어올려 반탄지기나 호신강기(護身剛氣)를 일으킨 것 같지도 않았다. 이번 복면인의 칼질을 당하고 있는 유검을 자세히 살펴보아도 역시나 어떤 기공을 일으킨 것 같지는 않았다.

다시 말해 유검의 몸뚱아리는 정말로 질기고 질겨 칼이 들어가지 않을 정도라는 것, 피부 겉가죽만 그런 것이 아니라 속에 든 오장육부(五臟六腑)까지도 무지하게 질기다는 것.

그것을 확신하고 나니 전설상으로만 일컬어지는 금강불괴지체라는 말이 저절로 나올 수밖에……

하지만 노달은 진실로 유검이 금강불괴지체라는 것을 믿을 수 없었다.

"흥!"

노달은 경멸에 찬 시선과 함께 싸늘한 코웃음을 쳤다.

반드시 무슨 속임수를 썼으리라. 단지 내가 알아내지 못했을 뿐!

노달은 씹어뱉듯이 중얼거렸다.

"네놈의 검은 속셈을 반드시 밝혀내고 말 테다! 반드시!"

노달은 부르르 두 손을 떨더니.

"카악— 퉤!"

누런 가래를 내뱉었다.

유검은 어이가 없었다.

영문 모를 그의 행동에 화가 치솟았지만 그래도 사부와 친구라 들었으니 어쩔 수 없이 속으로 삭일 뿐이었다.

'그럼 이런 짓을 계획한 것도 저 망할 놈의 영감탱이인 건가? 내 몸뚱아리가 진짜로 단단한지 알아보려고?'

일단 치솟는 화를 꾹 참고서 한마디 하려는데 노달은 허연 수염을 휘날리며 훌쩍 경신술을 펼쳐 사라져 버렸다.

도망치듯 물러난 복면인들은 저마다 겁에 질려 괴물 바라보듯 유검을 쳐다보고 있었는데 그래도 포위망은 풀지 않고 있었고 목표는 유검하나뿐인 듯 노달이 무슨 짓을 하든 전혀 상관하지 않았다.

그리고 우두머리로 보이는 노란 눈의 괴노인은 팔짱을 끼고 고민스런 눈빛으로 유검을 쏘아보고 있었다.

이들의 전체적인 분위기를 보건데 아무래도 노달과는 전혀 상관없어 보였다.

잠시 유검도, 복면인들도, 괴인도 아무도 움직이지 않는 가운데 묘한 정적이 흘렀다.

그때 천천히 누군가 일어섰다. 정신을 잃은 척 쓰러져 있던 대한이었다.

　무표정한 대한의 얼굴이 유검을 향했다.

　노란 눈의 노인을 비롯한 다른 복면인들의 시선이 모두 그를 향했다.

　대한은 길게 한숨을 쉬며 품속에서 길다란 대롱을 꺼내었다. 화섭자로 대롱 한 끝에 달려 있는 심지에 불을 붙이더니 하늘로 번쩍 치켜들었다.

　다섯을 헤아리기도 전에 노란색 불꽃이 하늘로 치솟았다.

　펑!

　빛살로 퍼진 저녁노을 위로 다섯 줄기 노란 불꽃이 사방으로 비산했다. 한 송이 국화 같았다.

　그 모습을 보고 노란 눈의 노인은 왼쪽 주먹을 머리 위로 들어 올려 빙빙 돌리더니 주위를 향해 소리쳤다.

　"철수한다."

　이에 다른 복면인들도 안도의 한숨을 내쉬며 노인을 따라 서둘러 그 자리를 떠났다.

　복면인들이 떨궈놓은 병장기들 속에서 넝마주의 차림의 유검은 황금 빛 저녁노을로 시선을 돌렸다.

　"흠흠!"

　대한은 유검의 시선을 돌리려는 듯 몇 차례 헛기침을 내뱉었다.

　유검이 시선을 돌리자 그는 양 손바닥을 얼굴로 가져갔다. 몇 차례 손바닥을 문지르는 듯 꼬무락거리더니 쑤욱 위로 들어 올렸다. 머리카락을 포함한 얼굴 전체가 위로 함께 들어 올려졌다.

　순간 드러나는 얼굴을 보고 유검은 두 눈을 동그랗게 떴다.

　항상 웃고 있는 것처럼 보이는 저 두 눈, 그래서 처음 만나더라도 십 년은 사귄 듯한 친밀감과 익숙함을 느끼게 만드는 저 낯익은 얼굴이라니!

유검은 자신도 모르게 소리쳤다.

"아평(阿平)!

그는 친우 유검의 주화입마(走火入魔)를 치료하기 위한 영약(靈藥)을 구하러 본 가인 대금산장(大金山莊)으로 갔던 서문평이었다.

유검은 눈치 채지 못했지만 현풍과 짜고 점쟁이로 변신해서 거상이 될 것이라 말해 주었던 바로 그 청년이었다.

그는 이마 위로 흐르는 땀을 소매로 닦아내며 평소 안부를 묻듯 '덥지?' 라며 물었다. 여전히 웃는 듯한 표정은 변하지 않았다.

해는 서산마루를 넘어가고는 있지만 날은 여전히 후텁지근했다. 이런 날 인피면구(人皮面具)를 오랫 동안 쓰고 있었으니 이마 위로 땀이 배일 만했다.

"아평……."

워낙 뜻밖의 일이었기에 유검은 '네가 이 일을 계획하였느냐?' , '왜 이런 일을 계획하였느냐?' 라는 따위의 질문은 물론이거니와 그동안 잘 있었느냐는 따위의 안부 인사조차 묻지 못했다.

서문평은 천천히 유검에게 다가와 친근하게 말했다.

"덥지? 이런 날은 삼계탕(蔘鷄湯)이란 것이 최고라더군."

허리춤에 매달린 주머니를 꺼내니 그곳에는 피를 빼놓은 야생 산 닭이 들어 있었다. 다음 품속에서 화선지로 대충 싸놓은 것을 꺼내놓았는데 그 속에는 물론 삼계탕의 각종 재료가 되는 찹쌀과 밤, 대추 등이 들어 있었다. 물론 가장 중요한 재료인 천 년 묵은 산삼(山蔘)도 빠뜨리지 않았다.

"이제 솥만 구하면 완벽하다네."

서문평은 예의 친근한 미소를 띠며 그렇게 말했다.

서문평에게 건네받은 청삼(靑衫)으로 갈아입은 유검은 마른 나뭇가지를 구하러 다녔다.

돌 세 덩이를 놓고 그 위에 칼이나 철퇴 등으로 밑받침을 한 다음 어찌어찌 구해온 무쇠솥을 얹었다. 그 안에 각종 재료를 넣고 마련해 온 나뭇가지로 불을 피운 지 한 시진(時辰).

솥뚜껑이 들썩거릴 정도로 김은 힘차게 피어 오르고 지켜보는 두 사람은 침을 꼴깍였다.

해가 저문 지는 오래였지만 아직 주위는 그다지 어둡지 않았다. 하늘 위로 펼쳐진 주홍색 노을 역시 여전했다.

"이제 다 되지 않았을까?"

연신 군침을 삼키며 되묻는 유검의 질문에 계속 고개만 젓던 서문평이 드디어 요리가 완성되었음을 선포한 것과 간을 할 소금을 미처 준비해 오지 않았다는 것을 깨달은 것은 거의 동시였다.

"……."

서문평은 서둘러 몸을 일으키며 말했다.

"일각(一刻)만 기다려. 바로 구해올게."

"괜찮아. 맛있는데?

유검은 깨진 사기 그릇에 닭죽을 덜어 허겁지겁 입속으로 털어 넣다시피 하면서 정말 맛있게 먹었다.

서문평은 혹시나 하고 죽을 조금 덜어 맛을 보았지만 닝닝하고 씁쓸한 것이 그다지 맛있다고 보기엔 어려웠다. 예의 미소 띤 얼굴, 하지만 유검의 의견에 동의하지 못함을 증명하는 식은땀을 한 방울 떨구었다.

유검은 닭다리를 뜯어 단숨에 뼈다귀만 남기고는 기름 묻은 손가락을 입으로 쪽쪽 빨며 진심으로 말했다.

"정말 맛있군, 맛있어. 정말이야. 나 어제부터 굶었거든."

유검은 나뭇가지를 꺾어 만든 젓가락으로 길쭉한 산삼을 꺼내 들고는 입맛을 다셨다.

"이게 천 년 묵은 산삼이란 말이지?"

서문평은 미소 띤 얼굴로 고개를 끄덕였다.

"장백산(長白山)에 나타났다기에 서둘러 구한 거야."

산삼의 크기는 상당했다. 거의 무 크기.

서문평은 내심 식은땀을 또 한 방울 흘렸다.

산삼을 한 입 베어 물며 유검은 감탄하듯 말했다.

"흐음! 이게 산삼 맛이라는 거구나."

유검은 꼭꼭 씹어 꿀꺽 삼키고는 고개를 갸우뚱거렸다.

"그런데 맛이 꼭 무 같은걸?"

서문평은 더듬거리며 물었다.

"사, 산삼 본 것은 이번이 처음이냐?"

"그러니까 실물은 처음이지만 예전에 어디선가 산삼에 대해 적어놓은 걸 본 적은 있어. 그러니까 형상이 사람을 닮았고⋯⋯."

서문평은 서둘러 화제를 돌렸다.

"참, 지난밤 낙양에 대지진이 일어난 사실은 알고 있나?"

"엥? 낙양에?"

"그런데 마치 누군가가 거대한 칼로 내려친 듯 딱 반만 폐허가 되었다는군. 희한하게도⋯⋯."

"그것참, 신기하군. 피해가 크지는 않다든?"

"피해가 없을 리야 있나. 그래서 이번에 본 장에서 복구 보조금을 내놓았다네. 자네 사부님의 특별 부탁 때문이었지."

유검은 두 눈을 동그랗게 떴다.

"초절정구두쇠이신 자네 아버님이… 정말로 내놓으셨단 말인가? 이러다 세상이 뒤바뀌는 건 아닐까? 희한하군, 희한해. 정말 믿기 어려운걸?"

"……."

서문평은 품속에서 주섬주섬 한 장의 서찰을 꺼내 들었다.

"그래서 말인데……."

어렵게 말을 꺼내는 척 서찰을 유검의 눈앞에 들이밀었다.

"사실 그 복구 보조금이란 것이… 어쨌든 자네가 여기 손도장을 찍어줘야겠어. 자네 사부님의 명이기도 해."

서문평은 현풍 시숙이라 칭하지 않고 특별히 '자네 사부님'이라 부르며 강조를 했다.

뭔가 싶어 유검은 서찰 내용을 살펴보았다.

차용증.

황금 이십만 냥(은자 사백만 냥).

본인은 분명 상기 금액을 임의로 빌렸으며,

향후 모년 모월 모일까지 반드시 갚겠습니다.

갚지 못할 시 본인은 물론 자자손손 관부에 쫓기고 채화음적(採花淫賊)으로 몰리며 무림공적(武林公敵)을 당하더라도 감수하겠습니다.

"화, 황금 이십만 냥!"

"침착해, 침착해!"

유검의 얼굴 근육은 반란이라도 일으키듯 부들부들 떨렸다.

은자 한 냥이면 다섯 식구가 한 달 동안 생활할 수 있는 금액이다. 그러니 은자 사백만 냥이면? 도저히 감이 오지 않는 거액이었다.

"자, 자! 심호흡 한 번 하고… 두우 번~! 그렇지!"

서문평이 시키는 대로 몇 차례 심호흡을 하고 나서야 침착을 되찾았다.

유검은 씁쓸히 고소를 지으며 말했다.

"이건 마치 내가 낙양의 대지진을 일으키기라도 한 것 같군."

만약 현풍이 그 자리에 있었다면 유검의 뒤통수를 갈기며 외쳤을 것이다.

"당연하지!"

본래 자기 자유 의지로 쓸 수 있는 금액이라면 상당히 크게 느껴지지만 아예 그 금액이 상상의 한도를 벗어나고 나면 오히려 무감각해지고 만다.

그래서인지 유검은 사부의 명이라는 말에 오기가 생겨 손바닥에 먹물을 잔뜩 묻혀서는 서찰 말미에 손도장을 찍어버렸다.

그렇게 속시원히 해치워 버리고는 남은 닭과 무 같은 산삼 닭죽 국물까지 한 방울도 남김없이 다 먹어치워 버렸다.

포만감에 젖어 배를 두들기며 땅거미가 져가는 산천의 모습을 구경하는데 서문평은 지나가는 말투로 물었다.

"묻지 않는가?"

"뭘?"

"자넬 공격한 것……."

유검은 피식 웃었다.

묻지 않아도 이미 충분히 짐작했다. 난데없이 복면인들이 나타나 자신을 공격한 것, 과연 누구의 의도겠는가? 불을 보듯 뻔했다.

'흥, 무당파의 무공을 쓰는지 어떤지 시험해 보려 한 것이겠지.'

유검은 어둠에 물들어가는 하늘을 올려다보며 속으로 투덜거렸다.

어릴 적부터 지켜봐 온 제자일진대… 그렇게도 모른단 말인가?

서운하기 그지없었다.

꿈틀!

돌연 오른손이 반항하듯 손목을 젖힌다.

검을 쥔 모습!

순간 머리 속이 하얗게 변하며 주위로 수많은 별들이 박혀져 있는 밤하늘이 빙글빙글 돌아가기 시작했다.

동시에 막연하게 익숙한 느낌이 주위를 에워쌌다.

생소하지만 분명 익숙했다.

어젯밤 객잔에서 곡부운을 향해 검을 들었을 때와 비슷했지만 오히려 더욱 생생하고 구체적인 느낌, 하늘과 땅이 자신을 중심으로 돌아가는 듯했다.

몰입 직전 유검은 화들짝 깨어났다. 한바탕 질주를 한 듯 전신에 식은땀이 흐르고 있었다.

"괜찮아?"

서문평은 보이지 않는 실눈을 크게 뜨고 걱정스러운 듯 물었다.

유검은 안색을 굳힌 채로 고개를 끄덕였다.

아직도 꿈틀거리고 있는 오른손에 힘을 꽉 주고는 내심 생각했다.

'나라도… 믿지 못하겠군.'

둘은 이런저런 잡담을 나누었다.

별일 없었던 것처럼 세상 돌아가는 이야기에서부터 어릴 적 사매들이 목욕하는 것을 훔쳐보려다 들킨 이야기까지.

배는 부르고 어디선가 불어오는 미풍에 스스로 잠이 들고 싶을 정도로 느긋한 기분과 평온함을 만끽했다.

서문평은 파문에 대해 아무런 이야기도 꺼내지 않았다. 하지만 유검은 알 수가 있었다. 언제까지고 그는 자신의 친구라는 사실을.

날은 완전히 어두워지고 서문평이 엉덩이를 털고 일어나 마지막 작별 인사 전에 했던 말은 이런 것이었다.

"강해져라. 이 세상 그 어느 누구도 덤비지 못하도록……."

엉뚱한 오해지만 서문평이 그와 같이 말한 것은 현풍이 누군가에게 의해 협박을 받고 어쩔 수 없이 파문령을 내린 게 아닌가 의심했기 때문이다.

어쨌거나 유검은 그 말에 가슴이 떨리듯 감명을 받았다. 무인으로 강호에서 칼밥을 먹고 사는 자 강해져라는 말에 어찌 가슴 떨리지 않을까.

유검은 아무 말 없이 진지하게 고개를 끄덕였다.

서문평은 떠났다.

그의 뒷모습이 보이지 않을 때까지 바라보다 유검도 천천히 몸을 일으켰다.

어느새 촘촘히 박힌 듯 떠올라 있는 밤하늘의 별들을 바라보며 유검은 가슴을 활짝 폈다. 파문이라는 두 글자는 아직도 묵직하게 가슴에 남아 있건만 한편으로는 기이하게도 날아갈 듯한 자유스러움도 느껴졌다.

어쩌면 평소에도 무당파의 울타리에서 벗어나고 싶었던 것은 아닐까? 유검은 본시 그 무엇에도 얽매이고 싶어하지 않았으니 그럴지도 몰랐다.

유검은 상쾌한 밤공기를 한 모금 들이마시고는 전신에 힘을 꽉 준 채 어기적어기적 발걸음을 옮기기 시작했다.

그리고 내심 생각했다. 당장 필요한 것은 무당파의 무공을 쓰지 않고도 자유스럽게 움직일 방법이라고.

잠시 후 유검은 본래의 자리로 되돌아왔다.

짚을 깔고 엉덩이를 깔고 앉아 있던 자리에서 무언가를 꺼내 들었다.

황금 빛으로 빛나는 우아하기 그지없는 자태, 나이를 얼마나 먹었는지 뇌두는 문드러져 형체를 알아볼 수 없을 정도였고, 본체는 그다지 크지 않았지만 갈라져 나온 잔가지는 육안으로 헤아리기 힘들 정도로 많고 길었다.

그야말로 무와는 절대 착각할 수 없는 천년산삼의 진정한 모습.

"잃어버릴 뻔했네."

다행이라는 듯 안도의 한숨을 내쉬고는 화선지로 둘둘 말아 품속으로 깊숙이 갈무리했다.

그리고는 발걸음도 가볍게 어기적어기적 다시 낙양 시내로 향했다.

第七章

재미있는 아저씨와
황금 세 냥을 떼먹은 소저

재미있는 아저씨와 ✿황금✿ 세 냥을 떼먹은 소저

뙤약볕이 내리쪼이는 한여름날의 오후.

대지진의 영향을 받지 않아 아직 멀쩡한 낙양 시가지 중에 유난히 사람들이 많이 몰려 있는 곳이 있었다.

"애들은 가! 애들은 가! 아이들은 보면 놀란다고! 아가씨들도 보면 놀란다고! 심장 약하신 분들이나 임산부 노약자들은 어여어여 집으로 들어가세요! 사람 목에 구멍 뚫리는 걸 보고 홱까닥 놀라 죽어버리면 난 책임 못 져!"

둥! 둥! 둥!

한 오십 대로 보이는 뚱보중년인이 북소리에 맞춰 떠벌떠벌 소리친다. 중년인은 잔주름 하나 없는 동안의 얼굴과는 달리 기이하게도 머리카락은 백발이었다.

그리고 한쪽 옆에서는 한 어여쁜 아가씨가 비파를 켜며 아름다운 목소리로 노래를 부른다.

사람들은 호기심에 이끌려 계속 몰려들고 있었다.

"넌 들어가라니까!"

뚱보중년인이 무섭게 인상을 그려 보이자 아이들은 깜짝 놀라 도망
쳤다가 다시 사람들 사이로 파고들었다.

그렇게 한껏 분위기는 고조되어 가는데 사람들 막으로 이루어진 공
터에는 웃통을 벗어젖힌 근육질의 한 사내가 입술을 한일 자로 깨물고
근엄한 표정으로 서 있었다. 나이는 대략 이십 대 후반으로 보였는데
마치 천하제일인이라도 되는 양 오연하게 하늘을 바라보고 있었다.

근육질 사내 앞에는 햇살에 유난히 반짝이는 날을 지닌 은창이 준비
되어 있었다. 아마도 사내는 일종의 외가기공을 익힌 듯 은창자후(銀槍
刺喉:은창의 날 부분을 목젖에 대고 눌러 창을 오히려 구부러뜨리는 기공 시범)
를 보여줄 모양이었다.

사람들이 어느 정도 모여들자 뚱보중년인은 만족의 미소를 띠고 일
행에게 고개를 끄덕여 보였다. 약장수 일행은 주된 은창자후 시범을
보이기 전에 여흥 삼아 다른 묘기들부터 선보였다.

철사 줄을 몸에 감아 끊고 차돌을 깨는 등 사람들은 아슬아슬한 묘
기를 볼 때마다 놀라면서 탄식과 함께 수군수군대었다.

길들여진 원숭이와 함께 조수는 요란한 북소리를 울려대었다. 조수
의 용모는 너무나 원숭이와 닮아서 같이 있게 되니 둘 사이 분간이 가
지 않을 정도.

오늘의 주된 묘기인 은창자후 시범을 드디어 보이게 됨을 알리는 북
소리에 사람들은 혹시나 피를 보게 되지 않을까 하는 흥분에 잔뜩 기
대하였고 분위기는 고조되어 갔다.

근육질의 사내가 은창의 날을 자기 목에 가져다 대는 순간 이때다 싶은지 뚱보중년인은 양손에 이상한 약병을 들고 나와 사람들에게 약 선전을 시작했다.

이야기의 시작은 오백삼십 년 묵은 백호(白虎)와 구백구십 년 묵은 구렁이가 싸우는 것을 어찌어찌 구경하게 되었다는 것부터였다. 경천 동지(驚天動地)의 싸움 결과 두 영물은 양패구상(兩敗俱傷)해 버렸는데 이놈들로 만 중생을 구하라는 하늘의 뜻임을 깨달았다는 것을 특유의 입담으로 장황하게 설명하였다.

결국 어떤 신선의 가르침을 받아 신통방대하기 그지없는 이 장생불 로약(長生不老藥)을 만들게 되었다는 것이 주된 이야기였다.

이 약을 오랫동안 먹게 되면 근육질의 사내처럼 몸이 강철처럼 단단 해지고 밤일에 능해짐은 물론 늙지도 않고 오랫동안 살 수 있다고 했 다.

중년인이 자신도 이 약을 먹고 이백 살까지 세다가 '내 나이를 나도 잊어버렸다' 고 하자 구경꾼 중의 하나가 북 치고 있는 조수에게 물었 다.

"아니, 저 사람의 나이가 진짜 이백 살이오?"

그러자 원숭이를 보는 듯한 착각을 일으키게 만드는 용모의 주인공 닮은 조수는 눈 하나 깜짝하지 않고 능청스럽게 대꾸했다.

"그야 나도 모릅죠! 같이 일한 지가 백 년밖에 안 되니까요!"

그사이 조금 전 비파를 켜며 노래를 불렀던 예쁜 아가씨는 약병을 들고 여기저기 사람들 사이를 돌아다니며 돈을 받고 팔았다.

이야기를 믿어서인지 아니면 귀엽게 웃어 보이는 아가씨의 눈웃음 에 홀려 버렸는지 삼십 대 이상의 사내들은 은자 다섯 푼이나 되는 그

약을 너도나도 사곤 했다.

그 아가씨의 귀여운 얼굴을 지켜보는 유검 역시 다른 사내들처럼 덩달아 미소 지었다.

본래 유검은 낙양 시가지로 돌아와 우선 폐허로 변해 버린 유운객잔으로 돌아갔다.

당연히 여문은 없었다. 남자를 찔렀니 어쩌니 하는 엉뚱한 소문만 들었다. 객잔 주인으로부터 혹 신농산장으로 가보라는 말에 단숨에 달려가 그녀의 행적을 수소문해 보았지만 여전히 소식을 알 수는 없었다.

하룻밤을 노숙한 후에 마른하늘에 날벼락 같은 천재지변을 당한 사람들에게 먹거리를 나눠 주는 곳으로 가서 끼니를 때웠다. 현풍이 보았다면 분명 염치없는 놈이라며 욕했을 것이다.

계속 여문의 행적을 수소문해 보았지만 여전히 흔적을 찾을 길이 없었다.

유검은 일단 일월표국으로 가볼까 하였지만 한천검을 보게 되면 자신도 모르게 쥐어버릴까 두려웠다. 사실 그보다도 자신의 신세 내력, 특히나 당시 듣지 못했던 어머니에 대해 알게 되는 것에 막연한 두려움이 일어서였다.

분명 세상에서 가장 아름답고 가장 자상한 그런 어머니라 확신하지만……

최후의 보루다.

그렇게 생각했다.

정말 더 떨어질 곳이 없는 절망적인 상태거나 혹은 아주 성공하여 남부럽지 않은 명성과 부를 가졌을 때 다시 찾아가리라 결심했다. 절망적인 상태에서는 어떤 이야기를 듣더라도 쉽게 희망을 얻게 될 것이고 성공한 상태라면 느긋한 여유를 가지고 담담히 이야기를 들을 수 있을 테니까.

산삼을 처분해 보려 했지만 그것도 쉽지 않았다. 워낙 고가의 기물(奇物)인지라 선뜻 살 수 있는 이가 없었고 어떤 이는 사기를 치거나 혹은 강제로 빼앗으려 들기도 했다.

대지진으로 인해 집을 잃어버린 난민들에게 주어지는 식량을 계속 얻어먹는 것도 한도가 있을 듯하여 일단 직업을 얻어보기로 했다.

하지만 그 역시 쉬운 일이 아니었다.

반점이나 주루의 사원으로 취직해 보려 했지만 누가 고개 뻣뻣이 세우고 가슴을 떡하니 편 채로 꾸벅 직각으로 인사하는 놈을 좋아하겠는가.

길거리 걷는 일도 고역이었다.

전신에 힘을 꽉 준 채로 뻣뻣한 자세로 어기적어기적 돌아다니니 힐끔 지나치는 사람들은 모두 고개를 숙이고 웃음을 감추느라 여념이 없고, 꼬마 녀석들은 손가락질하며 노골적으로 비웃었다. 심지어 돌멩이를 던지는 놈까지 있을 정도였다.

한번은 재건 공사하는 곳으로 가서 막일을 해보려 했다. 우스운 꼴로 걷거나 행동한다 하더라도 일단 장정 두세 명이 달라붙어야 들 수 있는 주춧돌을 손쉽게 들어 올려 보이니 쉽게 취직이 되었다.

하지만 무조건 힘을 주어 행동하려다 보니 강유(剛柔)의 조절이 되지를 않았다. 결국 실수로 절반쯤 세운 건물을 무너뜨려 버렸고, 바로 쫓겨났다.

이래저래 되는 일 없다며 낙담하여 돌아다니다가 예쁜 아가씨가 비파를 켜며 노래를 부르는 것을 보고는 멍하니 구경하고 있었던 것이다.

아가씨는 자세히 보면 전혀 다른 사람이었지만 얼핏 보면 여문을 닮은 느낌도 들었다. 해서 유검은 무당산에 있을 때 그녀와의 추억을 되새기며 자신도 모르게 미소 짓고 있었던 것이다.

아가씨가 다가와 눈웃음과 함께 약을 내밀자 유검은 빙긋 웃으며 자신도 모르게 품속으로 손을 가져갔다. 은자를 꺼내려는 듯한 습관적인 행동.

손바닥이 허전한 빈 허공을 움켜쥐고서야 비로소 유검은 깨달았다. 수중에 은자가 한 푼도 없음을.

이마에서 식은땀 한 방울이 콧잔등까지 흘러내렸다.

유검의 시선은 귀여운 눈웃음을 띤 얼굴에서 약병을 권하는 그녀의 왼손으로 옮겨졌다. 곧바로 은자를 내려놓기 아주 쉽게 활짝 펼쳐져 있는 그녀의 오른 손바닥으로 향했다.

그 찰나의 시간 동안 유검의 어색함은 이미 주위에 번져 있었다.

주위의 따가운 시선이 사정없이 꽂힘을 느꼈다.

'차라리 산삼을 줘버려?

실리와 체면의 갈등이 첨예하게 대립되었지만 그것은 지극히 짧은 순간뿐.

유검은 고개를 푹 숙이고는 빙글 몸을 돌렸다.

주위에서 키득거리며 억지로 웃음을 참는 소리가 사정없이 들려왔다. 아가씨의 웃음소리도 들렸다.

얼굴은 시뻘겋게 달아올랐고 귓불까지 뜨거워졌다.

은창자후 시범을 보이기 위해 대기하고 있던 사내도 그 모습을 힐끔 훔쳐보고는 입술을 실룩거렸다. 웃음을 억지로 참는 모양이었다.

"하아아아아압!"

결국 기합 소리로 웃음을 대신해 버렸다.

"와아아아—!"

사람들의 환호성이 터졌다. 드디어 기대하던 은창자후 시범을 보이겠다는 신호로 안 것이다.

아직 약을 덜 팔았기에 약장수 일행은 난처한 빛을 감추지 못했지만 분위기가 이렇게 된 이상 더 이상 미룰 수는 없었다.

유검은 내심 안도의 한숨을 쉬었다.

근육질의 사내는 한 손을 번쩍 치켜들어 사람들의 성화에 호응을 하고는 은창의 날을 자신의 목에 가져다 대었다. 그리고 은창의 막대 쪽은 땅에 고정을 시킨 채 우렁차게 기합을 내질렀다.

이때 유검은 사람들의 시선이 돌려진 틈을 타서 슬그머니 밖으로 빠져나가려 했다.

물론 전신에 힘을 꽉 준 뻣뻣하기 그지없는 자세.

도저히 사람들에게 창피를 당하고 몰래 빠져나가는 모습이라 보기엔 무리가 있었다.

마침 근육질 사내의 시야에 그 모습이 포착되었다.

"크윽!"

"으헉!"

"끼아아아악!"

사내의 입에서는 허파에 바람 들어가는 소리가 흘러나왔고, 목에서는 피가 흘러내렸다.

사람들의 비명 소리가 울려 퍼졌다.

약장수 일행들은 당황해하며 우르르 사내 곁으로 모여들었다. 노래를 부르던 예쁜 아가씨는 겁에 질려 그 자리에 멈춰 섰다. 얼굴은 창백해졌고 두 눈에 눈물이 그렁그렁 매달린 것이 금방이라도 흘러내릴 것 같았다.

원숭이를 조종하며 북을 두들기던 조수는 사내 곁으로 엎어지듯 달려들며 울부짖었다.

"대형, 저흴 두고 떠나면 안 돼요!"

피를 토하듯 절규하는 음성이었다.

우두머리인 뚱보중년인은 여전히 얼굴에 미소를 머금고 있었지만 낯빛은 굳어 있었고 이마 위에서 연신 식은땀이 흘러내리고 있었다.

중인들은 웅성웅성거렸다.

약장수 일행 중에 조금 전 사과를 네 조각 내어 보이는 묘기를 펼쳤던 마른사내가 가장 침착해 보였다. 일단 약 상자를 열어 금창약(金瘡藥)을 꺼내고 상처를 감쌀 명주천을 차분히 준비했으니까.

그의 비쩍 마른 얼굴에는 칼자국이 나 있었는데 흉악해 보이기보다는 풍부한 강호 경험을 말해 주는 듯 노련해 보였다.

마른사내의 행동을 발견한 뚱보중년인이 황급히 그를 말렸다.

"아초(阿樵), 아초! 안 된다, 안 돼! 그건 금창약이 아니라 설사약이야. 그걸 바르거나 먹이게 되면……."

그 말에 돌연 마른사내의 얼굴빛이 시꺼멓게 죽어갔다.

이에 뚱보중년인은 자신이 너무 심하게 말했다고 자책하며 서둘러 변명했다.

"네, 네가 절대 무식하다는 건 아니고… 그게 아니라, 그러니까……."

중인들을 향해 걸쭉한 입담을 늘어놓던 모습과는 달리 더듬거리만 할 뿐 할 말을 찾지 못했다.

"크크크크크큭!"

돌연 쓰러져 있던 근육질사내의 입에서 심연에서 억지로 삐져 나오는 거품과 같은 괴이한 웃음소리가 흘러나왔다.

"푸하하하하핫!"

사내는 손가락으로 유검을 가리키며 땅을 치며 웃었다.

정말로 웃는 것인지 대성통곡을 하는 것인지 얼핏 보면 분간이 되지 않을 정도였다. 곧 그걸로는 성에 차지 않는다는 듯 배꼽을 잡고 땅을 데굴데굴 구른다. 게거품까지 무는 것이 꼬르르 숨넘어가기 일보 직전 같았다.

"휴……."

사내의 목에서 흘러내리는 피의 양이 적은 것을 확인하고 뚱보중년인은 안도의 한숨을 내쉬었다.

'저놈의 웃음병은 저승 가서도 안 고쳐지겠지. 지옥에 처넣으려는 염라대왕 말에도 실컷 웃다가 복날 개 꼴 되도록 맞을 놈 같으니라구.'

사내 곁에 있던 원숭이 조수는 한밤중에 죽은 강시가 벌떡 일어난 모습을 본 것처럼 경악을 감추지 못했다. 얼이 빠진 모습으로 '대사형, 대사형' 이라는 말만 반복했다.

노래를 부르던 예쁜 아가씨의 눈에서 드디어 눈물이 흘러내렸다. 결국 창피한 줄도 모르고 어린아이처럼 목놓아 크게 울었다.

이렇게 한바탕 소동은 있었지만 결국 별일은 없었다.

지켜보던 중인들도 실망 반 안심 반.

'서로 간의 정이 상당히 두텁구나.'

가족 같은 그들의 모습에 유검은 어쩐지 부러운 생각이 들었다.

문득 외로움이 몰려왔다.

주위에는 많은 사람들이 있지만 모두 타인들.

그들은 웃고 있지만 나와는 전혀 상관 없는 웃음들이다.

먼 하늘로 시선을 돌리니 여문의 얼굴이 떠올랐다.

애써 활짝 웃는 얼굴을 만들어보려 했지만 슬픈 눈동자는 가시지 않았다.

'왜 울려고 하니? 어떡하면 널 웃게 만들어줄 수 있을까.'

후텁지근한 날씨였지만 가슴 한구석은 북해의 찬바람을 맞듯 시려웠다.

강렬한 햇살에 코끝이 간질거리더니 재채기가 나왔다.

그때 약장수 일행의 바로 뒤에 있는 이층 주루의 창문에서 조그만 물체가 날렵하게 튀어나왔다. 색깔이 하얀 고양이였는데 절세의 경공을 펼치듯 양팔을 곧게 펴고 두 다리를 활짝 편 채로 허공을 날았다.

뒤이어 뭔가 이상한 것들이 튀어나왔다.

한두 개가 아니었다.

크고 작은 접시들과 그 안에 담겨 있던 요리들, 젓가락 등이 비 오듯 쏟아졌다. 동시에 술잔과 술 주전자, 물론 그 안에 들어 있던 향기로운 술들이 함께 쏟아져 내렸다.

사람들은 놀라 비명을 지르며 황급히 자리를 피했다.

피폭의 중심지에 있던 유검은 혹여나 무당파의 경신술을 펼칠까 저어하여 함부로 몸을 놀릴 수가 없었기에 그 자리에서 고스란히 쏟아지는 것들을 맞을 수밖에 없었다.

띵~!

술잔이 정확히 정수리를 가격하고 나서 연이어 새우 튀김 하나가 떨어졌다.

슬쩍 입을 벌려 받아 먹는데 이층 창문가에 백의소녀가 나타났다.

"거기 안 서?!"

소녀는 매서운 눈길로 백묘를 쏘아보더니 냅다 자신의 왼쪽 신발을 벗어 던졌다. 우아하게 허공을 유영하던 백묘는 던져진 신발을 맞고 기절해 버렸다.

그 모습에 백의소녀는 '훗' 하고 웃더니 신형을 날려 낙하(落下)하는 백묘를 낚아챘다. 동시에 허공에서 날렵하게 신형을 회전시켜 몸의 중심을 잡는 순간 아래 유검과 눈이 마주쳤다.

"어?"

그녀는 백묘를 품에 안은 채 치마를 펄럭이며 선녀처럼 천천히 하강했다. 정확히 유검이 있는 곳으로.

그녀의 하얀 맨발과 미끈한 종아리가 보이자 유검은 자신도 모르게 새우 튀김을 아삭 씹어 삼켰다.

바닥에는 깨어진 접시 조각들과 음식 찌꺼기 등으로 더러웠기에 소녀는 오른쪽 발로만 지면을 디딘 채 금계독립(金鷄獨立) 자세를 취했다.

그녀는 반가운 표정으로 유검에게 소리쳤다.

"아! 당신은……."

'아는 사람을 이런 곳에서 만나다니! 세상 참 묘하네요!' 라는 의미를 담은 환한 웃음을 지었다.

유검 역시 미소를 머금은 채 고개를 끄덕였다.

"그동안 잘 지냈나요? 정말 오래간만……."

둘은 여전히 낯익은 사람에게 보내는 친근한 미소를 띤 상태였지만 제각기 뒷말을 잇지 못했다.

'누구더라?'

둘은 동시에 그런 생각을 했다.

잠시 어색한 침묵이 흘렀다.

주루의 이층 창가에 한 사내가 삐죽 고개를 내밀었다.

"혜 소저! 괜찮나요?"

다정하지만 남자답지 않는 간지러운 목소리였다. 사내의 용모는 기생오라비 뺨치게 잘생겼지만 지나치게 미간을 올려 걱정스러운 표정을 짓는 것이 천박해 보였다.

그는 아래 떨어져 있는 접시 조각들과 음식 찌꺼기들을 보고 부채를 흔들며 망설이는 표정을 짓다가 깨끗한 공터 쪽을 향해 훌쩍 신형을 날렸다.

경신술을 펼치는 모습은 아주 깨끗했지만 지면에 도착한 후 혹시나 먼지가 묻지 않을까 저어한 듯 발 아래를 살피는 모습이 한마디로 쪼잔해 보였다.

그는 혹시나 자신의 호피쾌화(虎皮快靴)에 음식 찌꺼기가 묻지 않게 조심조심하면서 백의소녀에게로 다가왔다.

"하하하, 다행히 설아는 되찾았군요. 정말 다행이군요, 다행."

말 내용과 전혀 어울리지 않는 말투였는데 그의 거슴츠레한 눈길은 소녀의 맨발로 향해 있었다.

곧 그는 소녀가 자신의 말을 무시하고 있다는 것을 깨달았다. 금방 침이라도 흘릴 듯한 미소가 싹 사라지고 질투와 독기에 가득 찬 시선이 유검을 향했다.

그는 세차게 부채를 흔들며 유검을 향해 앙칼지게 소리쳤다.

"웬 놈이냐? 어서 썩 꺼지지 못할까!"

유검이 고개를 돌려 누구냐는 눈길을 보내자 사내는 냉소를 흘리며 거만한 표정으로 말했다.

"흥, 감히 내가 누군지를 모르고 있군. 나로 말할 것 같으면 무당파가 낳은 최고의 후기지수 유검……."

"유검?"

"…과 막역한 죽마고우다!"

유검은 뜨악해졌다.

하지만 순간 머리에서 번쩍 떠오르는 것이 있었다. 그것은 소녀도 마찬가지.

유검과 소녀는 동시에 서로를 마주 보고 반갑게 소리쳤다.

"앗, 재밌는 아저씨다!"

"황금 세 냥을 떼먹은 소저!"

"……."

"……."

"아저씨?"

"황금을 떼먹어?"

유검은 못마땅한 얼굴이었고 소녀의 표정은 서리가 내린 듯 냉랭해졌다.

유검의 죽마고우라 사칭한 사내는 자신의 말에 아무런 반응이 없자 와락 인상을 구겼다.

"가, 감히!"

견딜 수 없는 분노를 표현하듯 온몸을 부르르 떨더니 탁 하고 부채를 접고는 독사출동(毒蛇出洞)의 초식으로 찔러왔다.

퍽!

유검이 단순하게 들어 올린 주먹은 정확히 그의 턱 끝을 스쳤다.

사내는 그 자리에서 세 바퀴 반을 회전하더니 그토록 꺼려하던 음식 찌꺼기가 버려져 있는 지면 위로 얼굴을 처박고 쓰러졌다.

유검은 무심코 뻗어버린 주먹을 보고 입맛을 다시다 소녀에게 말했다.

"일행이었다면 미안해요."

소녀 남궁혜는 쓰러진 사내를 보고 어깨를 으쓱거렸다. 전혀 상관없다는 태도.

"오늘 처음 본 사람이에요. 자신이 유검과 잘 안다면서 술과 요리를 사주겠다길래……."

유검은 내심 한숨이 나왔다.

강호가 얼마나 험한 곳인데 함부로 모르는 사람의 꾐에 넘어가다니……. 저런 철부지 소저를 딸로 둔 부친은 얼마나 속이 상할까 걱정되었다.

'만약 내 딸이었다면 정신 차릴 때까지 볼기짝을 때려줬을 텐데…… 딸?'

열다섯 정도면 이미 클 대로 컸다.

기다란 머리카락, 하얗고 고운 살결, 볼록한 가슴에 날씬한 몸매, 한 줌밖에 안 되는 허리, 가는 눈썹, 빨려 들어갈 듯 맑은 눈동자, 아무리 보아도 매력적인 아가씨다.

그런데 딸이라니?

스스로의 생각에 유검은 충격을 받았다.

'내 나이가 얼만데 벌써!'

어쨌든 무림의 선배 된 입장에서 소녀에게 한마디 안 해줄 수가 없었다.

"앞으로는 모르는 사람을 함부로 따라가지 마세요. 모르는 남자가 접근해 오면 일단 경계해야 해요."

남궁혜는 입술을 삐죽였다.

"쳇, 꽃에 나비가 꼬여드는 건 당연한 건데 웬 노친네처럼 잔소리람."

종알거리면서 그녀는 주위를 두리번거렸다. 백묘를 맞추고 떨어진 신발을 찾는 것.

마침 신발을 발견하고 한 발로 깡총거리며 다가가는데 인파가 우르르 갈라지며 세 명의 건달패가 어슬렁거리며 다가왔다.

어깨에 힘을 주고 주위를 둘러보며 한껏 인상을 그려 보이고는 바닥에 침을 찍찍 내뱉었다. 이 바닥은 우리 거다라는 모습을 한눈에 알 수 있게 해주는 모습.

더러운 인상과 공포 분위기 조성, 그리고 더러움의 삼박자가 잘 조화된 아주 숙련된 정통 건달패의 모습이었다.

우두둑!

왼쪽에 있는 놈이 목을 좌우로 흔들어 뼈다귀 소리를 내며 약장수 일행에게 한마디 한다.

"쓰벌, 이 떨거지들이 여기 와서 지랄이네."

오른쪽에 있는 놈은 욕설을 퍼부으며 약장수 일행이 쌓아놓은 물품들을 향해 냅다 발길질을 했다. 그리고 주위의 중인들을 향해 와락 소리를 질렀다.

"구경났어? 앙?"

여태까지 남아 구경하고 있던 중인들은 움찔하며 슬그머니 자리를 떴다.

침묵으로 분위기만 잡고 있던 가운데 놈이 마침 남궁혜의 신발을 발견하고는 주워 들었다.

코를 대고 킁킁거리다 카악 가래침을 한 가득 신발 안에다 내뱉고는 휙 던져 버렸다.

설아를 주루에 맡기고 신발을 향해 깡총거리며 다가가던 남궁혜의 아미가 날카롭게 휘어졌다.

약장수 일행들은 비굴해 보일 정도로 허리를 굽신거리며 건달패들의 비위를 맞추려 했다.

백발의 뚱보중년인은 한 놈의 발길질에 뒤로 나자빠졌으면서도 웃음을 잃지 않고 헤헤거렸다.

건달패들은 깐족이며 비웃었다.

"젠장, 지랄 꼴값 떨고 있네."

"제기랄, 저따위 놈들 때문에 강호의 친구들이 우리 하오문을 업신여기는 게 아니냔 말이다."

유검은 그들의 대화에서 건달패나 약장수 일행 모두 하오문 사람들이란 것을 깨달았다. 건달 패거리들의 방약무도한 모습에 눈살이 찌푸려졌으나 간섭할 수는 없었다. 어디까지나 남의 문파 일이니까.

"……."

어디까지나 원칙은 그렇다는 것이다.

한 놈이 여문을 닮은 노래 부르던 아가씨의 허리를 우왁스럽게 끌어당겼다. 그리곤 사람들의 이목 따위는 상관없다는 듯 거침없이 가슴패기를 풀어헤치고 손을 집어넣어 주물럭거렸다. 음흉한 웃음을 띠며 그녀를 농락하는데도 은창자후의 시범을 보이던 근육질의 사내 등은 두 주먹만 부르르 떨 뿐 그만두라는 말조차 꺼내지 못하고 있었다.

뚱보중년인은 애원조로 제발 봐달라는 말만 앵무새처럼 반복하고 있었다.

다른 한 놈은 자리를 피하지 않고 있는 유검을 향해 침을 찍 내뱉더니 더럽게 인상을 그리며 말했다.

"자식! 눈깔에 힘 안 빼?!"

유검은 천천히 끼고 있던 팔짱을 풀었다.

언젠가 강호를 돌아다니다 초일류자객들로 이루어져 있다는 흑월루(黑月樓)에 찾아간 적이 있었다. 그곳 루주가 익히고 있다는 환상의 쾌검술을 견식하기 위해서였다.

한바탕 난리가 나고 일이 일파만파로 번질 뻔했지만 다행히 사부의 도움으로 무난히 일을 끝맺을 수 있게 되었다. 물론 유검이 원하던 소기의 목적을 달성한 후였다. 정체를 감춘 현풍과 흑월루주 간의 비무를 지켜보며 극에 이른 쾌검술을 만족할 만큼 견식할 수 있었던 것이다.

흑월루주는 눈으로 쫓아가기 힘들 정도로 빠른 검초를 펼쳤고 현풍은 천천히 대응을 하는데도 오히려 여유있게 검초를 막고 그를 핍박해 갔다.

후발제선(後發制先)의 묘리였다.

유검은 크게 감탄했고 나중에 사부에게 묘결을 물으니 모든 것은 거리에 좌우된다는 단 한 마디를 했다.

'어쨌든 그 쾌검술이면 되겠지. 무당파와는 전혀 상관없으니까.'

유검은 건달패들을 향해 한 걸음 내디뎠다.

순간 세 명의 건달패들은 누가 먼저랄 것도 없이 움직임을 멈추었다.

그들은 따갑게 밀려오는 무형의 기도에 숨이 턱턱 막혀 꼼짝을 할 수가 없었다.

"왜, 왜 이래? 씨발!"

한 놈이 억지로 깡을 부려본다.

버릇처럼 침을 찍찍 내뱉던 놈은 자신의 몸이 의지와 상관없이 사시나무 떨리듯 하는 것을 보고 황당함을 감추지 못하고 주위를 두리번거렸다.

건달패들은 도대체 자신들이 왜 떨고 있는지조차 이해하지 못했다.

거친 생활을 해오다 보니 칼침에 배를 드러내 놓길 수십 번, 그들을 지탱하는 것은 오직 깡이었기에 고수들 앞이라 해서 기가 죽는 일은 없었다.

그런데 왜?

유검이 한 걸음 다시 내딛자 그들의 눈동자가 시뻘겋게 충혈되었다.

어두운 동굴 속에서 보이지는 않지만 분명 호랑이가 숨어 있음을 느끼고 언제 덮쳐 올까 두려움에 떠는 것과 비슷했다.

분명 강호무림에 모래 알처럼 많은 고수가 있다고는 하지만 하오문의 잡배가 언제 일파종사의 기도를 맛볼 기회가 있었겠는가.

세 걸음째 깨어진 접시 조각이 발끝에 채여 빨리듯 유검의 손으로 들어갔다.

이제는 무형의 검기다.

건달패들은 와락 수만 개의 칼날이 자신을 덮치는 공포에 이빨을 딱

딱 부딪쳤다. 피부가 쩍쩍 갈라지는 듯해서 떨리는 손으로 계속 문질러 대었다.

이제는 깡으로나마도 소리를 내지 못하고 있었다.

약장수 일행들은 이들이 왜 이러나 싶어 두 눈만 동그랗게 뜨고 있었다. 직접 대상이 된 건달패 이외에는 아무도 유검의 기도를 느끼지 못한 것이다.

이 정도의 단계라면 무형의 기도가 아니라 의기상인(意氣傷人)의 무공 경지라 보아야 할 것이다.

네 걸음째.

깨어진 접시 조각을 들고 있는 유검의 손이 그들을 향하는 순간.

퍽! 퍽! 퍼어어억!

세 번의 격타음과 함께 맹금류 앞에 선 노루처럼 꼼짝 못하고 있던 건달패들의 신형이 제각기 일 장 뒤로 퉁겨났다. 그중 마지막 무지막지한 격타음은 남궁혜의 신발에 가래침을 뱉었던 놈의 것이었다.

"흥!"

하얀 맨발이 천천히 거두어지며 백학독립(白鶴獨立)의 자세를 취한다.

남궁혜는 허리에 양팔을 얹고 싸늘한 시선으로 그들을 내려보았다.

강호에서는 말이 필요없다.

오직 검으로 말한다.

시시비비 말싸움만 해봤자 입만 아프다.

어차피 강한 자가 옳은 법이니까.

남궁혜는 건달패들이 일어나기를 기다렸다.

그들이 영문 모를 구타에 대해 욕설 등으로 이의를 제기하는 순간 또다시 비전의 무영각(無影脚)을 시전할 것이고, 그것은 자신들의 잘못을 깨닫는 순간까지 계속 이어질 것이다.

그런데 엉거주춤 일어선 건달패들의 표정이 이상했다.

최소한 갈빗대가 하나씩은 박살났을 영문 모를 구타에 대해 마땅히 보여야 할 깎여진 존심과 통증, 억울함의 기색 등은 전혀 없고 오히려 속시원한, 통쾌한, 정말 다행이라는 희한한 표정들이 아닌가.

마치 사냥꾼이 비를 피해 동굴에 들어갔는데 두 개의 불빛이 형형하기에 호랑이인 줄 알고 벌벌 떨다가 알고 보니 박쥐임을 알았을 때의 표정과 흡사했다.

건달패들은 몸을 일으키자마자 뒤도 안 돌아보고 줄행랑을 놓았다.

남궁혜는 그들의 행동이 조금 수상쩍었지만 어쨌거나 자신의 위세를 보여준 것에 만족해하며 미소를 띠었다.

약장수 일행이 보여준 경의의 시선 역시 달콤했다.

저 악바리 삼형제를 단숨에 굴복시키다니!

도저히 믿기 힘들다는 표정들이었으니까.

힐끔 그것을 훔쳐보고 남궁혜는 자신도 모르게 득의의 웃음을 흘렸다.

"오호호호!"

유난히 맑은 느낌의 웃음소리가 낭랑히 퍼져 나갔다.

그것을 보고 유검은 내심 또다시 한숨을 쉬었다.

'하오문 패거리들은 건드리지 않는 게 좋은데……. 그들이 얼마나 귀찮게 구는지 모르는군.'

자신도 끼어들려 한 주제에 그런 생각을 했다.

그런데 그녀의 웃음소리가 어쩐지 묘하게 들린다고 생각했다.

마치 일체 다른 소음은 없고 그녀의 웃음소리만 존재하는 듯 유아독존적인 느낌이었다.

그리고 그것은 사실이었다.

휘이이이잉~

따가운 햇살을 뿌려대는 여름날의 오후가 일시에 차가운 북풍이 몰아대는 을씨년스러운 겨울날로 바뀐 듯했다. 또한 번화하기 이를 데 없는 낙양의 거리는 마치 폐허로 변해 버린 듯했다. 드문드문 보이는 사람들도 공포심을 숨기지 못한 채 좁은 골목이든 주루든 몸을 숨길 곳을 찾아 헤매고 있었다. 약장수 일행도 언제 몸을 숨겼는지 보이지 않았다.

남궁혜가 그러한 점들을 눈치 챘을 때 왠지 모를 불안과 으스스한 한기(寒氣)가 느껴졌다.

절렁— 철커덕—

기묘한 쇳소리가 저 멀리서 들려오고 있었다. 그와 함께 한 인영의 모습이 천천히 걸어오고 있었다.

일견한 순간 남궁혜는 전신에 소름이 좌악 돋는 것을 느꼈다. 맞은편 무릎 위에 가져다 대고 있던 하얀 맨발은 어느새 음식 찌꺼기투성이인 땅 위로 내려져 있었다.

그녀의 얼굴은 창백해졌고 식은땀이 송골송골 맺히기 시작했다.

그가 가까이 다가오자 보통 사람들보다 머리통이 두 개 정도는 더 큰 거대한 체구라는 것을 알 수가 있었다.

머리카락은 산발하였고 허름한 회의(灰衣) 위로 굵은 쇠사슬을 친친 걸치고 있었다.

아무리 안력을 돋우어도 그의 얼굴은 어둠에 갇힌 듯 도저히 알아볼

수가 없었다. 다만 소름 끼치는 한광(寒光)이 흘러나와 도저히 시선을
마주할 수가 없었다. 마치 저승사자를 마주한 것 같았다.

드디어 마주한 거리는 십여 장.

남궁혜는 피가 나도록 입술을 꽉 깨물었다.

피해야 한다고, 빨리 달아나야 한다고 부르짖는 본능의 외침을 애써
무시하고 있었다.

무인으로서의 오기이기도 하거니와 제아무리 강적일지라도 절대 등
을 보여서는 안 된다는 가문의 가르침이 있었으니까.

남은 거리 오 장여.

남궁혜의 두 다리는 후들후들 떨리고 있었다. 금방이라도 주저앉을
듯했다.

삼 장여 거리로 좁혀졌을 때 남궁혜는 심장이 멎는 듯한 공포를 느
꼈다. 먼 곳으로 향해 있던 괴인의 시선이 드디어 자신에게로 돌려진
것이다.

거리가 이 장여 남았을 때 드디어 괴인의 걸음걸이도 멈추었다.

남궁혜의 갈라진 입술이 약간 벌어졌다. 하얀 치아 사이로 고르지
못한 숨결이 새어 나왔지만 소리가 되어 나오지는 못했다.

핑그르르.

세상이 돌기 시작하더니 그녀의 의식은 하얗게 변해갔다.

억지로 버티고 있던 두 다리에 힘이 풀렸다.

마지막 악으로 비명이라도 지르려는 순간.

"이런이런! 여기 있었군."

그녀의 입을 막은 거친 손바닥이 있었다.

유검은 나머지 팔로 쓰러지려는 그녀의 허리를 낚아채고는 맞은편

주루를 향해 질질 끌고 갔다.

"술 마시다 갑자기 튀어나가다니! 은자를 지불한 나를 뭘로 보는 거냐? 앙?"

태연한 얼굴로 쉴 새 없이 불만을 투덜거렸다.

괴인의 시선이 유검을 향했다.

그의 눈빛에 처음으로 인간의 감정이라고 할 만한 변화가 생겨났다. 그것은 기이함이었다.

유검은 주루로 들어서자마자 여전히 그녀의 입을 막은 채 벽에 찰싹 달라붙었다.

전신의 감각을 총동원하여 괴인의 움직임을 살폈다.

백년 같은 길고도 짧은 순간이 지나고 나서야 다시 절렁, 철커덩 하는 소리가 들려왔다. 괴인이 다시 움직이기 시작한 모양이었다.

하지만 유검은 아직 긴장을 풀지 않았다.

남궁혜가 반항하려는 듯 움찔거리자 그녀의 귓가에 대고 나직이 소리쳤다.

"가만히 있어!"

귀를 통해 전해지는 짜릿한 느낌에 남궁혜는 전신을 움찔거렸다.

자신을 함부로 대하는 것에 화가 나서 주먹을 내질렀으나 철벽을 두들긴 듯 자신의 주먹만 아파왔다. 안 되겠다 싶어 입을 막고 있는 손가락을 꽉 깨물었으나 이빨만 아팠다.

"가만히 있지 않으면 볼기짝을 두들겨 줄 테다!"

재차 으름장을 놓는 유검의 시선과 마주한 순간 남궁혜는 자신도 모르게 얼굴을 붉히고 말았다.

'흥! 흥! 흥!'

속으로 계속 코웃음만 쳤다.

괴인에게 느꼈던 공포는 어느새 사라져 있었고 그녀의 모든 의식은 유검에게로 향해 있었다.

절렁, 철커덩 하는 쇠사슬 소리가 더 이상 들리지 않을 정도가 되어서야 유검은 길게 안도의 한숨을 내쉬었다.

"됐다. 이젠 괜찮아."

철썩!

신체의 자유를 확득한 남궁혜는 말보다 행동이 앞섰다. 무인이라기보다는 아가씨로서의 본능.

뺨을 얻어맞은 유검은 어리둥절해하는 얼굴이었고, 남궁혜는 얼얼한 자신의 손바닥을 감싸고 분한 표정으로 울먹거렸다.

유검은 곤혹스러운 듯 미간을 좁히며 물었다.

"네 생명을 구해주었는데 왜 우는 거지?"

어투가 자연스레 하대로 바뀌어져 있었지만 유검도, 남궁혜도 의식하지 못했다.

남궁혜는 억울한 듯 소리쳤다.

"누가 누구의 생명을 구해줬다는 거죠?"

"그야……"

남궁혜는 낯빛을 굳히고 냉랭히 물었다.

"그럼 묻겠는데 저 괴인의 정체는 뭐죠?"

"…몰라."

"그럼 그 괴인이 날 해치려 한 건지 어떤지 어떻게 알아요?"

그 물음에 유검은 딱히 할 말이 없었다.

그러고 보니 괴인의 정체도 모르는데 왜 그녀가 위험하다고 생각했을까? 딱히 괴인이 무슨 위협적인 행동을 한 것도 아닌데.

남궁혜는 비웃듯 코웃음을 쳤다.

"흥! 괜히 쓸데없이 나서놓고선!"

그건 아니다 싶었지만 딱히 변명할 거리가 없어 머리만 긁적거렸다.

더 이상 입씨름해 봤자 머리만 아파질 것 같아 유검은 자리를 뜨려
했다. 입구 쪽으로 걸어가는데 그녀가 황급히 말을 걸었다.

"그, 그냥 가는 거예요?"

유검은 의아한 듯 되물었다.

"그럼?"

그녀는 억울한 듯 잔뜩 볼멘소리로 말했다.

"내, 내 이름도 안 물어봐요?"

"이름이 뭔데?"

그녀는 더 이상 못 참겠다는 듯 꽥 소리를 질렀다.

"남의 이름을 묻기 전에 자신부터 밝혀야 하는 거잖아요!"

"그냥 지나가는 행인이야."

유검은 그렇게 대답하고는 황급히 주루 밖으로 나가 버렸다.

남궁혜는 얼굴을 시뻘겋게 물들인 채 숨을 식식거렸다.

곧 호기심 어린 눈으로 구경하고 있던 중인들을 향해 꽥 소리 질렀
다.

"뭘 봐요!"

관도 위로 사람들이 다시 나오기 시작했다.

백발의 한 노인이 분재(盆栽)를 다듬고 있었는데 아무도 그를 의식
하지 못했다. 심지어 그 노인을 지나쳤던 괴인조차도. 유검 역시 분명

노인을 보았는데도 전혀 의식하지 못했었다.

노인의 용모는 평이하기 이를 데 없었다. 길을 걷다 보면 흔히 마주치게 되는 인자한 노인네 같아 보였다. 다만 눈동자는 괴이하기 이를 데 없었다. 흰자위 하나 없이 눈동자 전체가 흑색이었던 것이다.

백발노인은 멀어져 간 괴인 쪽을 힐끔 바라보고는 따가운 햇살을 뿌려대는 청명한 하늘로 시선을 돌렸다.

"슬슬 먹구름이 몰려오려나."

나지막한 혼잣말이었기에 아무도 듣지 못했다.

다시 분재로 관심을 돌리는 노인의 시선은 주루 밖을 나와 서성거리는 유검을 슬쩍 스쳐 지나갔다.

어쨌든 이 노인을 의식하는 사람은 아무도 없었다.

관도를 따라 걸으며 여전히 전신에 힘을 꽉 준 상태인지라 어색하기 그지없는 걸음걸이다 유검은 곰곰이 좀 전의 괴인을 떠올렸다.

그를 보는 순간부터 강렬한 충동을 느꼈다, 검을 들고 온몸으로 그와 부딪쳐 보고 싶은 충동을.

물론 사부의 엄명에 의해 검을 들 수도 없고 또한 익힌 무공을 제대로 펼칠 수도 없는 상황이었으며, 게다가 백의소녀를 먼저 구해야 했기에 애써 그 충동을 억제할 수밖에 없었지만 그를 다시 보게 된다면 그때는 자신이 없었다. 끓어오르는 무인의 피를 감당할 자신이 없는 것이다.

문득 유검은 자신이 한 생애를 통해 무엇을 하고 싶은가, 무엇을 이루고 싶은가, 무엇을 원하는가 하는 따위의 의문이 들었다.

이런저런 생각을 떠올려 보다 쓴웃음과 함께 고개를 저었다.

다만 검을 쥐고 싶었다.

마음껏 그 검을 휘둘러 보고 싶었다.

단지 그것뿐이었다.

그리하여 그 검의 끝에는 무엇이 있는가? 그곳에는 어떤 세상이 펼쳐져 있는가? 그것이 보고 싶을 뿐인 것이다.

그렇다면 굳이 무당파라는 울타리에 얽매어 있을 필요가 있을까? 파문이란 달리 말해 무한한 자유를 얻은 것에 불과하지 않은가.

세상에는 수많은 무공들이 있다.

무당파의 무공이야말로 현기막측하고 그 끝을 알 수 없으리만치 심오한 것은 사실이나 세상의 모든 무공 요결을 다 포함하고 있다고는 볼 수가 없다.

그건 당연하다.

이 세상에는 정말로 많고 많은 무공들이 있다.

그 하나의 무공에는 또 하나의 세계가 있는 것.

이제는 사부의 눈치를 보지 않고도 마음껏 그 무공들을 익혀볼 수 있다. 무당파의 규율에 얽매이지 않고 마음껏 그 세계들을 맛볼 수가 있는 것이다.

그런 생각이 들자 기대감에 가슴이 두근거리고 호기(浩氣)가 절로 솟구쳤다.

왠지 모를 통쾌함이 들어 크게 웃음을 터뜨렸다.

"하하하하하하—!"

한참을 웃다 보니 지나가는 사람들이 걸음을 멈추고 멀뚱히 자신을 쳐다보고 있었다.

젊은 나이에 안됐군 하는 빛이 역력했다.

못 본 척 다시 걸음을 옮기니 그 어색한 모습에 중인들은 결국 웃음을 참지 못하고 가가대소(呵呵大笑)를 터뜨렸다.

유검은 내심 결심했다.

'일단은……'

걸음걸이부터 고쳐야 한다.

고서점 하나가 눈에 띄었다. 편액에는 '고금통회(古今通會)'라 적혀 있었다.

'저거다!'

유검은 망설이지 않고 고서점 안으로 들어갔다.

겉으로 보기에는 조그마해 보였는데 막상 안으로 들어가 보니 꽤 넓었다.

이십 대 초반으로 보이는 곰보청년은 조는 듯 마는 듯 손님이 들어와도 전혀 신경을 쓰지 않고 있었다.

유검은 그 점이 마음에 들었다.

이리저리 뒤져 보다 잡다한 무공 서적들이 쌓여진 곳을 발견했다.

삼재검법(三才劍法), 육합권(六合拳) 등 흔히 강호에 떠도는 일반적인 무공 수련서들부터 일파만겁(一派萬劫), 천마경신술(天魔輕身術)같이 괴상한 제목으로 호기심을 자극하는 비급류들, 그리고 강호제일권이라는 거창한 부제가 달린 진악신권(震嶽神拳)이라는 사이비 권법서까지 아주 다양했다.

유검은 마치 보물 창고를 발견한 듯 행복한 기분이 되었다.

하나둘씩 들춰보다 유운장(流雲掌)이란 제목이 달린 책자를 발견했다.

유운장은 유운신법과 더불어 펼쳐지는 것으로 무당파 내에서도 정식 제자들만이 배우는 무공 중의 하나였다.

물론 무당파의 기본 무공이 가끔 강호에 흘러 들어가기는 하지만 문파 내 비전으로 숨겨진 무공들이 유출되는 경우는 거의 없었다.

유검은 호기심을 느끼고 책자 안을 훑어보다 실소를 터뜨렸다.

겉으로 보이는 초식들은 유사한 모습으로 그려져 있었지만 실제 중요한 요결 등은 전혀 엉터리였던 것이다. 당연히 이런 책자 따위로는 제아무리 천하의 기재라도 유운장의 정수와 비의를 깨우칠 수 없다.

실제 강호무림인들이 이런 고서점으로 와서 무공 책자를 찾는 경우는 거의 없었다. 무림을 동경하는 청년들이 무공을 배워보고 싶어하는 욕구를 이용해서 은자를 벌기 위해 만든 것들이 대부분이었으니까.

물론 유검도 그러한 사실을 알고 있었다.

영문십권(迎門十拳).

우연히 들춰본 그 책자의 내용을 대략 살펴보고 유검은 만족한 미소를 지었다. 드디어 원하는 것을 발견한 것이다.

열 개의 권로로 이루어진 이 권법은 무슨 기기묘묘한 초식 등은 전혀 수록되어 있지 않았다. 극히 일반적인 권로들로 이루어진 이 권법서는 기초에 아주 충실하여 그야말로 무공 입문자에게나 어울리는 그런 종류였다.

권법 요결은 간결하면서도 정확한 것이 절대 엉터리가 아니었다. 아마도 이름이 알려지지 않는 조그만 문파에서 흘러나온 것이리라 짐작되었다.

그 무엇보다 마음에 든 것은 무당파의 상승 무공 요결이 전혀 포함되어 있지 않다는 점이었다.

'이것만 제대로 익힌다면!'

유검은 힐끔 점원의 눈치를 보았다.

자신이 무슨 짓을 하든 별 상관 않는 눈치였기에 마음 놓고 책자를 탐독하기 시작했다.

얼마나 시간이 흘렀을까.

문을 통해 새어 들어오는 어스름한 저녁노을 빛 속에 유검은 마지막 책장을 덮었다. 뿌듯하고 만족한 기분으로 나른하게 기지개를 켰다.

"그 책이 마음에 드는가?"

들려오는 그 소리에 그제야 인기척을 느끼고 황급히 뒤돌아보니 한 백발노인이 인자한 미소를 띠고 자신을 내려다보고 있었다. 흰자위 없이 까만 눈동자의 기이한 모습인데도 유검은 전혀 이상함을 느끼지 못했다. 다만 고서점의 주인인가 싶어 어색한 미소를 띠었다.

유검은 현재 가진 은자가 없다. 다시 말해 책을 사고 싶어도 살 수가 없는 형편인 것.

이런 형편에 노인의 질문은 참으로 곤혹스런 것이다. 마음에 든다고 말할 수도 없고, 그렇다고 아니라기에는 너무 책에 열중한 모습을 이미 보였으니까.

어떻게 이 위기를 모면하나 궁리를 하는데 노인은 불쑥 한 권의 책자를 내밀었다.

"이 책은 어떤가?"

얼떨결에 노인이 내민 책자를 받아 들었다.

금방이라도 으스러질 듯 아주 낡은 양피지로 이루어져 있었는데 조심스레 펼쳐 보니 깨알 같은 글씨만 잔뜩 적혀져 있었다.

훑어보니 무슨 종류의 책자인지 도통 감을 잡을 수가 없었다.

무슨 천체(天體)의 운행 이치에 대해 논하기도 하고 때로는 의서(醫書)처럼 인체의 기혈 운행에 대해 논한 것처럼 보이다가 난데없이 기후 변화를 연관 짓기도 했다. 그리고 아무리 읽어보아도 뜻을 알 수 없는 부분도 많았다.

유검은 그 내용들을 이해할 수 없는데도 어쩐지 익숙한 느낌에 자신도 모르게 책자의 내용에 빨려 들어갔다.

한참을 보다 보니 엉뚱한 생각이 들었다.

'혹시 검법서(劍法書)?'

검에 관해서는 일 초식 하나 적혀 있지 않았지만 읽다 보니 이상한 환각이 보였다. 춤을 추듯 거대한 검무(劍舞)의 동작이 절로 떠오르는 것이었다.

인간의 검무가 아니었다.

용이 여의주 대신 검을 물고 검무를 추고 대지를 움직이는 거대한 바람이 떠도는 구름을 검 삼아 한바탕 흐드러지게 춤을 춘다.

대지는 만 생명체를 실은 채 활검(活劍)을 선보이고 때로는 화산이 되어 하늘을 향해 사자후를 터뜨리기도 한다. 하늘은 때로는 부드러운 봄비로, 때로는 거친 폭우로써 수많은 변초를 호응하여 실어 보내다 서릿발 같은 가을 검으로 쭉정이들을 사정없이 잘라내어 버린다.

"어떤가? 마음에 드나?"

노인의 음성에 그제야 유검은 환각에서 깨어났다.

"꿀꺽!"

유검은 자신도 모르게 마른침을 삼켰다.

입을 열 수가 없었다.

당장이라도 검을 쥐고 거대한 천지 속에서 무언가 마음껏 펼쳐 보고 싶은 충동에 온몸이 부르르 떨렸다.

이를 꽉 깨물고 한참이나 지나서야 겨우 충동을 자제하고 책장을 덮을 수 있었다.

유검은 흥분을 감추지 못해 얼굴이 벌겋게 상기되었다.

"이 책… 파, 파는 건가요?"

떨리는 목소리로 그렇게 물었다.

노인은 다시 물었다.

"마음에 드는가?"

어처구니없는 질문이었다.

마음에 드냐고?

책을 읽는 동안 내내 영혼의 떨림을 맛보았다.

무언가 평생을 통해 추구해 왔던 그 아련한 무엇이 이 책자 속에 확실히 담겨 있는 것 같았다. 그동안 알지 못해 답답했던 것들이 뻥 뚫린 것 같은 통쾌함을 맛보았다.

영혼이 마비되는 것 같았다.

이 책자를 얻을 수 있다면 당장 생명이라도 내놓을 수 있을 것 같은데, 마음에 드냐고?

아무 말도 못하고 멍하니 있는 유검에게 노인은 고개를 끄덕이며 말했다.

"이 책자가 자네와 연이 닿는 모양이군. 아무거나 내놓고 가져가게."

유검은 곡예하듯 당장 화선지로 감싼 천 년 묵은 산삼을 꺼내는 동시에 책자를 품속에 갈무리했다.

"이, 이, 이……."

얼마나 흥분했는지 이것이면 되겠냐는 물음조차 더듬거리기만 할 뿐 말이 되어 나오지 않았다.

노인은 인자한 미소를 띠며 허락의 의미로 고개를 끄덕였다.

유검은 날듯이 고서점을 나섰다.

노인은 혼잣말로 중얼거렸다.

"진정 연이 있다면… 그 안의 진짜 보물을 발견할 테지."

그리고 유검이 남긴 산삼을 씹어 먹다 눈살을 찌푸렸다.

"그나저나 이 도라지는 왜 이리 쓰나?"

유검은 일월표국을 향했다.

그곳에 놓아둔 한천검을 되찾고 당장 인적없는 깊은 산속으로 갈 생각이었다.

그곳에서 책자를 펼쳐 보리라. 그리고 마음이 이는 대로 마음껏 검을 휘둘러 보리라!

길을 걷되 유검은 영문십권에 있는 허보(虛步)와 질보(疾步)를 혼합해서 걸었다. 크게 이상하지는 않았지만 아직은 어딘가 어색했다.

조금 전 보았던 영문십권의 내용을 다시 떠올려 보았다. 사람의 이름과 얼굴은 잘 기억하지 못해도 일단 무공과 관련있는 것은 한 번 보면 거의 다 이해하고 외워 버리는 유검이었기에 책자의 내용을 떠올리는 데는 문제없었다.

보다 자연스러운 걸음걸이를 위해서는 몇 개의 보법을 더 섞는 것이 좋을 듯싶었다.

그런 생각이 든 순간부터 유검의 걸음걸이는 보다 자연스러워져 갔다.

문득 한 가지 생각이 떠올라 잠시 걸음을 멈추었다.

만약 마음껏 검을 휘두르다 자신도 모르게 무당파의 검술을 펼치게 된다면?

곰곰이 생각해 보다 먼저 선행되어야 할 것이 있다는 것을 깨달았다.

영문십권을 완벽히 익혀 몸에 배도록 하는 것.

무의식 중에 나오는 행동 하나하나가 일단 영문십권의 권로를 따르는 정도가 되어야 한다.

'서두르지 말자! 서두르지 말자!'

계속 그 말을 되뇌이며 일월표국으로 향하던 발길을 돌렸다.

주택가들 사이로 빈 공터가 있는 것을 발견했다.

그곳에서 유검은 영문십권을 처음부터 차근차근 익혀 나가기 시작했다.

가끔 오고 가는 주정뱅이들이 그것을 구경하고는 했다.

第八章
버릇없는 호교쌍노

"파문?"

거대한 대청, 화려한 태사의 옆 한쪽 구석에서 개 집을 만들고 있던 일월표국주는 망치질을 멈추었다.

그는 천천히 총관 쪽을 뒤돌아보며 무색채의 어조로 다시 되물었다.

"그러니까… 내 아들 유검이 파문을 당했단 말이지?"

총관은 흘러내리는 식은땀을 소매로 훔치며 답했다.

"예, 예. 그렇습니다."

국주의 얼굴은 무표정했다. 유검이 파문당했다는 소식에 화를 내는 것인지, 아니면 안타까워하는 것인지 전혀 알 수가 없었다.

태풍전야 같은 긴장감이 대청 안을 꽉 메웠다.

총관은 너무나 긴장한 나머지 양 어깨가 뻣뻣해질 정도였다.

국주는 천천히 태사의로 걸어갔다.

좌정하자 돌연 태산처럼 뻗어 나오는 위엄.

국주는 천천히 입을 열었다.

"자네도 알다시피 본 교는 전 중원을 피로 물들일 준비가 끝이 나 있다. 본 교가 지난 삼십 년 동안 감내해 온 굴욕의 세월을 이자까지 쳐서 되돌려줄 만반의 준비가 되어 있단 말이다."

국주는 비웃듯 코웃음을 쳤다.

"흥, 허수아비 같은 무림맹, 저 잘난 줄만 아는 구파일방들, 은자와 여자의 뒷꽁무니만 쫓는 흑도 무리들, 그 누가 감히 피의 수레바퀴를 막겠는가? 전 중원무림 따위야 지금에라도 단숨에 쓸어버릴 수 있다."

총관은 내심 조그맣게 중얼거렸다.

'꼭 그런 것만은 아닌뎁쇼.'

"그런데 내가 왜 침묵을 지키고 있었다고 생각하나? 수밀지체(輸密之體)의 소녀도 나타난 이 마당에 더 이상 꺼릴 것은 없는데도 말이다. 선대 원령들의 한을 풀겠노라 조사위 전에 맹세한 내가 그 지겨운 장로들의 잔소리를 들어가면서도 여태껏 참은 이유가 무엇이라 생각하냔 말이다!"

'귀찮아서죠.'

내심 그렇게 생각했지만 결코 입 밖으로 내뱉지는 못했다.

"그런데 파문이라……."

국주는 고개를 숙인 채 있다가 한참 후에야 다시 입을 열었다.

"아진(阿進)."

총관은 국주가 자신의 어릴 적 아명을 부르자 아연실색 긴장하여 깊숙이 허리를 굽혔다.

아명을 부르는 본래의 의도는 허물없이 서로 대화를 나눠보자 정도가 아니었나 싶지만 실제로는 전혀 달랐다. 이때는 오히려 진지한 상태, 함부로 말대꾸해서는 안 되는 상태임을 말한다. 어떤 말이 나오더라도 맞장구쳐야 하고 절대 복종해야만 한다.

국주는 한참 동안 묵묵히 있었다.

시선은 천장을 향해 있었는데 지난 세월을 반추해 보는 것 같았다.

"아진."

"옙."

"내가 교주가 된 지 어느 정도의 세월이 흘렀는가?"

총관은 즉시 계산해서 답했다.

"정확히 십오 년하고 아흔여드레입니다."

"그렇군."

"……."

"당시 내가 교주 위에 올라섰을 때 내 몸에 나 있는 상처는 정확히 칠백예순아홉 개였네. 다른 후계자들과 치열하게 싸우며 얻은 것들이지. 나중에 정식으로 천마환신대법(天魔換身大法)을 시전받고 내 몸은 환골탈태하여 거의 모든 상처는 없어졌네만……."

말꼬리를 흐리며 국주는 공력을 끌어올렸다. 이에 지렁이가 꿈틀거리는 듯한 붉은 상흔이 그의 가슴 부위를 길게 가로질러 드러나기 시작했다.

국주는 그 상처 부위를 쓰다듬으며 말을 이었다.

"이것만은 없어지지 않더군."

총관은 고개조차 끄덕이지 못하고 마른침만 꿀꺽 삼켰다. 교주의 가슴에 난 상처는 아무도 거론해서 안 되는 금기 사항이었다.

국주는 씁쓸히 웃었다.

"내 아들을 지키기 위해서였다네. 하지만……."

한참 후에야 무겁게 탄식하듯 내뱉는 말.

"아내는 잃고 말았지. 당시 내 능력으로 둘 모두를 지킬 수는 없었거든."

국주는 천천히 몸을 일으켰다.

"어쨌든 정말로 그 아이의 행복을 바랬다네. 보통 사람처럼… 좋은 아내를 얻고 그렇게 행복하게 살기를 바랬다네."

그의 말투는 모두 과거형이었다.

"본 교의 후계자가 되어 피를 말리는 고통과 경쟁을 맛보는 것 따위는 결코 원하지 않았었다."

여전히 과거형.

국주는 돌연 밝게 웃었다.

"뭐… 그렇다는 이야기일세. 하하하……."

총관도 따라 어색하게 웃었다.

국주는 태사의를 내려와 총관의 등을 두들겨 주며 다독거렸다.

"이런이런, 너무 생각을 앞지르지 말게나. 본 교의 후계자가 되려면 고리타분한 장로들의 만장일치가 있어야 한다는 것 정도는 나도 잘 알고 있다네. 그전에 숱한 생명을 건 시험을 거쳐야 하고 또 본 교에 지대한 공을 세워야만 하지."

"……."

"무엇보다 중요한 것은 본인의 의지! 시켜준대도 본인이 하기 싫다면 그뿐 아닌가? 하하하……."

국주는 돌연 발을 굴렸다.

쿵!

우르르 대청이 몸살을 앓듯 진동했다. 먼지와 돌 부스러기 등이 우스스 떨어져 내렸다.

"호교쌍노(護敎雙老)!"

국주의 외침에 빈 허공에서 늙수그레한 음성이 흘러나왔다.

"왜 불렀냐, 애송이 녀석."

"좀 더 그럴듯한 이름으로 불러달랬더니…… 클클클."

국주는 빈 허공을 향해 핏빛 서찰을 날렸다.

"적힌 대로 시행해."

허공에서 이빨 가는 소리가 들려왔다.

"오만한 놈! 언젠가 반드시 네놈을 산 채로 가죽을 벗겨 버릴 테다!"

"클클클, 참어, 참어. 살아가는 낙이 하나라도 있어야지."

총관의 안색은 납덩이처럼 굳어졌다.

준비된 핏빛 서찰? 게다가 천 장 아래 지하 수옥에 감금되어 있다는 두 늙은 괴물들이 나타나다니?

총관은 깨달았다.

결국 교주는 무언가를 미리 계획해 두었으면서 핑곗거리만 찾고 있었다는 것을.

이 상황이 무엇을 의미하는지 고민에 잠겨 있을 때 저 멀리서 들려오는 쇳소리.

절렁, 철커덩.

환상처럼 전신을 쇠사슬로 친친 동여맨 한 괴인의 모습이 떠올랐다.

"서, 설마!"

총관의 안색은 시체처럼 창백해 갔다.

국주는 느긋하게 태사의에 몸을 기댄 채 만족한 미소를 지었다.

"때를 잘 맞추는군."

*　　　*　　　*

저 멀리서 어슴푸레 밝아져 오는 여명(黎明).

공터는 서서히 황금빛으로 물들기 시작하는데 일로(一路) 일로(一路) 정성스레 영문십권을 반복해서 수련하는 유검의 권장은 멈출 기미가 보이지 않았다. 하산 이후 실로 오랜만의 정식 수련이라 할 만했기에 유검은 자신도 모르게 무아지경에 빠져 있었던 것이다.

벌거벗은 상체는 땀으로 흠뻑 젖어 있었다.

"합!"

짧막한 기합과 함께 내지른 일권에 전신의 땀은 민들레 꽃씨처럼 사방으로 터져 나갔다. 막 새어 들어온 햇살이 그것들을 모두 보석으로 바꿔놓았다.

어떤 경우에라도 흘린 땀의 가치는 결코 보석에 비할 바 아니다.

일권을 뻗었다가 움츠릴 때 약동하는 상체의 근육은 마치 봄날 약동하는 개구리의 뜀뛰기를 연상케 했다.

천천히 두 다리는 대지에 뿌리를 내리고 양팔을 활짝 펴서 서서히 단전을 감싸니 그 단아함이 귀한 손님을 맞는 공부자(孔夫子)의 예(禮)를 보는 듯하고, 장(掌) 속에 숨겨진 주먹은 허실(虛實)을 짐작키 어렵더니 어느새 무위(無爲)로 돌아가 노장(老莊)의 도(道)를 이었다.

한 수 한 수 평범해 보이나 실로 무뎌진 명검의 칼날이라 할 만하였다.

두 개의 비조가 무시무시한 속도로 낙양 하늘을 가로질렀다.

이는 파공성에 때 아닌 천둥이 이나 싶어 사람들이 하늘을 올려다보았을 때에는 이미 그림자조차 없었다.

두 비조는 일 마장 정도 날아가다 의아한 표정으로 서로 얼굴을 마주 보았다.

"아까 그놈?"

"확실해!"

말의 여운이 끝나기도 전에 둘이 다시 유검이 있는 곳으로 되돌아왔다.

공터가 내려다보이는 높은 전각 위, 괴이하게 생긴 두 늙은이가 돌연 그 모습을 드러내었다.

한 명은 대나무처럼 비쩍 말랐는데 키가 보통 사람의 두 배는 될 듯했고 헐렁한 검은 장포를 입고 있었다. 그리고 얼굴은 주름투성이였지만 허리춤까지 흘러내린 머리카락은 젊은 여인네의 것처럼 칠흑같이 검고 고왔다. 만약 뒤에서 본다면 처녀로 착각할 정도였다.

그리고 나머지 한 명은 마치 공기를 불어넣은 가죽 공처럼 동글동글했는데 어떻게든 몸매를 교정시켜 보려는 듯 몸에 꼭 끼는 붉은 전포를 입고 있었다.

그리고 특이한 것이 본래 그의 키는 보통 사람의 허리춤에도 미치지 못했는데 머리 위에 자기 키보다 더 큰 붉은 물감으로 물들인 거대한 상투를 매달고 있었다. 그 모습이 우스꽝스럽기 그지없어 어떤 사람이 지나가다 힐끔 그를 보았다면 분명 어디 곡예단에서 탈출한 사람으로 착각할 것이다.

키 큰 노인이 고개를 끄덕이며 말했다.

"그림과 똑같이 생겼군. 저놈이 확실해."

그는 무림에서 자신의 지위가 어떤 것인데 저따위 애송이 뒤꽁무니나 쫓아야 하나 하는 불평을 얼굴 가득 드러내고 있었다.

당연히 유검을 내려다보는 그의 시선에는 적의(敵意)가 노골적으로 담겨 있었다.

"어이, 뚱땡이, 다음 그림은 뭐냐?"

저놈을 단숨에 핏물로 만들어 버리라는 것이었다면 좋겠다고 생각하며 물었다.

뚱보노인은 곤혹스럽고도 진지한 표정으로 한 장의 그림을 살펴보고 있었다.

"끄응, 재촉하지 마라, 헐렁이. 해석하고 있는 중이니까 말이다."

키 큰 노인은 뭔가 싶어 힐끔 뚱보노인이 펼쳐 든 그림을 훔쳐보았다. 슬쩍 위에서 내려다보면 되니 어렵지 않은 일이었다.

그림에는 유검으로 보이는 사내가 팔짱을 낀 채 머리로 대지를 떠받들고 있었고, 자기들의 모습으로 짐작되는 두 명은 양팔과 두 다리로 하늘을 떠받든 채 등을 땅에다 대고 있는 우스꽝스런 모습이었다.

키 큰 노인의 얼굴이 일그러졌다.

"제기랄, 우리보고 뭔 짓거리를 하란 거냐?"

어처구니없어하는 키 큰 노인과는 달리 뚱보노인은 진중한 표정이었다.

"으으음, 일단 이대로 해야 될 것 같은데……."

"켕!"

키 큰 노인의 입에서 강아지 소리가 흘러나왔다.

"우리보고 이딴 우스운 꼴을 하라고? 말도 안 되는 소리!"

키 큰 노인은 말도 안 된다는 듯 연신 콧방귀만 뀌었고 뚱보노인은 묵묵부답이었다.

뚱보 노인이 먼 하늘로 시선을 돌리며 씁쓸히 말했다.

"바퀴벌레는… 이제 지겹다."

그 말에 키 큰 노인은 흠칫했다.

돌연 그의 안색이 처량해지더니 긴 탄식과 함께 같이 먼 하늘로 시선을 돌렸다.

"그건… 나도 그래."

둘은 쪼그리고 앉아 한참 동안 묵묵히 있었다.

지난날 견디기 어려웠던 시절을 회상하는지 그들의 얼굴 표정은 처참하리만치 처량하면서 씁쓸하기 그지없었다.

키 큰 노인이 벌떡 일어나 외쳤다.

"제기랄, 하면 될 거 아냐! 하면!"

부르르 헐렁한 그의 흑포가 바람에 나부끼듯 떨렸다. 그의 두 눈은 노화를 참기 힘든 듯 시뻘겋게 충혈되어 있었다.

뚱보노인이 탄식하며 말했다.

"설령 우리가 그대로 따라 한들 그래도 난관(難關)은 있다네."

"무슨 소리냐, 뚱땡이!"

"생각해 봐."

뚱보노인은 고개를 절레절레 저으며 말을 이었다.

"설령 우리가 땅을 뒹군다 해도 저 녀석이 가만히 있으면 어떻게 되지? 우리만 우스운 꼴이 되는 거다, 헐랭아."

그건 미처 생각 못해봤다는 듯 흑포노인은 충격받은 얼굴이었다.

"가, 감히! 감히……!'

"충분히 그럴 수 있지."

흑포괴인은 단번에 의기소침해졌다. 휑한 두 눈으로 하늘이 무너져도 솟아날 구멍이 없냐고 물어보듯 애절한 목소리로 말했다.

"그, 그럼 우린 또다시 바퀴벌레를 먹어야 하는 거냐? 그 깜깜한 곳으로 다시 되돌아가서?'

뚱보노인은 단호하게 고개를 저었다.

"그럴 수야 없지!'

그리고는 흐물흐물 웃으며 말했다.

"방법이 없을 리가 있나? 나의 신산묘계(神算妙計)를 뭐로 보는 거냐? 카카카!'

"이놈의 뚱땡이! 날 놀렸군!'

화난 체했지만 방법이 있다는 말에 희색을 감추지 못하는 흑포노인이었다.

흑포노인은 궁금해하며 물었다.

"무슨 방법인데? 어떡하면 저놈을…….'

애시당초 자신들이 우스운 모습을 보여야 한다는 것에 분노를 느꼈던 것은 까마득하게 잊어버린 모양이었다. 오로지 유검이 과연 팔짱을 낀 채로 거꾸로 서줄 것인가라는 문제에만 매달렸다.

뚱보노인은 득의만연해하며 유검을 가리켰다.

"헐랭이, 저놈을 봐."

"응."

"젊지?'

"당연하지."

"젊은 놈을 꼬박꼬박 말을 잘 듣게 하려면?"

"그러니까……"

흑포노인은 기쁨을 감추지 못하고 소리쳤다.

"여자!"

"바로 그거야! 물론 어리고 예뻐야만 하지!"

"후후, 뚱땡이! 과연 너의 그 대갈통은 신산묘계로 가득 차 있구나! 나에 조금도 뒤떨어지지 않는군."

"므흐흐… 헐랭이, 말씨름은 그냥 넘어가 주마. 하여간 우리가 겁을 주면 계집아이는 우리 말을 듣게 된다. 그리고 그 계집아이가 저놈한 테 부탁을 하면……."

"카카카카카!"

"므흐흐흐……!"

통쾌하게 웃는 노인들의 예리한 두 쌍의 눈은 먹잇감을 찾아 사방을 뒤지기 시작했다.

한 전각의 후원, 유난히 수풀이 우거진 은밀한 곳에 하녀 복장을 한 어린 계집아이는 두 손으로 나무 둥치를 붙잡고 짧은 치마가 위로 젖 혀진 채 허연 둔부를 드러내고 있었다.

오십 대 중반으로 보이는 화복중년인은 벌거벗은 아랫도리를 바짝 그녀의 둔부에 가져다 대고 요분질을 하고 있었는데 사방으로 경계심 을 보내고 있었다.

첫 경험인 듯 그녀의 허벅지를 타고 한줄기 선혈이 흘러내렸다.

중년인에게 있어 자신의 소유로 되어 있는 하녀의 순결 따위야 단순 한 장난감 이상의 의미는 없었다.

평소 제법 반반한 얼굴에 슬슬 물이 올라가는 그녀를 눈여겨봐 두었다가 이곳으로 끌고 와 겁탈하는 것은 무서운 안방마님의 눈치를 피해서 들키지 않고 무사히 즐겨야 하는 긴박감 넘치는 놀이 중의 하나였을 뿐이다.

어린 계집아이는 단지 겁에 질린 채 절대 소리 내어서는 안 된다는 주인의 명만 기억하고서 이를 꽉 깨문 채 소리없는 눈물만 흘릴 뿐이었다. 부끄러움이나 치욕보다는 생존이 우선이니까.

주인의 거친 숨소리가 갑자기 그쳤다. 어린 계집아이는 혹시 끝났나 싶어 조심스레 고개를 뒤로 돌려보았다. 순간 두 쌍의 시뻘건 눈동자를 발견하고는 순간적으로 얼이 빠져 버렸다.

"이 정도면 될까?"

"괜찮을 거 같은데?"

어린 계집아이는 괴이하게 생긴 두 노인의 뒤로 자신을 겁탈하던 주인이 튀어나온 나뭇가지에 하체가 꿰뚫린 채 게거품을 물고 있는 것을 발견했다.

그 모습에 한편으로는 통쾌하였고 한편으로는 덜컥 겁이 났다.

기뻐해야 할지 슬퍼해야 할지 분간도 하기 전에 자신의 몸이 까마득한 허공에 떠 있다는 것을 깨달았다.

어린 계집아이는 그제야 폐부 깊숙이 숨겨두었던 비명 소리를 마음껏 내질렀다.

괴이하게 생긴 두 노인은 한 소녀를 데리고 공터 끝자락에 나타났다.

흑포노인은 유검이 여전히 권법 연무에 열중인 것을 확인하고 소녀에게 단단히 으름장을 놓았다.

"흥, 내 말을 잘 들어라. 만약 우리가 시키는 대로 하지 않는다
면……."

사지를 잘라내고 육젓을 담궈 버리겠다는 둥 두 눈알을 파내고 살갗
을 벗겨 이불로 삼겠다는 둥 배를 갈라 창자로 네 목을 졸라 죽이겠다
는 둥 거지 새끼들로 윤간시키겠다는 둥 미리 생각해 두었던 무시무시
한 협박의 말을 꺼내려는데 돌연 소녀가 무릎을 꿇었다.

그녀는 눈물을 흘리며 겁에 질린 표정으로 간청했다.

"제발 때, 때리지만 마세요. 시키시는 대로 무엇이든 할게요. 제
발… 제발!"

얼마나 간절하게 애원하는지 이 세상에서 제일 두려워하는 것이 무
언지를 확실히 보여주었다.

두 노인은 서로 얼굴을 마주 보았다.

'이 계집아이는 맞는 것을 제일 두려워하는 모양이다.'

아무리 혹독한 형벌일지라도 죽고 나면 고통을 모른다. 살아서 맞는
게 어쩌면 더 두려울지도 모른다.

생각이 일치한 듯 두 노인은 고개를 끄덕였다.

흑포노인은 무서운 표정을 지으며 말했다.

"좋아! 너는 우리가 시키는 대로 해야 한다. 만약 우리 말을 듣지 않
는다면… 흥! 흥! 흥!"

흑포노인은 계속해서 냉소만 흘렸다. 말을 듣지 않으면 때리겠다고
협박을 하자니 어쩐지 뭔가 어색했던 것이다.

두 노인이 한평생 누군가를 협박한 적은 헤아릴 수 없이 많았다. 하
지만 그들이 상대했던 이는 모두 당장 목에 칼이 들어온다 해도 눈썹

하나 찌푸리지 않는 철혈대한이거나 혹은 교묘한 언변으로 상대를 현혹해 사기치는 교활한 강호의 능구렁이, 또는 눈빛 하나로 사내를 유혹하여 정기(精氣)를 빨아먹고 사는 강호의 요녀 등이었다.

그런 그들을 협박하자니 자연 잔인한 손속과 그에 합당한 위협만이 있을 뿐이었다. 언제 '때려주겠다' 라는 이상한 말을 할 기회가 있었겠는가?

'때려주겠다' 는 그 말은 듣기에도 뭔가 큰 위협으로 들리지 않을 뿐더러 무척이나 어색했으며 또한 체면까지 손상되는 느낌이었다. 그 말을 하고 나면 어쩐지 상대방이 코웃음만 칠 것 같은 그런 협박의 말이었던 것이다.

잠시 머뭇거리는 사이에 뚱보노인이 자꾸만 눈짓을 줬다.

계집아이는 벌벌 떨면서 겁에 질린 채 그 다음 말을 기다리고 있었다.

흑포노인은 기호지세인지라 할 수 없이 이를 꽉 깨물고 그 한마디를 내뱉지 않을 수 없었다.

"말을 듣지 않는다면… 때, 때려줄 테다!"

습관적으로 무시무시한 얼굴을 지으려 했지만 소녀의 애원을 듣는 순간 왠지 힘이 빠져 버렸다.

"어르신, 제발 때리지 말아주세요. 때리지 말아주세요. 말 잘 들을게요. 정말 말 잘 들을게요. 정말요."

"그, 그래."

흑포괴인이 힘없이 고개를 끄덕이자 소녀는 환하게 웃으며 연신 감사의 뜻으로 고개를 조아렸다.

두 노인은 어색함을 감출 길 없어 애꿎은 헛기침만 했다.

"시, 시작하자."

그녀는 무릎을 꿇고 두 손을 가지런히 모으더니 싱글생글 웃으며 말했다.

"앞으로 절 진진(珍珍)이라 불러주세요. 보배라는 의미래요. 사실 다른 이름이 있긴 하지만 앞으로는 꼭 진진이라 불리고 싶어요. 이름이 너무 예쁘잖아요. 제발, 허락해 주실 거죠? 예? 어르신, 부탁해요. 제발요, 정말 말 잘 들을게요. 예?"

두 노인은 벙찐 얼굴이었다. 그들이 언제 이와 같이 조그만 계집아이의 수다를 들을 기회가 있었겠는가.

"허락해 주신 거죠? 아이, 기뻐라. 앞으로 제게 시키실 일이 계실 때는 '진진' 하고 두 마디만 외쳐 주시면 돼요. 진진, 쉽죠?"

"아가리 닥치지 못해!"

뚱보노인이 결국 참다못해 버럭 소리를 질렀다.

소녀는 겁에 질려 얼굴이 창백해졌다. 주르르 눈물을 흘려내렸다.

그녀는 머리를 조아리며 용서를 빌었다.

"죄, 죄송해요. 제가 너무 주제도 모르고 까불었어요. 앞으로 잡종 년이니 개년이니 맘대로 부르세요. 전 괜찮아요. 항상 그렇게 불렀는 걸요. 제가 너무 욕심을 부렸어요. 제발, 제발 용서해 주세요. 전 천한 년이니 아무렇게나 불려도 괜찮아요. 어르신, 제발 용서해 주세요."

두 노인의 얼굴이 일그러졌다.

뚱보노인이 다시 버럭 소리를 지르려는데 흑포노인이 앞질러 말했다.

"그만 해라, 그만 해, 진진."

'진진'이라는 말을 들은 소녀는 얼굴 표정이 얼어붙었다.

서서히 아미가 펴지고 두 눈은 반달 모양이 되더니 폭포수 같은 눈물이 흘러내리기 시작했다.

"고맙습니다, 어르신. 고맙습니다. 참으로… 참으로……."

울먹이며 새어 나오는 그 말은 진정이 가득 차 있어 진심에서 우러난 말이란 것을 알 수가 있었다.

생전 처음 들어본 고맙다는 말에 흑포노인은 이상야릇한 기분이 들었다.

흑포노인은 안색을 굳히고 그녀에게 물었다.

"넌… 우리가 무섭지 않느냐?"

그녀는 두 눈을 동그랗게 뜨고 말했다.

"너무~ 너무~ 무서워요."

하지만 곧 이어 반달 눈이 되더니 생글생글 웃으며 말했다.

"그래도 너무~ 너무~ 좋아요!"

흑포노인은 굳은 표정으로 한참 있다가 조그맣게 소리 내어 그녀를 불렀다.

"진진."

"예에!"

"진진, 진진!"

"예에~! 예에~!"

"진진, 진진, 진진, 진진, 진진……."

"예에~! 예에~! 예에~! 예에! 예에~!"

둘의 장단을 보다 못한 뚱보노인이 결국 한마디 했다.

"그만들 하지 못해?"

소녀는 찔끔해서 큰 두 눈에 눈물을 글썽였다.

흑포노인은 못마땅한 듯 투덜거렸다.

"괜히 애를 울리고 난리야."

뚱보노인은 길게 한숨을 내쉬며 말했다.

"저년이 정말로 너를 좋아한다고 생각하냐? 다만 살기 위해 애교를 부리는 것뿐이다. 너는 그와 같은 이치도 모른단 말이냐?"

"흥!"

흑포노인은 코웃음을 쳤지만 그 역시 알고 있었다. 자신들을 두려워하는 이는 있어도 진심으로 좋아해 줄 사람은 있을 턱이 없다는 것을.

흑포노인은 눈빛을 매섭게 빛내며 싸늘하게 외쳤다.

"일어서라."

소녀는 벌떡 일어서다 짤막한 비명과 함께 고통스러운 표정으로 아랫배를 움켜쥐었다. 조금 전 주인에게 당한 파과의 아픔이 아직 가시지 않은 상태였던 것이다.

짧은 치마 아래로 허벅지를 타고 흘러내린 선혈 자국이 아직도 있었다.

그녀는 고통을 참고 억지로 자세를 바로했다.

흑포노인은 슬그머니 눈길을 돌리며 한 장의 그림을 그녀에게 펼쳐보였다.

"보이느냐?"

"예, 어르신."

"저기 저놈 보이지?"

흑포노인이 여전히 열심히 권법 수련에 열중인 유검을 손가락으로 가리키자 소녀는 자신에게 시킬 일이 무엇인지 대충 깨닫고 입술을 꽉 깨물었다.

"수단 방법을 가리지 말고 저놈을 여기 그림과 똑같은 모습을 하게 만들면 된다."

"예!"

소녀는 입술을 꽉 깨물고 유검을 향해 걸어갔다. 하체로부터 밀려드는 통증에 뒤뚱거리기는 했지만 전장을 향해 나아가는 병사처럼 결의에 찬 걸음걸이였다.

두 노인은 서로 얼굴을 마주 보고 고개를 끄덕였다. 유검이 그림과 같은 모습을 취하는 순간 재빨리 나려타곤(懶驢打滾) 초식을 펼치자는 무언의 약속이었다.

나려타곤이란 게으른 당나귀가 땅을 뒹구는 모습을 본떠 만든 초식인데 그 중심 요결이 바로 그림과 같은 자세인 것이다.

힐끔.

신중하게 주먹 끝을 응시하고 있던 유검의 눈길이 가자미눈이 되더니 다가오는 소녀를 향했다. 아무리 권법 수련에 열중해 있더라도 예쁘장하게 생긴 소녀가 반경 일 장 내로 들어오는데 시선이 가지 않을 도리가 없는 것이다.

유검이 뭐라 입을 열기도 전에 소녀는 털썩 무릎을 꿇더니 간절하고도 애절한 목소리로 애원했다.

"상공, 제발 이 천한 년의 부탁을 한 가지만 들어주세요."

유검의 고개가 삐그덕거렸다.

그의 눈길은 공터 구석에 자리한 괴이한 두 노인을 향했다.

무공 수련 중에는 오감(五感)이 민활한데 그들의 등장을 어찌 몰랐겠는가. 다만 자신과 상관없는 듯하여 관심을 두지 않았을 뿐이었다.

'내게 무슨 수작을 부리려는 걸까? 결코 쉽게 당하지는 않을 것이다.'

그렇게 생각하고 딱딱한 음성으로 말했다.

"일어나시오, 소저. 어떤 부탁인지 일단 이야기부터 해보시오."

유검의 말에 소녀는 당황해하며 말했다.

"소, 소저라니, 당치도 않습니다. 저는 천한 년이에요. 괜찮으시다면……."

그녀의 두 볼이 새빨갛게 변했다.

"괜찮으시다면 앞으로 저를 진진… 이라고 불러주세요."

뒷말은 기어 들어가듯 했다.

유검은 고개를 끄덕였다.

"그러죠, 진진… 소저. 일단 일어나세요."

소녀는 자신이 원하던 이름에다 소저까지 같이 불리게 되자 붕 뜬 기분에 기쁨을 감추지 못했다. 감히, 감히 그렇게 불릴 수는 없다고 말하려 했지만 가슴이 너무 벅차올라 말을 할 수가 없었다.

천천히 몸을 일으키는 그녀를 보고 유검은 머리를 긁적거렸다.

'이 소녀는 조그만 호칭에 왜 이리 기뻐하는 것일까?'

그 모습이 마치 어린아이처럼 너무나 천진난만해 보였다.

유검은 혹시 연극일지 모른다 생각하고 안색을 굳히며 말했다.

"부탁이란 게 뭡니까, 진진… 소저?"

연이은 '진진 소저'라는 공격에 소녀는 휘청거렸다. 두 눈은 꿈을 꾸듯 몽롱해졌고 입은 약간 벌어져 하얀 치아가 보였다. 마치 환상 속에 들어와 있기라도 한 듯했다. 그대로 두면 춤이라도 출 것 같았다.

유검은 내심 조심해야겠다고 생각했다.

한 번만 더 진진 소저라 불렀다가는 어떤 일이 벌어질지…….

유검은 그녀의 짧은 치마를 보고 뒷짐을 진 채로 슬쩍 눈길을 돌리는 척했다.

"무슨 부탁인가요, 진진?"

소저라는 말은 빼버렸다.

그것만으로도 소녀는 충분히 기분이 좋아 보였다.

"그러니까……."

그녀는 말로는 조금 설명이 곤란하다고 느꼈다.

잠시 머뭇거리더니 머리를 땅에 이고 훌쩍 물구나무서기를 시도했다. 짧은 치마는 자연의 법칙에 따라 당연히 흘러내렸다.

순간 유검의 고개가 나뭇가지 부러지듯 뚝 하고 꺾였다.

아침 햇살은 찌는 듯한 여름 날씨를 예고하듯 벌써부터 따가웠다. 그 가운데 갑자기 드러난 소녀의 벌거벗은 하체라니!

소녀는 겁탈을 당한 후 아직 속곳을 챙겨 입지 못한 상태였던 것이다.

멀리서 지켜보던 두 노인조차 전혀 예상하지 못했는지 입을 쩍 벌렸다.

짹짹.

참새 소리만 요란할 뿐 주위는 잠시 정적이 감돌았다.

스르르.

무공을 익히지 않은 소녀가 오랫동안 물구나무서기를 하고 있을 수는 없다. 중심이 무너지며 쫘당 하고 소녀는 넘어졌고 유검은 화들짝 놀라 뒤로 물러섰다.

엉거주춤 몸을 일으키다 소녀는 그제야 자신이 속곳을 입지 않았다는 것을 깨달았다.

다리에 힘이 들어가지 않아 소녀는 그냥 주저앉았다.

"헤헤……."

소녀는 자신의 건망증을 탓하듯 머리를 꽁 하고 때리고는 쑥스러운 듯 혀를 날름거리며 웃었다.

유검은 무표정하게 그녀를 바라보았다.

강호에는 단번에 사내의 넋을 빼앗고 정기를 갈취하는 많은 요녀(妖女)들이 있다. 이 소녀도 그와 같은 부류에 속하는 것일까?

유검은 북해의 얼음같이 차가운 눈길로 그녀를 쏘아보았다.

돌연 웃고 있는 그녀의 눈가로 맑은 액체가 흘러내렸다. 한두 방울로 시작된 그 눈물은 뺨을 타고 흘러내렸는데 그녀의 고개가 푹 숙여지며 그 양이 많아지더니 빗방울처럼 뚝뚝 땅에 떨어질 정도가 되었다.

그녀는 오한(惡寒)이 들린 듯 전신을 가늘게 떨었다. 양팔을 가슴에 모았다. 너무도 시리어서 견딜 수 없다는 듯이.

헤헤거리는 웃음소리는 여전했다.

웃는 것일까, 우는 것일까?

그녀는 웃기 위해 필사적이었다.

손등으로 눈물을 한 움큼 훔쳤다.

"헤헤… 눈물이 나네, 이상하게도. 오늘 나 진진이란 예쁜 이름도 얻었는데……. 진진 소저라는 말까지 들었는데……. 웃어야 하는데, 헤헤……."

그녀는 몸을 일으키려 했지만 맥이 풀려 다시 주저앉고 말았다.

왼쪽 손목이 욱신욱신 따가웠다. 견딜 수 없이 아팠다.

손목에는 빨간 손자국이 나 있었다. 돌연 자신을 으슥한 곳으로 끌고 가던 주인의 손아귀 힘 때문에 생긴 피멍이었다.

강제로 자신의 속곳을 벗기던 우악스런 손길이 떠오르는 순간 그녀는 고개를 마구 흔들었다.

"별것 아닌데……. 별것 아닌데… 정말… 별것 아닌데……."

목구멍까지 치솟아오른 울음소리를 옥옥거리며 억지로 참았다. 우는 순간 자신의 모든 것이 산산조각나서 종내 아무것도 없는 빈 공간만이 남을 것 같은 두려움 때문이었다.

어차피 그런 신분이니까,

언젠가는 결국 당할 거였으니까.

살아 있는 것만으로도 충분히 행복하다고.

앞으로 혹독한 손찌검도 덜 당할 테고 예쁜 옷과 양식까지 얻게 되리란 것도 알고 있었으니까.

조금 아프기는 해도 충분히 참을 수 있었는데…….

아무리 되뇌여 본들, 스스로 납득하려 한들, 애써 외면하려 하나 순백의 어린 영혼이 입고 만 처참한 상처가 어찌 그냥 묻혀질까?

지켜보던 유검의 시선이 따뜻하게 변해갔다.

결코 사연을 알 길 없는 유검이었지만 소녀는 결코 강호의 요녀가 아니라 상처 입은 작은 새에 불과하다는 것을 느낄 수 있었다.

자신의 냉정한 태도가 어쩌면 묻혀져 가던 그녀의 상처를 헤집어놓았다는 자책도 들었다.

그녀에게 다가가 등이라도 토닥이며 따뜻한 위로의 말이라도 한마디 건네주고 싶었지만 유검은 그렇게 하지를 못했다. 자신의 주변머리로 그런 짓은 불가능하다는 것을 알고 있으니까.

하지만 아마도 다른 위로의 방법이 있을 것이다.

유검은 품속을 뒤적거려 한 쌍의 검은 장갑을 꺼내 들었다. 무엇으로 만들어졌는지는 모르지만 부드럽고도 질긴 가죽과 손등을 보호하는 검은 쇠로 만들어진 장갑이었다.

사부가 독심호리에게서 갈취한 전리품 중의 하나로 유검이 건네받은 것이다.

양손에 꼭 끼웠다.

각 손가락 끝마디 부분은 터져 있었다.

새끼손가락부터 하나씩 감아 올려서는 우두둑 소리가 나도록 주먹을 꽉 쥐었다.

그리고 분명 소녀를 보낸 것임에 틀림없는 수상한 두 노인네를 향해 천천히 걸어가기 시작했다.

물론 아무런 감정도 깃들지 않은 냉혹한 시선과 함께.

생전 모르는 소녀를 위해 악인에게 싸움을 거는 것, 이것이 바로 의협(義俠)이란 것 아니겠는가.

혹자는 단순무식한 폭력적인 감정이라 매도하기는 하지만.

새끼손가락으로 콧구멍을 후벼 파고 있던 뚱보노인의 두 눈이 게슴츠레해졌다.

"저놈 이리로 오는데?"

손톱 사이의 때를 정성스레 청소하고 있던 흑포노인은 힐끔 다가오는 유검에게로 시선을 던졌다.

"성공한 건가?"

"흠……."

뚱보노인은 왕 코딱지를 파내는 데 성공했다.

음흉한 미소를 지은 채 슬쩍 흑포노인의 장삼에 묻히려다 잔뜩 일그러진 그의 얼굴과 마주쳤다.

"쳇!"

슬그머니 화제를 바꿨다.

"그런데 저놈 태도가 어째 이상한걸? 빚쟁이 같은 얼굴이잖아."

뚱보노인은 고개를 갸우뚱거리며 말을 이었다.

"어쩌면 혹시… 우리한테 시비 걸려는 게 아닐까?"

그 말에 흑포노인은 두 눈이 동그래졌다.

"우리한테?"

"그래, 우리한테."

"으음… 설마 그런 일이 일어날 수 있을까?"

"이런이런! 생각해 봐라. 우리가 강호에서 활약한 건 벌써 일 갑자가 넘었다. 저런 애송이라면 우리를 모를 수도 있지. 안 그러냐?"

뚱보노인은 말은 그리 하면서도 본인조차 믿지 않는 말투, 즉 그냥 입에서 나오는 말을 씨부렁거리는 태도였다.

당연히 설득력이 있을 리 없었다.

흑포노인은 그냥 그러려니 고개를 주억거리다 억지로 울음을 참고 있는 소녀를 힐끔 바라보고는 다시 유검에게로 시선을 돌렸다. 결코 곱지 않은 시선이었다.

'도대체 뭣 짓을 했길래…….'

흑포노인은 다시 손톱 청소에 열중하며 퉁명스레 입을 열었다.

"뚱땡아."

"왜?"

뚱보노인은 다가오는 유검을 유심히 지켜보며 새로운 코딱지를 캐
내기에 여념이 없어 건성으로 답했다.

"기억나냐?"

"뭘?"

"예전에 우리가 강호를 돌아다닐 때 말이다. 북경(北京)의 주루에서
어떤 놈과 시비가 붙었잖아. 우리는 즐겁게 술을 마시고 있었는데 그
녀석이 괜히 우리를 째려 보았지. 입꼬리가 슬쩍 올라간 것이 분명 우
리를 비웃고 있는 거였어."

"흥, 전대 교주 말이군. 끄응. 그놈과 괜한 내기를 하는 바람에 우리
인생은 꼬여 버렸지. 그놈의 사기꾼 때문에!"

"뚱땡아."

"왜?"

"그래도 후회는 안 한다."

"머얼?"

"누가 시비를 걸어오면……."

유검은 일 장여 앞으로 다가와 우뚝 걸음을 멈추었다. 누가 보더라
도 시킨 대로 고분고분 말을 잘 들을 분위기는 아니다.

뚱보노인은 천천히 몸을 일으키며 희죽 웃었다.

"물론 때려죽여야지. 그게 우리니까."

흑포노인도 히죽 웃으며 천천히 몸을 일으켰다.

"그래, 그게 우리다. 설령 남은 평생 다시 바퀴벌레만 먹고 사는 한

이 있더라도……."

뚱보노인은 안색이 변해 외쳤다.

"그건 안 돼!"

흑포노인도 흠칫거렸다. 기세상 내뱉은 말이지만 상상만 해도 몸서리쳐진다는 듯 몸을 부르르 떨었다.

그들이 스스로 내세운 철칙은 목에 칼이 들어와도 지켰고 한 번 입 밖에 낸 약속은 마누라를 팔아먹는 한이 있더라도 어기지 않았다.

교주의 명을 어길 생각은 없지만 그렇다고 유쾌하지 못한 시선으로 자신들을 내려다보는 유겸을 그냥 내버려 둘 생각은 없었다. 자신들의 철칙을 지켜야만 하니까.

조금 난처한 상황에서 뚱보노인의 얼굴이 괴이하게 일그러졌다. 정말 웃고 싶은데 억지로 참는 듯 이상 야릇한 표정이었다.

"가만…… 저 그림을 보면 말이다. 반드시 살아 있는 놈이어야 한다는 표시는 없지?"

그 말에 뭔가를 깨달은 듯 흑포노인의 얼굴이 활짝 펴졌다.

"뚱땡이! 너 알고 보니 정말 똑똑한 놈이었군. 감복(感服), 감복, 진심으로 감복한다!"

두 노인은 서로 마주 보고 앙천광소를 터뜨렸다.

第九章

음험한 교주의 속셈

음험한  교주의 속셈

일 갑자(一甲子) 전 강호에 유행하던 노래가 있었다.

쌍괴(雙怪)는 옥황상제도 못 말리고,
쌍마(雙魔)는 염라대왕도 고개 젓는다.
쌍협(雙俠)이 아니고서 그 누가 그들을 말리겠는가.

두 노인은 쌍괴로서 뚱보노인은 일양괴(日陽怪), 키가 큰 흑포노인은
월음괴(月陰怪)로 불리웠다.

이 두 도깨비들은 누가 뭐라고 하든 자신들만의 원칙으로 기분 내키
는 대로 행동하였는데 강호라는 게 본시 무공이 높으면 보고도 못 본
척 무엇이든 허용되는 곳이라 그 누구도 감히 그들의 비위를 거스르지
못했다.

그런 그들이 어느 날 홀연히 강호에서 사라져 버렸다.

이들이 마교에 투신했다는 둥 혹은 새로운 방파를 만들어 암암리에 무림을 정복하려 한다는 둥 사람들 간에 구구한 억측이 난무하였지만 이유야 어찌 되었든 그들의 모습이 보이지 않자 강호인들은 흑백(黑白) 양도를 막론하고 모두들 안도의 한숨을 내쉬었다고 한다.

지금도 나이 든 노강호들은 그들에 대한 이야기만 나오면 고개를 설레설레 젓고는 하는데 한 잔 술을 벗삼아 두 도깨비의 기행에 관해 이야기 보따리를 풀어놓노라면 모두들 거짓말이라 치부하며 아무도 믿지 않을 정도였다.

그러니 이 두 도깨비들이 홀연히 강호에 다시 나타난 것을 안다면 노강호들은 한편으로는 놀라 경기(驚氣)를 일으킬지 모르지만 또 한편으로는 자신들의 말이 거짓말이 아님을 입증할 수 있는 기회인지라 '두고 봐' 는 심정으로 음흉한 미소를 떨지 모른다.

유검은 당연히 두 노인의 정체를 알 턱이 없었다.

다만 약한 소녀를 이용해서 자신에게 뭔가 수작을 부리려 했던 고약한 늙은이에 불과했다.

그러니 선배고인에 대한 예의 따위는 필요가 없었다.

다만 치솟는 분노를 갈무리한 채 조용히 영문십권을 펼칠 준비를 한 상태였다.

한편 쌍괴 역시 유검 따위는 안중에도 두지 않았다.

강호에서 그들의 신분이 어떠한 것인데 강호 초출 같은 한낱 애송이의 기분 상태 같은 것을 아랑곳하겠는가.

다만 교주의 명을 거부할 수가 없어 어떻게든 이상한 모습을 취하게 만들어야 하는 이용물에 불과했다. 그리고 한바탕 붙어보자는 식의 건

방진 태도를 보이는 하룻강아지 범 무서운 줄 모르는 애송이에 불과했다.

사실 현재 유검의 무공 경지는 아무도 알지 못했다. 심지어 본인조차도 뭐가 뭔지 모를 정도였다. 뭔가 상당한 경지에 이른 것은 확실하지만 구체적으로 이거다라고 말하기 어려웠다.

실질적으로는 강호 역사상 그 누구도 가보지 못했던 전인미답의 경지라 볼 수 있지만 그것이 이마에 써 붙여놓은 것도 아니고 뭔가 가시적으로 눈에 드러나 있는 것도 아니었으며, 게다가 파문으로 인해 여태까지 익혀왔던 무공을 애써 감추려 하는 상태이니 쌍괴 같은 두 괴물조차도 유검의 무공 경지를 알아차리지 못했다.

유검 역시 쌍괴의 무공 수위를 알아차리지 못했는데 이는 두 노인이 무공과 기세를 감추어서는 아니었다. 이는 전적으로 유검의 안목에 변화가 생겼음에도 본인 스스로 그것을 자각하지 못해서였다.

이는 마치 굼벵이가 나비로 탈바꿈했는데 기어 다닐 적 생각은 못하고 다른 놈들도 날아다니는 것이 당연하다고 여기는 것과 비슷했다.

본래 고수는 고수를 알아보는 법이라지만 이와 같은 상황으로 해서 서로를 얕보고 대치하게 되는 기이한 일이 벌어진 것이다.

어찌 보면 강호무림사 전무후무한 대결투가 될 법한데 지켜보는 이는 몇 마리의 수다스런 참새들과 조그만 한 소녀에 불과했다.

휘이이잉!

무더운 여름날을 차갑게 식혀 버릴 듯한 한줄기 삭풍이 스쳐 지나갔다. 서로의 무형의 기세가 맞부딪쳐 조그만 돌개바람이 일어난 것이다.

흑포노인 월음괴는 한 손을 서서히 치켜들며 뚱보노인을 슬쩍 훔쳐보았다. 혹시나 교주에게 변명을 하게 되는 만일의 경우를 대비해 그보다 약간 늦게 손을 쓰려는 계획이었기 때문인데 이는 일양괴 역시 마찬가지였다.

유검과 두 노인의 거리는 일 장여. 고수들 간이라면 서로 코끝을 마주 대고 있는 듯 짧은 거리다. 이렇게 한눈을 판다는 것은 있을 수 없는 경우였지만, 다시 말해서 그만큼 유검에 대해 얕잡아 보고 있다는 증거였다.

또 달리 유검을 얕잡아 보는 증거로 두 노인은 모두 자신들의 독문신공인 월음진력(月陰眞力)과 일양진력(日陽眞力)을 전혀 끌어올리지 않고 있었다.

"……"

유검은 두 노인이 자신은 전혀 신경 쓰지 않고 서로의 눈치만 살피는 듯하자 투지가 크게 사그라드는 듯했다.

'하긴… 늙어 움직이는 것도 버거운데 새파랗게 젊은 놈이 대들 것 같으니 겁이 날 만도 하겠지. 그렇다고는 해도 서로 나서기만을 바라고 눈치만 보다니… 너무 몸을 사리는군.'

유검은 자신이 무림 역사상 얼마나 골치 아픈 괴물들과 마주하고 있다는 것도 모르고 단지 아무 죄 없는 겁쟁이 노인 둘에게 너무 심하게 겁을 주고 있는 것은 아닌가 하는 생각이 들었다.

사부 현풍이 곁에서 그와 같은 유검의 생각을 들었다면 황당해서 벌린 입을 다물지 못했을 것이다.

'일단 자초지종이나 들어볼까?'

뒤늦게서야 그런 생각이 들었다.

이때 뚱보노인이 드디어 공세를 취하려는 듯 슬쩍 한 걸음 내딛는가 하더니 잽싸게 뒤로 물러서고 만다.

성사만리(星射萬里)의 초식으로 반격하려던 유검은 허탈해하며 주먹을 거둘지 어떨지 잠시 머뭇거리는데 돌연 비단 찢어지는 듯한 비명 소리가 울려 퍼졌다.

"끼아아아악!"

유검은 무슨 일인가 싶어 자신도 모르게 비명이 들려오는 소녀 쪽을 향해 고개를 돌렸다.

순간 왼쪽 어깨에 몰려오는 둔중한 충격.

뚱보노인이 먼저 손을 쓴 것으로 오인한 흑포노인이 이때다 싶어 신나게 장력을 격출해 버린 것이다.

별다른 소리는 나지 않았다.

유검 역시 큰 충격을 느끼지 못했다.

단지 비겁하다는 한마디의 말을 내뱉고 싶었을 뿐인데 그의 몸은 이미 공터를 가로질러 십여 장 뒤의 담벼락을 향해 맹렬히 돌진해 가고 있었다.

퍽! 우르르!

일 장 높이의 담벼락은 허무하게 구멍이 뚫려 버렸다.

유검의 몸은 이에 그치지 않고 전각의 대들보를 무너뜨리고 정원수의 나무를 여러 개 넘어뜨린 후에야 멈추었다.

저 멀리서 난데없는 횡액을 당한 사람들의 비명 소리가 들려왔다.

뚱보괴인은 길게 한숨을 내쉬었다.

"쯔쯧, 너무 심하군. 저래서야……."

가망없다는 듯 고개를 도리도리 저었다.

흑포노인의 얼굴이 일그러졌다.

"제기랄!"

비명을 내질렀던 소녀는 무언가에 쫓기듯 마구 달려가다가 목재더미 쌓아놓은 곳으로 기어 올라갔다. 그 위에서 마음껏 비명을 질렀다.

두 노인은 소녀가 왜 저러나 멀뚱히 지켜보는데 흙먼지를 잔뜩 뒤집어쓴 유검이 구멍난 담벼락에서 걸어나왔다.

"흥, 보통 노인네들이 아니었군."

유검은 두 노인을 매섭게 한차례 쏘아보고는 일단 여전히 비명을 내지르고 있는 소녀에게로 다가갔다.

"무슨 일이오, 진진… 소저?"

"쥐! 쥐! 쥐! 까아아악!"

"……"

소녀는 제풀에 놀라 이리저리 도망치고 있는 쥐를 손가락으로 가리키며 가히 극에 달한 공포를 보이고 있었다.

흑포노인이 유검을 보고 반갑게 소리쳤다.

"어라? 저놈, 살아 있네?"

뚱보노인은 신기하다는 듯 고개를 갸우뚱거렸다.

"흐음… 저놈, 무슨 보의(寶衣)를 입고 있나?"

유검은 도망치고 있는 쥐꼬리를 붙잡아 신경질적으로 멀리 내던져버렸다.

그리고 몸에 묻은 흙먼지를 대충 털면서 두 노인을 향해 천천히 걸어갔다. 한 걸음 내디딜 때마다 사그라들었던 투지가 천천히 솟아올랐다.

"좋아, 보통 노인네들이 아닌 것 같으니까 마침 잘됐군. 이 영문십권이 얼마나 통할지 보자."

한평생 익혀왔던 것은 검(劍).

두 주먹을 사용하는 권법이란 익숙지 않았지만 어차피 무공의 상리
(常理)란 뻔한 것 아니겠는가.

유검은 신기해하며 자신을 빤히 쳐다보고 있는 두 노인 앞으로 가서
천천히 팔짱을 끼었다. 최대한 거만한 표정을 지어 보이면서.

격장지계가 아니었다.

자신이 얼마나 두 노인네를 무시하고 얕잡아 보는가를 온몸으로 표
현해 보고 싶었을 뿐이다.

하지만 그것은 두 노인네에게 제대로 전달되지 못했다.

다만 그 상태에서 거꾸로 돌려 버리면 정확히 핏빛 배첩 속에 있는
그림 속의 자세와 동일하다는 점만을 깨우쳐 줬을 뿐이다.

흑포노인은 희색이 만면하여 몰래 뚱보노인에게 전음을 펼쳤다.

—이봐, 뚱땡이.

—알고 있다. 네가 잽싸게 저놈을 뒤집어엎으면 나는 혈도를 짚어
고정시키마.

—좋아. 그렇게 하자.

둘이 눈짓을 주고받는 동시에 신형을 날리려는 순간 유검의 뒤로 한
인영이 그림자처럼 나타나 있는 것을 보았다.

일월표국의 국주.

달리 말해 세인들이 마교라 부르는 일월교의 교주가 어느새 나타나
있는 것이다.

못마땅하고 심드렁한 그의 얼굴 표정에 두 노인의 얼굴이 일그러졌
다.

그들의 머리 속에 똑같이 떠오르는 바글바글한 바퀴벌레들.

몸 전체가 그놈들로 가득 차는 느낌에 진저리를 쳤다.

그런데 급한 지경에 이르면 누구든 초인적인 힘을 발휘할 수 있다던 가?

흑포노인은 홀연히 떠오른 영감(靈感)에 자신도 모르게 중얼거렸다.

"하늘과 땅은 본시 하나다. 하늘이 아래 있을 수도 있고 땅이 위에 있을 수도 있다. 남녀 간의 일에 있어서도 거꾸로 자세를 취하는 경우도 비일비재한 것 아니던가."

"거꾸로?"

두 노인은 생각이 일치한다는 듯 눈빛을 교환하며 기뻐했다.

생각할 겨를은 없었다.

유검이 팔짱을 끼고 있는 이 순간, 언제 두 팔을 내릴지 모르는 이 다급한 순간에 지옥 같은 곳에서 바퀴벌레들과 영원히 이별할 수 있다 는 실낱같은 희망을 어찌 생각 따위로 헛되이 흘려 버릴 수 있다는 말 인가.

두 노인은 천근추(千斤墜) 신법을 발휘하여 맹렬한 기세로 엎드렸다.

두 팔과 두 무릎이 먼저 땅에 닿았다. 그리고 그 기세를 못 이겨 머 리까지 땅에 처박았다.

분명 그림과 동일한 자세였다. 단지 거꾸로일 뿐이지만.

두 노인은 재빨리 고개를 들어 교주의 얼굴 표정을 살폈다. 만족한 듯 미소 지으며 천천히 고개를 끄덕이는 것을 보고 두 노인은 안도의 한숨을 내쉬었다.

여유가 낳은 비극일까.

두 노인은 동시에 깨달았다. 자신들이 취하고 있는 자세가 황제에게

만 취한다는 극공경의 자세, 생사여탈권을 상대에게 떠맡기는 오체복지(五體伏地)의 모습이란 것을.

"……."

"……."

애당초 그들이 배첩의 그림을 거꾸로 본 것일 뿐이었다.

두 괴물은 난생처음 얼굴이 시뻘게지도록 달아오르는 것을 느꼈다. 이대로 땅이 꺼져 버려 자신들의 모습이 감춰지길 난생처음 하늘에 대고 기도했다.

단지 우스꽝스런 모습을 보인다는 것과는 전혀 의미가 달랐다. 한낱 애송이에게 오체복지했다는 소문이 난다면 어떻게 강호에 얼굴을 들고 다니겠는가?

유검 역시도 황당하기 이를 데 없었다.

두 노인네가 난데없이 자신을 향해 오체복지를 하다니?

강호에서 밥을 빌어먹는 친구들이 오체복지를 하는 경우는 오직 하나밖에 없었다.

비굴하게 생명을 애원할 경우.

혹은 딸랑 종을 울리면 언제든지 달려와 주인의 명을 받드는 비굴한 종복이 되겠노라 맹세할 때라든지…….

"험, 험……."

뒤에서 헛기침 소리가 들려왔다.

흠칫하며 잠시 시선을 돌리는 순간.

쑤웅.

두 노인은 이때다 싶어 최대한의 경공술을 발휘해 도망쳐 버렸다. 나중에 어떻게든 수습하더라도 지금은 도저히 낯이 뜨거워 견딜 수가 없었던 것이다.

두 괴물이 떠난 자리에는 열 개의 굵은 흔적만이 남아 있었다. 두 무릎과 두 팔, 그리고 머리가 땅에 찍어진 자국이었다. 그중의 하나는 일양괴의 특이한 머리 모양 탓에 괴이하기 이를 데 없었다.

'도대체 뭔 짓거리를 하는 건가?'

쌍괴가 도망쳐 버린 하늘을 올려다보며 일월표국의 국주는 안색을 무겁게 굳혔다.

그리고 침중한 어조로 유검을 향해 혼잣말처럼 중얼거렸다.

"일월쌍괴가 자네에게 오체복지를 하다니……."

유검은 의아한 듯 되물었다.

"일월쌍괴요?"

"일 갑자 전에 유명했던 괴물들이지. 그런 그들이 왜……?"

국주는 고개를 도리도리 젓다가 돌연 유검을 노려보았다. 그리고 마치 죄인을 심문하듯 매서운 어조로 다그쳤다.

"자네의 정체가 뭔가?"

"예? 저야 아시다시피……."

"홍, 저들은 마교에 투신했다고 소문나 있는데 혹시 자네도……."

유검은 기겁하며 부인했다.

"저는 맹세코 마교와 관련없습니다!"

국주는 의심스러운 눈초리로 계속 다그쳤다.

"자네, 파문당했다 들었네만 그것도 혹 마교와 관련 있어서가 아닌가?"

"저, 절대 아닙니다!"

"그럼 파문당한 이유가 뭔가?"

"그건……."

본인도 알지 못하니 어떻게 말해 줄 수 있겠는가?

국주는 능청스럽게 얼굴 표정 하나 바뀌지 않고 말을 이어 나갔다. 차가운 냉소도 간간이 섞어넣으면서. 그 연기가 얼마나 자연스럽던지 가히 현풍과 쌍벽을 이룰 만했다.

"흥, 납득할 만한 이유를 대지 못한다면 마교와 관련있어서라고밖에 볼 수가 없겠군. 게다가 저들이 마교에 투신했다면 결코 지위가 낮지 않을 텐데 그런 그들이 자네에게 오체복지하는 것을 보면… 자네 혹시 마교 교주인가?"

유검은 어이없는 표정이었다.

"무, 무슨 말도 안 되는 소리를!"

"하긴 나이로 보면 그럴 리 없겠지. 그렇다면 소교주인가?"

전입가경이라. 결국 유검은 언성을 높이고 말았다.

"생사람 잡지 마십시오. 저는 마교의 교주도 아니고 소교주는 더 더욱 아니며 하다못해 문지기조차 아닙니다! 저는……."

국주는 유검의 말을 잘랐다.

"그럼 후계자인가? 어쨌든 아니라면 됐네. 굳이 내게 변명할 필요는 없어."

단호한 어투.

그리고 더 이상 듣기 싫다는 듯 횡하니 등을 돌려 버렸다.

더 이상 항변할 기회조차 잃은 유검은 억울한 듯 두 볼이 불룩해졌다.

이 정도면 충분하겠다 싶었는지 국주는 내심 회심의 미소를 지으며 천천히 걸음을 옮기기 시작했다.

한 발짝 한 발짝 천천히 걸어가다 문득 생각났다는 듯 말했다.

"아, 잊어버릴 뻔했군."

국주는 준비해 뒀던 두 번째 말을 꺼내었다.

"자네를 찾은 것은 한 가지 소식을 알려주려 함이었지. 우연찮게 자네 사매에 대한 이야기를 들어서 말이네."

'여문?'

유검은 얼어붙었다.

국주는 그런 유검의 반응을 신중히 살피면서 별것 아니라는 투로 말을 이었다.

"정혼자와 함께 마교의 무리들에게 끌려가다가……."

"마교요?!"

유검은 놀라 펄쩍 뛰었다.

국주는 혀를 차며 고개를 도리도리 저었다.

"너무 성급해하지 말게. 다행히도 무림맹의 사람들에게 구출되었다던가……? 아무튼 그렇다는구먼. 어쩌면 지금쯤 무림맹에 있을지도 모르겠네."

유검은 황급히 포권하며 말했다.

"저를 위해… 아무튼 감사드립니다."

마음이 급해 제대로 인사치레의 말도 하지 못했다. 마음은 벌써 여문이 있을지도 모르는 무림맹에 가 있는 듯했다.

국주는 서둘러 떠나려 하는 유검을 다시 불러 세웠다.

"잠깐 기다려 보게."

"하교하실 말씀이라도……."

"일전에 말해 주지 못했었어. 자네 부모님의 성명 삼 자는 알고 있어야 하지 않겠나?"

"아!'

당시 충격이 너무 커 이름조차 묻지 못했던 것이다.

유검은 부끄러움에 얼굴을 붉혔다.

정중히 예를 갖추어 다시 묻자 국주는 답했다.

"부친의 성함은 고무은(高武隱), 모친의 성함은 금옥상(金玉霜), 잘 기억해 두게나."

"명심하겠습니다."

재차 감사의 예를 표하고는 정중히 물었다.

"달리 하교하실 말씀이라도……."

국주는 묵묵히 품속에서 몇 개의 금원보를 꺼내었다.

"자네 부친의 몫일세."

직접 건네주지 않고 떨떠름한 표정으로 땅에다 내던졌다. 그 위에 몇 장의 전표도 같이.

그리고 명주천으로 감싼 길쭉한 물체를 꺼내놓았다.

"이건 자네가 두고 간 것이지."

그리고는 그것 역시 더러운 물건이라도 되는 양 아무렇게나 땅에다 내던졌다.

"한천검……!"

유검은 자신의 애검을 보자 기쁘기 한량없었지만 어쩐지 국주의 태도가 심상치 않아 보여 불안했다.

그런 유검의 심사를 헤아려 보고 국주는 만족해하며 마지막 혼신의 연기를 펼쳤다.

먼저 땅이 꺼져라 한숨을 내쉬었다.

연이어 하늘을 올려다보며 처량하기 그지없는 어조로 쓸쓸히 혼잣
말처럼 내뱉었다.

"내 미처 믿지 않았네만……."

무엇을 말입니까라는 대꾸를 기대했지만 유검은 묵묵히 그 다음 말
을 기다릴 뿐이었다.

'마지막인데 다 된 밥에 콧물을 빠뜨릴 순 없지!'

"휴우……."

연이어 세 번의 한숨을 내쉬자 드디어 유검이 입을 열었다.

"별달리 하교하실 말씀이 없으시면……."

국주는 유검이 그냥 떠나 버릴까 봐 황급히 말했다.

"자네 부친과 모친도 마교와 연이 닿아 있다는 소문이 자자했었다
네. 난 믿지 않았네만……."

서두르다 보니 침중하고 무거운 맛이 조금 떨어졌지만 그 내용만으
로도 유검에게 막대한 충격을 주기에 충분했다.

"마지막에 조금 어설펐나?"

"별달리 흠잡을 곳은 없어 보였습니다만……."

황금과 한천검을 챙긴 후 유검은 떠났고 국주의 자평(自評)에 어느
새 곁에 나타난 총관이 어정쩡한 표정으로 고개를 저어 보였다.

"그렇지? 흠… 나름대로 적당했던 것 같아."

역시 괜찮았다며 국주는 꽤나 만족해했다.

"그러면 그… 분은 무림맹으로 가시겠군요?"

총관은 유검을 어떻게 호칭할지 몰라 어물쩍 흘려 넘겼다.

국주는 음흉한 미소를 지으며 말했다.

"흐흐… 그 녀석, 곧 알게 되겠지. 무림맹의 문짝 하나 넘나들기가 얼마나 힘이 드는가를. 푸하하하하핫!"

국주는 통쾌하다는 듯 앙천광소를 터뜨렸다.

그후 목재 더미 위에서 두 눈을 동그랗게 뜨고 있는 소녀를 보며 싱긋 웃었다.

"그나저나 뜻밖의 수확이군."

국주가 한 손을 휘젓자 소녀는 수혈(睡穴)이 짚인 채 둥실 허공을 가로질러 그의 품 안으로 안겨들었다.

"이 어린 소녀의 입에서 흘러나오는 말을 누가 거짓이라 하겠는가? 일월쌍괴가 홀연히 무림에 나타나더니 무당파에서 파문당한 유검에게 오체복지하다! 푸하하하핫!"

또다시 앙천광소를 터뜨리는 국주.

총관은 도대체 교주가 무슨 생각을 하고 있는지 헤아릴 길이 없어 난색만 표했다.

국주는 주위를 둘러보며 명을 내렸다.

"이 근처 땅을 모두 매입하도록."

난데없는 명에 총관은 의아해하는데 국주는 쌍괴가 떠난 후 남아 있는 열 개의 자국들을 마치 고명한 산수화를 음미하듯 감상하고 있었다. 입가에 흐뭇한 미소를 띤 채.

그리고 혼잣말처럼 중얼거렸다.

"비나 바람에 사라져 버린다면 너무 아까운걸? 그렇게 되면 소문을 듣고 찾아온 강호인들이 얼마나 실망하겠는가 말이다."

총관은 국주의 의도를 깨닫고 황망히 대답했다.

"저 위에 높은 네 개의 다리를 가진 정각(亭閣)을 짓도록 하겠습니다. 풍우를 피할 뿐 아니라 인적에 의해 지워지는 것도 막을 수 있을 겁니다."

총관은 묵묵히 아무런 반응을 보이지 않는 국주의 태도에 그것만으로는 부족함을 깨닫고 황급히 첨언했다.

"물론 사방으로 테두리를 쳐서 함부로 못 들어가도록 만들겠습니다. 그리고… 아, 화공(畵工)을 불러 좀 전의 광경을 한 치도 어긋남이 없이 그대로 옮겨놓도록 하겠습니다.

국주가 한마디 부언했다.

"사방 이 장(二丈 : 6미터) 정도의 크기면 좋겠군."

총관의 얼굴이 일그러졌다. 사방 이 장여의 화폭을 걸어놓으려면 정각은 도대체 어느 정도 크기로 지어야 한다는 말인가?

하지만 그것은 빙산의 일각에 불과했다. 이어지는 국주의 말에 총관의 조그만 두 눈은 점점 커져 갔다.

"그냥 그림만 있으면 사람들이 알 게 뭔가? 입심 좋은 재담꾼들이 제대로 설명을 해줘야지. 그리고 연일 재미난 경극(京劇)을 공연하면 좋겠지? 그럴듯한 이야깃거리를 만들어서 말이야. 그리고 또… 그렇지. 사람들이 모여드는데 주루(酒樓)와 도박장이 빠지면 말이 안 되지. 멀리서 온 손님들을 위해서 객잔(客棧)도 필요할 테고, 당연히 먹을 것을 대접해야 하니 반점도 필요하군. 그렇다면 천하에 이름난 숙수(熟手)들도 알아봐야겠구먼. 아참, 기루(妓樓)의 기녀들은 아무래도 명성보다는 미모겠지? 매년 선발대회라도 열어볼까나? 흠, 그것도 재미있겠군. 그리고 매일 폭죽을 터뜨려 보면 어떨까? 화려하고 장엄하게 말이네. 그리고 에… 또… 아, 맞아! 내가 그 생각을 왜 못했지? 무림인들이 모여들면 뭐니 뭐니 해도 비무대회(比武大會)가 제격이지."

점점 전입가경으로 치닫는 국주의 말에 총관은 벌어진 입을 다물지 못했다.

"농담……."

한마디 꺼내려다 슬쩍 돌아보는 국주의 실눈에 그 말은 쏙 들어가 버렸다.

총관은 돌연 정신이 번쩍 들었다.

교주는 음모가 중첩하고 살벌하기 그지없었던 후계자 싸움에서 최후로 승리의 깃발을 든 자가 아니던가.

평소 실실대는 듯한 행동 때문에 너무 방심하고 있었던 것이다.

총관은 내심 스스로에게 다짐했다.

교주의 일언은 천금보다 무거운 것!

다른 무엇에 앞서 반드시 실행해야만 한다.

그리고 교주의 진정한 의도를 헤아려 보았다.

그는 이곳을 아예 무림의 명소로 만들 생각인 것이다.

'하지만… 왜?'

당연한 이야기지만 이 모든 것은 '유검' 때문이었다.

그렇다면 국주는 유검을 강호의 영웅으로 만들고 싶어하는 것일까? 본 교의 수호존자(守護尊者)들인 일월쌍괴의 명예까지 먹칠해 가면서?

평범한 부자지간이라면 그것도 또한 일리가 있다. 억지 같지만 그래도 총관은 서슴없이 고개를 끄덕였을 것이다.

하지만…….

총관은 아무렇지도 않게 내놓는 국주의 다음 말에 모든 생각과 사고가 마비되고 말았다.

"아, 이곳은 '그'에게 맡길 생각이라네. 알아두고 있게나."

귓가에서는 매미 소리가 시끄럽게 울리고 그 사이로 절렁, 철커덩하는 괴이한 쇠사슬 소리가 들려온다. 하늘이 빙글빙글 돌면서 춤을 춘다.

총관의 안색은 한겨울 살얼음처럼 새하얗게 변했다.

'도, 도대체 무슨 생각인 거냐, 이 바보야!'

이렇게 외치고 싶을 정도였다.

결국 총관은 교주의 심사(心思)를 헤아려 보는 것을 아예 포기했다.

교주는 지존, 시키는 대로 충실히 명을 따르면 그뿐이다.

그렇게 생각하자 조금은 마음이 가벼워지는 총관이었다.

실제 일월교에서 그의 지위는 감찰총관(監察總管).

일반 교도들의 생사여탈권까지 좌지우지할 수 있는 막강한 지위였지만 교 내에서조차 그가 두려워해야 할 대상은 너무도 많았다.

오늘따라 유난히 흰 구름이 많이 떠 있었다.

점점 중천으로 치닫는 태양, 찌는 듯한 더위에도 아랑곳 않고 신나게 공터로 달려간 동네 아이들은 어느새 자신들만의 놀이터가 건장한 어른들에게 완전히 장악되었음을 보아야만 했다.

*　　　　*　　　　*

배가 고파 우연히 들른 반점이었다.

연기와 풍우에 시달린 거무스레한 편액은 제대로 달려 있지도 못하고 문가에 비스듬히 세워져 있었고, 대들보로 짐작되는 나무 기둥은 여기저기 썩어 있어 금방이라도 허물어질 듯했다.

허름하기 짝이 없는 곳이었지만 의외로 손님은 많았다.

와자지껄 중인들의 떠드는 소리, 타다닥 숙수의 숙련된 칼질 소리, 지글지글 뭔가 기름에 튀겨지는 소리, 그 가운데 구수한 소고기 냄새가 식욕을 자극했다.

결정적으로 얼굴이 시커먼 한 꼬마 아이가 울면서 달려나오고, 아이의 엄마가 황급히 쫓아 나와 아이의 멱살을 잡고 우왁스럽게 끌고 들어가는 모습을 보고 자신도 모르게 불쑥 들어간 곳이다.

희미하게 느껴지는 누군가의 손길, 전신을 내맡겨도 안심이 되는 포근한 느낌이 아련하게 떠올랐기 때문일까.

'나는 나일 뿐, 설령 부모님이 천하의 대마두일지라도 나는 나다.'

반점 안은 겉보기와는 달리 의외로 넓었다. 꽤 많은 사람들이 들어차 있는데도 군데군데 빈자리가 있을 정도였으니까.

촐랑거리는 점소이가 다가와 음식 주문을 받았다.

유검은 몇 가지 아무렇게나 시키고 나서 멍하니 연기에 그슬린 천장을 바라보았다.

점심 무렵이었지만 벌써부터 술판을 벌이고 있는 곳도 꽤 있었다. 그중에 몇몇은 등에 칼을 차고 있는 것으로 보아 강호인들 같아 보였다.

한 탁자에 꽤 나이 들어 보이는 한 노인이 침을 튀기며 이야기를 풀어놓고 있었는데 주위의 장년인과 청년들이 못 믿겠다는 듯 고개를 절레절레 흔들 때면 답답하다는 듯 손바닥으로 탁자를 치고 술잔을 비우기도 했다.

요리가 도착하자 묵묵히 젓가락질을 시작하는데 중인들의 시끄러운 잡담 사이로 유검이라는 두 글자가 자주 귀에 들려왔다. 제일 큰 목소리는 아직도 이야기 중인 노인에게서였다.

유검은 자신의 이름이 왜 거론되나 싶어 잠시 귀를 기울였다. 내용을 듣는 순간 유검은 현기증이 일었다.

일월쌍괴가 일 갑자 전 벌였던 기상천외한 기행이 이야기의 주였는데 종국에는 유검이라는 무당파에서 파문당한 한 청년이 그런 그들을 종으로 거두어들였다는 내용이었다.

'아무리 강호의 소문이 빠르다지만…….'

식사를 마친 몇몇 상인(商人)들은 서둘러 계산을 마치고 자리를 나섰다. 그들이 나간 직후 조그만 인영 하나가 불쑥 문가로 예쁘장한 얼굴을 들이밀었다.

남궁혜였다.

그녀는 반점 안을 요리조리 살피다 유검을 발견하고는 반색해 외쳤다.

"찾았다! 지나가는 행인!"

곧 자신이 너무 기뻐했음을 깨닫고 안색을 냉랭히 굳혔다.

그녀가 들어서자 두 명의 점소이는 경쟁이라도 하듯 지체없이 달려왔다. 못생긴 사내보다야 향기로운 꽃을 상대하는 게 낫다는 것은 당연하니까.

주루 안에 잠시 정적이 일었다. 사내의 눈길이 모두 그녀에게로 향한 탓이었다. 백의를 걸친 그녀의 자태는 아직 어려 보이기는 해도 발랄하면서도 기품이 있어 사내라면 눈길을 떼기 힘들 정도였다.

사람들의 시선을 받는 것에 익숙한 듯 그녀는 별 신경 쓰지 않았다.

그녀의 몸에서 은은히 풍겨 나오는 사향 내음에 두 점소이는 코를 벌렁거리며 빈자리로 안내했다.

그녀는 빈자리를 보고도 못 본 척.

"자리가 없네, 자리가 없어."

그렇게 중얼거리더니 유검의 맞은편에 털썩 주저앉았다.

유검과 시선이 마주치자 그녀는 슬쩍 고개를 돌리고는 덥다는 듯 손부채를 했다. 귀밑까지 내려온 머리카락이 살랑거렸다.

옆에서 바라보니 그녀의 속눈썹은 꽤 긴 편이었다.

유검은 문득 술이 한잔하고 싶어 검남춘(劍南春)을 시켰다. 술맛이 맑고 상쾌하며 향기가 오랫동안 가시지 않는다. 대체로 기분이 좋아지고 싶거나 혹은 누군가와 말없이 대화하고 싶을 때면 시키곤 하던 고급 술이었다.

묵묵히 술잔을 기울이고 요리를 먹었다.

이제나저제나 유검이 먼저 말 걸기를 기다리던 그녀가 결국 참지 못하고 먼저 입을 열고 말았다.

"참, 그거 들었어요?"

유검의 시선이 자신에게로 돌려지는 것을 확인하고 남궁혜는 재빨리 입을 놀리기 시작했다.

"세상에나, 세상에나! 글쎄 말이에요, 유검 공자님이 일월쌍괴라는 두 전대 기인을 수하로 거둬들였대요! 어쩜!"

유검은 하마터면 입 안의 술을 내뿜을 뻔했다.

"그 이야기는 어디서……?"

드디어 유검이 입을 연 것에 내심 기뻐하며 남궁혜는 재빨리 말했다.

"여기까지 오는 동안 무려 열다섯 번이나 들었는걸요? 며칠 후면 강호에서 이 이야기를 모르는 사람은 아무도 없을 거예요, 아마."

그리고 돌연 안색을 진지하게 바꾸고 목소리도 나지막하게 낮춰 말을 이어 나갔다. 마치 커다란 비밀을 털어놓듯이.

"그 일월쌍괴라는 두 노인은 말이죠, 제가 예전에 아버님께 들은 적이 있는데……."

이야기를 들으면서 유검은 그녀가 왜 자신을 찾아 여기까지 왔는지 대략 이해가 갔다.

그녀는 소녀 특유의 환상으로 만들어진 절세 기린아 유검에 대해 막연한 동경심을 품고 있다. 그녀는 그런 유검에 대해 새로운 소식을 듣자 뭔가 이야기하고 싶어 입이 근질근질해서 견딜 수가 없었고 제일 이야기가 잘 통할 것 같은 자신을 찾아 헤맨 것이다.

만약 자신이 유검이라 밝히면 소녀의 표정이 어떻게 바뀔까 하는 궁금증이 치밀어 올랐다. 아직도 재잘재잘 움직이고 있는 저 조그만 입술을 불룩 내밀며 거짓말하지 말라고 소리치지는 않을까?

그런 생각에 자신도 모르게 슬며시 미소 짓고 말았다.

그러다 문득 궁금하여 물었다.

"그런데 쌍마와 쌍협이라니?"

남궁혜는 의아해하며 오히려 되물었다.

"당신… 무당파의 제자 아니었어요?"

유검은 뭐라 딱히 대답하기 어려워 손 안의 술잔만 빙글빙글 돌렸다.

남궁혜는 유검이 그냥 쑥스러워한다고 생각하고 말을 이었다.

"그러니까 무당파의 운송 도장(雲松道長) 그분이 쌍협 중의 한 분이시잖아요. 그런데도 몰랐어요?"

"운송 태사조께서?"

유검은 그야말로 깜짝 놀라지 않을 수 없었다.

일월쌍괴라는 괴상한 두 노인네가 자신이 하늘처럼 생각하고 있던 운송 태사조와 동격의 인물들이라니!

그렇다면 자신이 일월쌍괴를 수하로 거둬들였다는 이야기는 그야말로 말도 안 되는 헛소문이라는 것을 삼척동자라도 알 텐데 사람들이 왜 중구난방으로 떠드는지 이해가 되지를 않았다.

대개 사람들은 말도 안 되는 황당한 이야기일수록 오히려 더 쉽게 믿는다는 것을 몰랐다.

'누가 그런 말도 안 되는 거짓말을 지어내겠어? 뭔가 사연이 있으니까 그런 소문이 도는 거지.'

라고 생각하는 것이다.

"그리고 쌍협 중의 또 한 분은 몇 대 전의 무림맹주이셨던……."

말을 이어 나가던 남궁혜는 자신도 모르게 말꼬리를 흐렸다. 주위를 돌아보니 고요한 정적이 깃털처럼 내려앉은 것 같았다. 돌연 사람들은 약속이라도 한 듯이 입을 다물어 버린 것이다.

반점의 문가에 길고 짧은 두 개의 그림자가 드리워지면서부터였다.

정확히 말해 헐렁한 흑포를 걸치고 있는 무척 키가 큰 노인과 자신의 키만한 상투를 튼 우스운 모양의 뚱보노인이 문가에 나타나면서부터였다.

방금까지 신나게 이야기하며 한편으로는 신기해하고 한편으로는 두려워하던 두 인물이 돌연 그 모습을 드러내었으니 사람들이 얼어붙은 것은 당연했다.

흑포노인 월음괴는 주위를 죽 둘러보며 싸늘히 냉소했다.

"홍, 누가 누구의 수하로 들어가?"

둘은 우연찮게 문밖으로 들려오는 자신들에 관한 이야기 소리를 듣고 분을 참지 못하고 들어와 버린 것이다.

정적이 감도는 주루 안.

바늘 떨어지는 소리조차 천둥이 될 것 같았다.

사람들은 침묵했고 유검은 혹여나 두 괴물이 자신을 알아볼까 고개를 숙였다.

정작 싸우는 것은 겁나지 않았지만 소녀 앞에서 자신의 정체가 들통나는 것은 달갑지 않았다. 본의 아니게 거짓말로 그녀를 희롱한 셈이니까.

그리고 만약 싸울 경우, 그 일이 어떻게 과장되고 부풀어져서 강호에 소문이 날지 그 점이 두려웠던 것이다.

『무상검』 제3권으로…

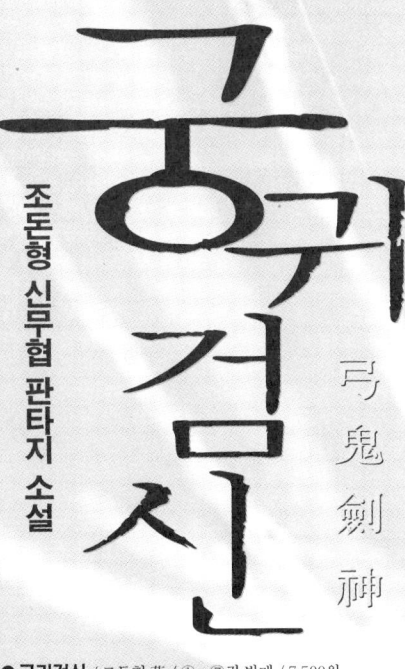

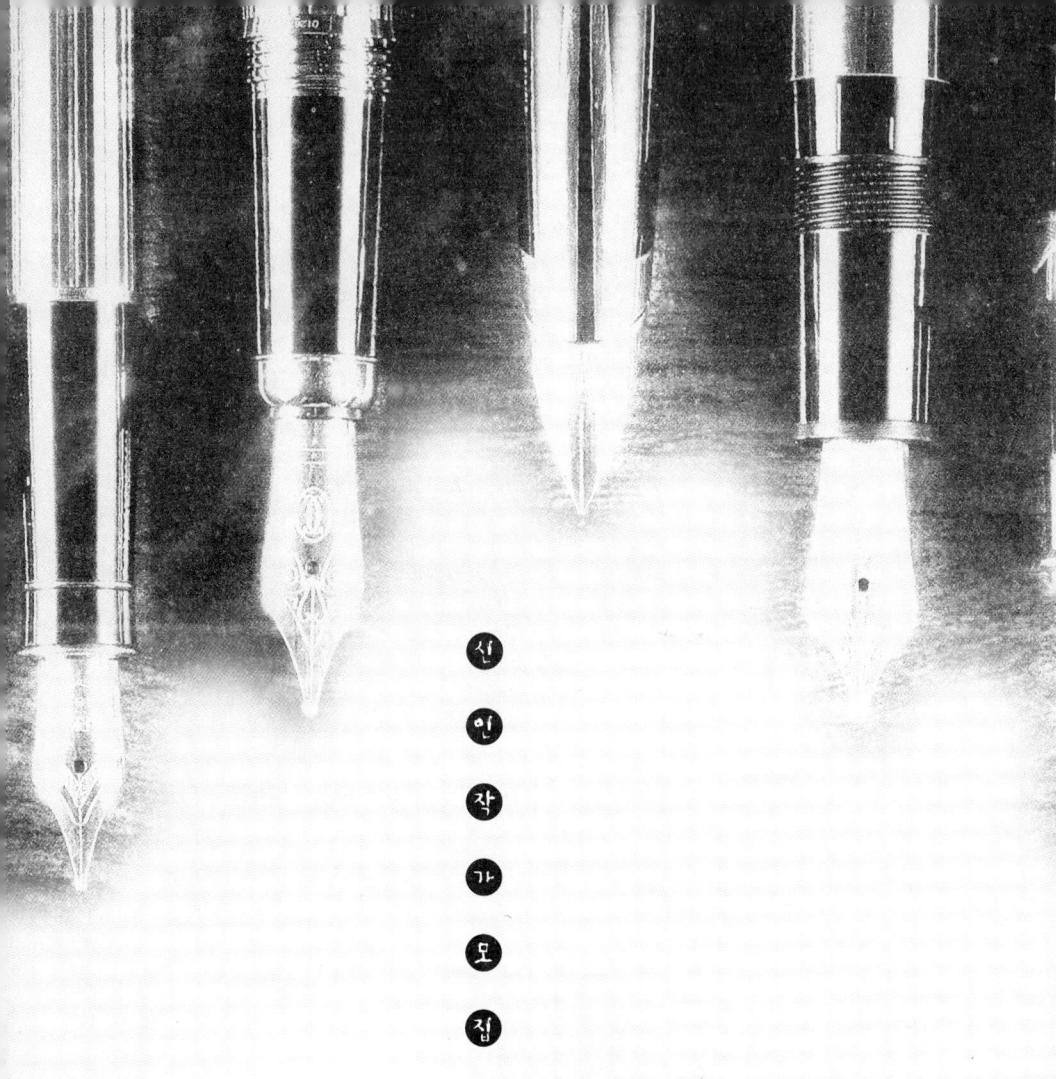

신 인 작 가 모 집

시작이 반이라고 했습니다.
작가의 길에 대한 보이지 않는 벽을 과감히 깨뜨리십시오!
청어람은 작가 지망생 여러분들의
멋진 방향타가 되어드리겠습니다.

저희 도서출판 청어람에서는
소설 신인 작가분들을 모집합니다.
판타지와 무협을 사랑하시는 분들의 많은 참여를 바랍니다.
소정의 원고(A4용지 150매)를 메일이나 우편으로 보내주시면
검토 후 출판 여부를 알려드리겠습니다.

주소:경기도 부천시 원미구 심곡1동 350-1 남성B/D 3F 우편번호420-011
TEL:032-656-4452 · **FAX:**032-656-4453
http://**www.chungeoram.com**
e-mail:chungeoram@chungeoram.com